이방인

을유세계문학전집 · 105

이방인

L'ÉTRANGER

알베르 카뮈 지음·김진하 옮김

❀ 을유문화사

옮긴이 김진하

서울대학교 불어교육과를 졸업하고 동대학원 불문학과에서 폴 발레리의 시학에 대한 연구로 문학박사 학위를 받았다. 프랑스 소르본누벨(파리3대학)에 박사 후 과정으로 유학했고, 현재 서울대학교 불어교육과 교수로 있다. 폴 발레리, 알베르 카뮈, 르네 데카르트 등에 대한 논문을 발표했으며, 옮긴 책으로는 『말라르메를 만나다』, 『과수원/장미』 등이 있다.

을유세계문학전집 105
이방인

발행일·2020년 8월 20일 초판 1쇄 | 2022년 11월 25일 초판 3쇄
지은이·알베르 카뮈 | 옮긴이·김진하
펴낸이·정무영, 정상준 | 펴낸곳·(주)을유문화사
창립일·1945년 12월 1일 | 주소·서울시 마포구 서교동 469-48
전화·02-733-8153 | FAX·02-732-9154 | 홈페이지·www.eulyoo.co.kr
ISBN 978-89-324-0493-6 04860 978-89-324-0330-4(세트)

차례

1부

1

오늘 엄마가 죽었다. 아니 어쩌면 어제일지도 모르겠다. 양로원으로부터 전보 한 통을 받았다. "모친 사망. 명일 장례. 삼가 경의." 이것으로는 아무런 의미도 없다. 아마도 어제였을 것이다.

양로원은 알제에서 80킬로미터 떨어진 마랭고에 있다.* 2시에 버스를 타면 오후 안에 도착할 것이다. 그러면 밤샘을 할 수 있을 테고 내일 저녁에는 돌아올 것이다. 나는 사장한테 이틀의 휴가를 요청했다. 사장은 그와 같은 사정에는 거절할 수가 없었다. 하지만 마뜩찮은 표정이었다. 나는 이렇게까지 말했다. "제 잘못은 아니에요." 사장은 대답이 없었다. 그래서 나는 그런 말을 할 필요는 없었다고 생각했다. 요컨대 내가 사과할 필요는 없었다. 오히려 사장이 내게 조의를 표해야 할 터였다. 아마도 모레 내가 상중에 있음을 보게 되면 그가 조의를 표할 것이다.

지금으로서는 엄마가 죽지 않은 거나 거의 마찬가지다. 반대로 장례 후에는 그게 분명한 일이 될 것이고, 그러면 모든 게 더 공식적인 양상을 띨 것이다.

나는 2시에 버스를 탔다. 날이 몹시 더웠다. 나는 여느 때처럼 셀레스트네 식당에서 식사를 했다.* 사람들은 모두 나에 대해 마음 아파했다. 셀레스트는 내게 "세상에 어머니는 한 분뿐인데" 하고 말했다. 내가 자리를 뜰 때에는 사람들이 문까지 배웅했다. 나는 조금 얼떨떨했다. 검은색 넥타이와 상장(喪章)을 빌리러 에마뉘엘네 집으로 올라가야 했기 때문이다. 그는 몇 달 전에 삼촌을 여의었다.

출발 시간에 늦지 않으려고 나는 뛰어갔다. 그 서두름과 달음박질에, 여러 번잡한 일, 휘발유 냄새, 도로와 하늘에 반사되는 빛 등이 더해진 탓인지 나는 스르르 잠이 들어 버렸다. 거의 가는 여정 내내 잠을 잤다. 그리고 잠에서 깨어 보니 어떤 군인에게 몸을 잔뜩 기대고 있었다. 그는 나를 보며 웃음을 지었다. 그리고 멀리서 오는 길이냐고 물었다. 나는 그 이상 말을 끌지 않으려고 "그렇다"고 말했다.

양로원은 마을에서 2킬로미터 떨어져 있다. 나는 그 길을 걸어서 갔다. 곧바로 엄마를 보고 싶었다. 하지만 수위는 내게 양로원장을 만나야 한다고 말했다. 원장은 업무로 바빴기 때문에 나는 조금 기다렸다. 그러는 동안 내내 수위는 말을 했다. 이어서 나는 원장을 만났다. 원장은 사무실에서 나를 맞았다. 키가 작은 노인이었는데 레지옹 도뇌르 훈장*을 달고 있었다. 원장은 또렷한 눈으로 나를 바라봤다. 이어서 악수를 했는데 아주 오랫동안 잡고 있는 바람에 나는 어떻게 손을 빼야 할지 몰랐다. 원장은 서류를 들춰 보더니 "뫼르소 부인은 3년 전에 이곳에 입원했군요. 당신이 유일한 보호자고요" 하고 말했다. 나는 원장이 뭔가를 비난하고 있다는 생각이 들어서 해명하기 시작했다. 그러자 원장이 말을 가로막았다. "여봐요 젊은이,' 변명할 필요 없어요. 당신 모친에 대한 서류를 읽어 봤어요. 당신은 모친의 생활비를 댈 수가 없었더군요. 모친께는 간호인이 필요했고, 당신의 월급은 많지 않고, 그러니까 이것저것 다 따지고 보면 당신모친은 여기서 더 행복했네요." "맞습니다, 원장님" 하고 내가 말했다. 원장이 덧붙여 말했다. "아시다시피, 모친에게는 친구들, 동년배의 사람들이 있었죠. 그 사람들과 그 세대만의 관심사를 함께 나눌 수 있었어요. 당신은 젊으니까 당신과 함께 있으면 재미가 없었을 테고."

맞는 말이었다. 집에 있을 때 엄마는 말없이 두 눈으로 내 움직임을 좇으며 시간을 보냈다.' 양로원에 들어갔을 때 처음 며칠 동안 엄마는 자주 울었다. 습관 탓이었다. 몇 달이 지난 뒤에 만약 양로원에서 데리고 나왔다면 엄마는 또 울었을 것이다. 똑같이 습관 때문에. 지난 한 해 동안 내가 양로원에 거의 가지 않은 것도 조금은 그런 이유 때문이었다. 그리고 그 일이 내 일요일을 앗아가 버렸기 때문이기도 했다. 버스를 타러 가고, 버스표를 구하고, 두 시간이나 길을 가기 위해 애써야 하는 건 헤아리지 않더라도.

다시 원장이 말했다. 그런데 나는 그의 말에 더 이상 거의 귀를 기울이지 않고 있었다. 또 원장이 말했다. "어머님을 보고 싶으실 것 같은데요." 나는 아무 말 없이 일어났다. 그러자 원장이 문 쪽으로 앞장섰다. 계단에서 원장이 설명했다. "모친은 조그만 영안실에 모셨어요. 나머지 사람들에게 마음의 동요를 일으키지 않으려고요. 재원자가 죽을 때마다 나머지 사람들은 이삼일 동안 신경이 날카로워집니다. 그것 때문에 돌보는 원무가 힘들어져요." 우리는 마당을 하나 가로질렀다. 마당에는 노인들이 많이 있었는데, 몇몇씩 모여서 수다를 떨고 있었다. 그들은 우리가 지나갈 때에는 입을 다물고 있었다. 그리고 우리가 지나가고 나자 다시 수다가 시작되었다. 그건 마치 앵무새들이 귀가 먹먹하도록 깩깩거리는 소리 같았다. 작은 건물의 문 앞에 이르자 원장은 나를 두고 떠났다. "뫼르소 씨,* 나는 이만 가 볼게요. 사무실에 있을 테니 언제든 부르세요. 원칙적으로 장례는 오전 10시로 정해져 있어요. 그러면 당신이 망인에 대해 밤샘을 할 수 있겠구나, 하고 생각했어요. 한마디 더하자면, 당신 모친은 종종 기독교식으로 장례를 하고 싶다는 소망을 동료들에게 피력했다는 것 같아요. 내가 알아서 거기에 필요한 조처를 했어요. 그 점을 알리고 싶었어요." 나는 원장에게 감사를 표했다. 엄마는 무신론자는 아니었지만 생전에 결코 종교를 생각한 적이 없었다.

나는 안으로 들어갔다. 석회를 하얗게 바른, 유리창이 하나 달린 아주 밝은 방이었다. 방에는 의자들과 X자 모양의 받침대들이 갖춰져 있었다. 중앙에 있는 두 개의 받침대가 덮개가 씌워진 관을 받치고 있었다. 갈색 염료가 칠해진 널판 위로 살짝 박힌, 밝게 빛나는 나사못들만 눈에 들어왔다. 관 가까이에 하얀 간호복을 입은 아랍인 간호사가 있었는데, 머리에는 선명한 원색의 히잡*을 쓰고 있었다.

바로 그때 내 등 뒤편으로 수위가 들어왔다. 뛰어왔음에 분명했다. 말을 조금 더듬었다. "저희가 입관을 했어요. 하지만 모친을 보실 수 있도록 관의 나사못을 풀어 드리죠." 그러면서 그가 관으로 다가서는데 내가 제지했다. 그가 말했다. "보고 싶지 않으세요?" 나는 대답했다. "네." 그가 동작을 멈췄다. 나는 그 말을 하지 말았어야 했다는 느낌이 들어서 마음이 불편했다. 잠시 뒤에 수위가 나를 바라봤다. 그리고 "왜요?" 하고 물었다. 하지만 그 말은 비난하는 게 아니라 그냥 알아 두려는 투였다. 나는 "잘 모르겠어요" 하고 말했다. 그러자 그는 허연 콧수염을 손끝으로 꼬면서 나를 바라보지도 않은 채 "이해합니다" 하고 말했다. 그의 눈동자는 맑고 푸른색으로 고왔고, 얼굴빛은 조금 붉었다. 그가 내게 의자를 권했다. 그리고 그도 나의 조금 뒤편에 앉았다. 간호사가 일어나더니 출구 쪽을 향해 갔다. 그때 수위가 말했다. "부스럼이 났어요." 나는 이해가 잘 안 돼서 간호사를 바라봤다. 눈 아래로 얼굴을 빙 둘러 붕대를 감고 있는 게 보였다. 코 높이쯤까지 붕대가 판판했다. 그녀의 얼굴에서 보이는 거라곤 하얀 붕대뿐이었다.

간호사가 나가자 수위가 말했다. "저는 가보겠습니다." 내가 어떤 몸짓을 했는지는 잘 모르겠는데, 그는 내 뒤에 선 채 가만히 있었다. 그가 내 등 뒤에 그렇게 있는 것이 신경 쓰였다. 방은 오후 끝 무렵의 아름다운 빛으로 가득했다. 말벌 두 마리가 유리창에 부딪치며 붕붕거렸다. 나는 잠이 몰려오는 느낌이 들었다. 수위 쪽으로 몸을 돌리지 않은 채 내가 말했다. "이곳에 계신 지는 오래됐나요?" "5년 됐어요." 마치 내가 물어보길 줄곧 기다리기나 한 것처럼 그가 지체 없이 대답했다.

그다음부터 수위는 수다스럽게 말을 많이 했다. 그가 마랭고 양로원에서 수위*로 일생을 마치게 될 거라고 누가 그에게 말한다면 그 말에 그는 깜짝 놀랄 것 같았다. 그는 예순네 살이고 파리 사람이라고 했다. 바로 그때 내가 끼어들었다. "아! 이곳 출신이 아니세요?" 그리고 그가 원장실로 안내하기 전에 엄마에 대해 했던 말이 떠올랐다. 평야 지대는, 특히 이 고장은 날씨가 덥기 때문에 아주 빨리 엄마의 장례를 치러야 한다고 그가 말했었다. 바로 그때 그는 자기가 파리에서 살았었고 파리를 잊기가 힘들다고 말했었다. 파리에서는 망자와 더불어 사나흘을 함께 보낸다고, 그런데 여기서는 그럴 시간이 없고, 그런 생각이 들기도 전에 벌써 영구차 뒤를 쫓아가야 한다고. 그때 그의 부인이 말했다. "입 다물어요. 이분께 할 얘기가 아니잖아." 늙은이는 낯빛이 붉어져서는 미안하다고 했다. 내가 끼어들며 말했다. "괜찮아요, 괜찮아요." 나는 그가 하는 말이 맞는 말이고 흥미롭다고 생각하고 있었다.

그 조그만 영안실에서 그는 자신이 극빈자 신분으로 양로원에 들어왔다고 밝혔다. 자신은 건강하다고 느꼈기에 수위 자리에 지원했다고. 그러면 결국 그도 재원자인 거라고 내가 지적하자 그는 그렇지 않다고 말했다. 나는 그가 재원자들에 대해 말할 때 "그들"이니, "다른 이들"이니, 또 아주 드물게 "늙은이들"이라는 식으로 말하는 데 이미 놀라고 있었다. 몇몇 재원자는 그보다 나이가 많지도 않았다. 하지만 당연히 양쪽은 달랐다. 그는 수위였고, 그래서 어느 정도까지는 재원자들에 대한 권한을 가지고 있었다.

그때 간호사가 들어왔다. 갑자기 저녁이 되었다. 유리창 위로 아주 빠르게 어둠이 짙어졌다. 수위가 전기 스위치를 돌렸다. 그러자 나는 갑자기 쏟아지는 불빛에 눈이 부셨다. 저녁 식사를 하러 구내식당으로 가자고 수위가 권했다. 하지만 나는 배가 고프지 않았다. 그러자 수위는 내게 카페오레를 한 잔 가져다주겠다고 했다. 나는 우유를 섞은 커피를 아주 좋아해서 거기에 응했다. 잠시 뒤에 그가 쟁반을 들고 돌아왔다. 나는 커피를 마셨다. 그러자 담배를 피우고 싶은 마음이 들었다. 하지만 엄마를 앞에 두고 그렇게 해도 되는지 잘 몰라서 머뭇거렸다. 곰곰이 생각해 봤다. 그건 전혀 중요하지 않았다. 나는 담배 한 대를 수위에게 권했다. 우리는 담배를 피웠다.

문득 수위가 말했다. "아시다시피, 어머님 친구들도 밤샘을 하러 올 겁니다. 관례가 그래요. 저는 의자 몇 개 하고 블랙커피를 가지러 가야겠네요.'" 나는 전등 하나를 꺼도 되는지 물었다. 하얀 벽에 비치는 광채 때문에 피곤했기 때문이다. 하지만 그건 불가능하다고 그가 말했다. 전기 시설이 그렇게 되어 있었기 때문이다. 전부 켜거나 *끄*는 것이었다. 나는 더 이상 그에게 큰 관심을 두지 않았다. 그는 밖으로 나갔다가 들어와서 의자들을 배치했다. 의자 하나 위에 커피 주전자를 놓고 빙 둘러 잔들을 쌓아 놓았다. 그리고 엄마의 건너편, 내 맞은편에 앉았다. 간호사도 구석에 등을 돌리고 앉아 있었다. 그녀가 무엇을 하는지는 보이지 않았다. 하지만 두 팔의 움직임으로 보아 뜨개질을 하고 있는 것으로 짐작할 수 있었다. 공기는 푸근했고, 커피가 몸을 훈훈하게 덥혀 주었으며, 열린 문을 통해 밤 냄새와 꽃향기가 들어오고 있었다. 깜빡 졸았던 것 같다.

뭔가 스치는 느낌에 나는 잠에서 깼다. 눈을 감고 있었던 탓에 방이 더욱 하얗게 보여 눈이 부셨다. 내 앞에는 그림자 하나 없었다. 물건마다, 모서리마다, 모든 굴곡이 눈이 아플 만큼 뚜렷하게 윤곽을 드러내고 있었다. 바로 그때 엄마의 친구들이 들어왔다. 모두 다 해서 여남은 명이었는데, 눈부신 그 빛 속으로 조용히 미*끄*러지듯 들어오고 있었다. 그들은 의자 하나 삐걱거리지 않고 앉았다. 나는 마치 전에는 사람을 한 번도 본 적이 없는 듯 그들을 보고 있었다. 그들의 얼굴이나 옷의 작은 부분 하나도 놓치지 않았다. 하지만 말소리는 귀에 들어오지 않아서 그들이 현실에 존재하는지 믿기 어려웠다. 여자들은 대부분 앞치마를 두르고 있었는데, 허리를 묶은 끈이 불룩 나온 배를 더욱 도드라지게 하고 있었다. 나는 늙은 여자들의 배가 어느 정도나 나올 수 있는지 여태 주목해 본 적이 없었다. 남자들은 대부분 아주 야위었고 지팡이를 짚고 있었다. 그들의 얼굴에서 아주 충격적으로 다가온 것은, 주름살이 잔뜩 접힌 얼굴 한가운데로 눈은 보이지 않는데 광채 없는 희미한 빛만 보이는 것이었다. 그들은 자리에 앉자 대부분 나를 바라봤고, 치아가 없는 입속으로 입술이 다 말려들어 간 모습으로 거북하게 고개를 살짝 숙였다. 나는 그게 그들이 내게 인사를 하는 건지 아니면 신경성 경련인지 알 수 없었다. 아무래도 인사를 하고 있었다는 생각이 든다. 바로 그 순간 나는 그들이 모두 내 맞은편에, 수위 둘레에 앉아서 머리를 끄덕끄덕하고 있음을 알아챘다. 나는 문득 그들이 나를 심판하기 위해 거기에 있다는 터무니없는 인상을 받았다.

조금 뒤에 한 여자가 울기 시작했다. 그 여자는 두 번째 줄에 있었는데, 한 동료에 가려 있어 내 눈에는 잘 보이지 않았다. 그녀는 일정한 간격으로 조금씩 흐느끼며 울었다. 내가 보기에 그녀는 결코 울음을 그칠 것 같지 않았다. 나머지 사람들은 그 소리가 들리지 않는 것 같은 표정이었다. 그들은 쇠약하고, 침울하고, 조용했다. 그들은 관이나 지팡이를, 아니면 그냥 아무거나 바라보고 있었는데, 오로지 그 한 가지만 보고 있었다. 그 여자는 계속 울었다. 나는 그녀와 모르는 사이였기 때문에 무척 놀랐다. 그녀의 울음소리를 듣지 않았으면 싶었다. 하지만 감히 그 말을 그녀에게 하지는 못했다. 수위가 그녀 쪽으로 몸을 숙여서 말을 했지만, 그녀는 머리를 가로젓고 무슨 말인가를 웅얼거렸다. 그리고 똑같이 일정한 간격으로 계속 울었다. 그러자 수위가 내 옆으로 와서 앉았다. 한참 지난 뒤에 수위는 나를 바라보지 않은 채로 알려 주었다. "저 여자는 당신 어머님과 아주 친했어요. 여기서는 당신 어머님이 자기의 유일한 친구였는데, 이제는 아무도 없다고 말하네요."

우리는 긴 시간을 그렇게 가만히 있었다. 그 여자의 한숨 소리와 흐느낌이 잦아들고 있었다. 그녀는 코를 계속 훌쩍였다. 그리고 마침내 입을 다물었다. 나는 더 이상 졸리지 않았지만 피곤하고 허리가 아팠다. 이제는 거기 있는 모든 사람의 침묵이 고통스러웠다. 다만 가끔씩 특이한 소리가 들려왔는데, 그게 뭔지 알 수 없었다. 그러다가 몇몇 노인이 볼 안쪽을 쭉쭉 빨다가 이상하게 혀를 쯧쯧 차는 소리를 내고 있음을 알아챘다. 그들은 생각에 하도 깊이 빠져 있어서 그 사실을 모르고 있었다. 나는 심지어 그들 한가운데에 누워 있는 그 망인이 그들 눈에는 아무 의미도 없는 것 같다는 인상을 받았다. 하지만 지금 생각해 보면 그건 잘못된 인상이었다.*

우리는 모두 수위가 따라 주는 커피를 마셨다. 그다음은 모르겠다. 밤이 지나갔다. 어느 순간 눈을 뜬 건 기억한다. 그때 노인들이 서로 몸을 기댄 채 잠을 자고 있는 모습을 봤다. 딱 한 사람은 예외였는데, 그는 지팡이를 움켜쥔 손등에 턱을 댄 채, 마치 내가 깨어나기만을 기다리기나 하듯 꼼짝 않고 나를 바라보고 있었다.* 그다음에 나는 다시 잠들었다. 허리가 점점 더 아파 왔기 때문에 잠에서 깼다. 유리창 위로 새벽빛이 미끄러지고 있었다. 잠시 뒤에 한 노인이 잠에서 깼다. 그러고는 기침을 많이 했다. 그는 커다란 사각무늬 손수건에 가래를 뱉곤 했다. 가래를 뱉을 때마다 마치 그걸 뽑아내는 것 같았다. 그가 나머지 사람들을 깨웠다. 그러자 수위가 그들에게 나갈 때가 되었다고 말했다. 그들이 일어났다. 그 불편한 밤샘 때문에 그들의 얼굴은 잿빛이 되어 버렸다. 밖으로 나가면서 그들은 모두 나와 악수를 했는데 나로서는 깜짝 놀랄 일이었다. 그건 마치 말 한마디 나누지 않은 그 밤이 우리 사이의 친밀감을 높이기나 한 것 같았다.

나는 피곤했다. 수위가 나를 자기 방으로 데려가 줘서 세수를 조금 할 수 있었다. 다시 카페오레를 마셨는데 맛이 아주 좋았다. 밖으로 나왔을 때에는 완연히 동이 터 있었다. 바다로부터 마랭고*를 갈라놓은 언덕들 너머로 하늘에 붉은빛이 가득했다. 그리고 언덕 위로 부는 바람에 이쪽으로 소금 냄새가 실려 왔다. 아름다운 하루가 준비되고 있었다. 들판에 나가 본 게 오래 전 일이었다. 그래서 나는 엄마가 없다면 산책을 하면서 얼마나 즐거울까, 하고 생각했다.

하지만 나는 마당의 플라타너스 나무 밑에서 기다렸다. 신선한 대지의 냄새를 들이마셨다. 더 이상 졸리지 않았다. 사무실의 동료들이 생각났다. 그 시간은 그들이 일터에 가기 위해 기상하는 시간이었다. 나한테는 언제나 가장 힘든 때였다. 나는 다시 그런 일들을 조금 생각해 봤다. 그러다가 건물들 안쪽에서 울리는 종소리에 정신이 돌아왔다. 창문들 안쪽으로 술렁거림이 일더니 모든 게 잠잠해졌다. 해는 하늘 위로 조금 더 솟아올랐다. 햇살이 나의 두 발을 덥히기 시작했다. 그때 수위가 마당을 가로질러 와서는 양로원장이 나를 찾는다고 말했다. 나는 원장실로 갔다. 그는 내게 꽤 많은 서류에 서명을 하라고 요구했다. 그가 줄무늬 바지에 검은 옷을 입고 있는 모습이 눈에 들어왔다. 그는 손에 전화기를 들고는 나를 불렀다. "장례식을 진행할 일꾼들이 얼마 전부터 와 있어요. 와서 관을 닫으라고 할게요. 그 전에 마지막으로 어머님을 볼래요?" 나는 그러지 않겠다고 말했다. 그는 목소리를 낮추어 전화기로 지시했다. "피작,' 진행해도 된다고 사람들한테 전해요."

이어서 그는 자기도 장례식에 참석할 거라고 말했다. 나는 감사하다고 말했다. 그는 책상 너머에 앉았다. 그리고 짤막한 두 다리를 꼬았다. 그는 나하고 자기만 출장 간호사와 함께 참석할 것이라고 내게 알렸다. 원칙적으로 재원자들은 장례식에 참석하지 않게 되어 있다고, 자기는 단지 밤샘하는 것만 허락하고 있다고. "그건 인간적인 정리의 문제죠." 하지만 이번 경우에는 자기가 '토마 페레즈'라는 엄마의 오랜 친구에게 운구를 따라오는 걸 허락했다고 말했다. 이 대목에서 원장은 웃음을 지었다. "이해하시겠지만, 그건 좀 유치한 감정이죠. 그런데 그 사람과 당신 어머니는 거의 붙어 지내다시피 했어요. 양로원에서는 사람들이 두 사람을 두고 농담을 하곤 했고요. 페레즈'에게는 '저 사람이 당신 약혼녀지' 하고 말하곤 했죠. 그러면 그 사람은 웃었어요. 그런 일이 두 사람한테는 즐거운 일이었죠. 그러니까 뫼르소 부인의 죽음 때문에 그가 크게 상심한 건 사실이에요. 나는 장례 참석을 허락하지 말아야 한다고는 생각하지 않았어요. 하지만 왕진 의사의 권유에 따라서 어젯밤의 밤샘은 금지시켰어요."

우리는 꽤 오랫동안 말없이 앉아 있었다. 그러다가 원장은 자리에서 일어나 사무실 창문 너머를 바라봤다. 어느 순간 그가 그곳을 주목하며 말했다. "벌써 저기 마랭고의 주임 신부가 왔네요. 예정보다 빨리 왔군요." 그 마을에 있는 성당까지 걸어서 가려면 적어도 45분은 걸릴 거라고 그가 미리 알려 줬다. 우리는 내려갔다. 건물 앞에는 주임 신부와 두 명의 복사(服事)가 있었다. 그 중 한 아이는 향로를 들고 있었는데, 신부가 그 아이 쪽으로 몸을 낮추어 은줄의 길이를 맞추고 있었다. 우리가 도착하자 신부가 다시 몸을 일으켰다. 그는 나를 보고 "나의 아들"이라고 부르고는 몇 마디 했다. 그가 안으로 들어갔다. 나는 그를 따라갔다.

관에는 못이 박혀 있고 검은 옷을 입은 사람 넷이 영안실 안에 있는 모습이 한눈에 보였다. 운구차가 도로에 대기하고 있다고 원장이 말하는 소리와 신부가 기도를 시작하는 소리가 동시에 들렸다. 그때부터는 모든 게 아주 빠르게 진행되었다. 사람들은 관보를 씌운 관 쪽으로 나아갔다. 신부와 그 뒤를 따르는 복사들, 원장 그리고 내가 밖으로 나왔다. 문 앞에 어떤 부인이 있었는데 나는 모르는 사람이었다. "뫼르소 씨예요" 하고 원장이 말했다. 나는 그 부인의 이름은 듣지 못했다. 다만 그녀가 출장 간호사라는 건 알아챘다. 그녀는 뼈가 두드러진 갸름한 얼굴을 웃음기 없이 숙이며 인사했다. 이어서 우리는 시신이 지나갈 수 있도록 도열했다. 우리는 운구하는 사람들을 따라 양로원 밖으로 나왔다. 정문 앞에 운구차가 있었다. 광택이 나게 칠이 된 길쭉하고 화려한 운구차는 필통을 연상시켰다. 운구차 옆에는 장례 지도사가 있었다. 우스꽝스러운 차림에 자그마한 남자였다. 그리고 거동이 부자연스러운 한 노인이 있었다. 나는 그가 페레즈 씨임을 알아챘다. 그는 머리통이 동그랗고 챙이 넓고 늘어진 펠트 모자를 쓰고 있었다(관이 지나갈 때 그는 모자를 벗었다). 구두 위로 바짓단을 말아 올린 복장에, 커다랗고 하얀 목깃을 단 셔츠에 너무 작은 검정색 넥타이를 하고 있었다. 까만 점들이 뿌려진 코 밑으로 입술이 떨리고 있었다. 꽤나 가느다란 백발 사이로는 귓바퀴가 건들거려서 잘 감춰지지 않은 이상하게 생긴 두 귀가 드러나 있었다. 그 희끄무레한 얼굴에서 귀의 색깔이 붉은 핏빛인 게 내게는 충격적이었다. 장례 지도사가 우리에게 위치를 정해 줬다. 주임 신부가 앞장서서 걸어가고 운구차가 그 뒤를 따랐다. 운구차 주위로는 네 명의 운구 요원이 걸었다. 그 뒤쪽에 원장과 내가 위치했고, 행렬 끝에는 출장 간호사와 페레즈 씨가 있었다.

　하늘은 벌써 햇빛으로 가득했다. 햇빛이 대지를 누르기 시작했고, 열기가 빠르게 오르고 있었다. 행진을 시작하기에 앞서 무엇 때문에 우리가 한참을 기다렸던 것인지 나는 모르겠다. 나는 어두운 옷을 입고 있어서 더웠다. 옷을 껴입고 있던 그 키 작은 노인은 다시 모자를 벗었다. 나는 그의 편으로 조금 몸을 돌렸다. 그러고는 그를 바라보고 있었는데 원장이 그에 대해 이야기했다. 원장의 말로는 어머니와 페레즈 씨는 종종 저녁에 간호사를 대동하고 마을까지 산책을 나가곤 했다. 나는 주변의 들판을 바라보고 있었다. 하늘 가까운 언덕들까지 줄지어 선 사이프러스 나무들, 그 황갈색과 초록색 대지, 드문드문 흩어져 있는 윤곽이 또렷한 집들을 통해 나는 엄마를 이해하고 있었다. 이 고장에서 저녁은 분명 우울한 휴식과 같았을 것이었다.* 오늘은 흘러 넘치는 햇빛이 풍경을 흔들어 비인간적이면서 절망적인 것으로 만들고 있었다.

우리는 행진을 시작했다. 바로 그 순간 나는 페레즈가 살짝 발을 절고 있음을 알아챘다. 운구차는 조금씩 속도가 빨라졌고, 노인은 뒤처지고 있었다. 운구차를 둘러싸고 걷던 운구 요원 한 사람도 뒤처져 이제는 나와 같은 열에서 걷고 있었다. 나는 하늘로 빠르게 솟아오르는 태양에 놀라고 있었다. 이미 오래전부터 벌레들의 노랫소리와 풀이 바삭거리는 소리로 들판이 윙윙거리고 있음을 알아챘다. 뺨 위로 땀이 흘렀다. 모자가 없어서 나는 손수건으로 부채질을 했다. 그때 장례 인부 한 사람이 내게 뭐라고 말했는데 나는 듣지 못했다. 동시에 그는 오른손으로 제복 모자의 챙을 들어 올리고는 왼손에 든 손수건으로 머리를 닦고 있었다. "뭐라고요?" 하고 내가 말했다. 그는 하늘을 가리키며 다시 말했다. "내리쬐네요." 나는 말했다. "그래요." 조금 뒤에 그가 내게 물었다. "이 분이 당신 어머님이세요?" 나는 다시 말했다. "네." "나이가 드셨나요?" 나는 "그런대로요" 하고 말했는데, 정확한 나이를 몰랐기 때문이다. 그러자 그는 입을 다물었다. 나는 뒤를 돌아봤다. 페레즈 노인이 50여 미터나 뒤처져 있는 게 보였다. 그는 손끝으로 중절모를 흔들며 서둘러 걷고 있었다. 나는 양로원장도 바라봤다. 그는 쓸데없는 동작 없이 잔뜩 권위 있게 걷고 있었다. 이마에 땀이 몇 방울 맺혀 있었지만 그는 닦지 않고 있었다.

장례 행렬이 조금 더 빠르게 나아가는 것 같았다. 주변은 여전히 햇빛을 머금고 빛나는 똑같은 들판이었다. 하늘에서 부서지는 빛이 견딜 수 없을 정도였다. 어느 순간 우리는 근래에 다시 시공된 도로의 한 부분을 지나갔다. 햇빛에 콜타르가 으깨졌다. 거기에 발이 빠지면서 콜타르의 속살이 훤히 드러났다. 운구차 위로 보이는 마부의 모자는 삶은 가죽이 되어 그 검은 콜타르의 진창 속에서 반죽이 되어 버린 것 같았다. 나는 파랗고 하얀 하늘과 그 단조로운 검은색들, 으깨진 콜타르의 끈적이는 검은색, 입고 있는 옷들의 음울한 검은색, 라커 칠을 한 운구차의 검은색 사이에서 정신이 조금 혼미했다. 햇빛과 가죽 냄새와 운구마부*의 말똥 냄새, 니스 냄새와 향냄새, 하룻밤 불면의 피로감, 이 모든 게 내 시야와 생각을 어지럽히고 있었다. 나는 다시 한번 돌아봤다. 페레즈는 아주 멀리 보이다가 열기의 덩어리 속으로 사라졌고, 그다음에는 더 이상 보이지 않았다. 나는 눈여겨 그를 찾아봤다. 그가 길에서 벗어나 밭을 가로지르는 모습이 보였다. 그래서 나는 도로가 앞쪽에서 구부러져 있음을 알게 되었다. 이 고장을 잘 아는 페레즈가 우리를 따라잡기 위해 가장 짧은 곳으로 질러오고 있음을 알아챘다. 굽은 길에서 그는 우리와 다시 만났다. 그러고는 우리는 그와 멀어졌다. 그는 또 밭을 가로질렀고 그렇게 몇 번을 반복했다. 나, 나는 피가 관자놀이를 때리는 게 느껴졌다.

그다음은 모든 게 하도 황급히, 확실하고 자연스럽게 진행되는 바람에 아무것도 기억나지 않는다. 다만 마을 초입에서 출장 간호사가 내게 말을 걸었던 건 기억한다. 그녀의 음성은 얼굴과는 어울리지 않는 독특한 목소리, 선율과 떨림이 있는 목소리였다. 그녀는 이렇게 말했다. "천천히 가면 일사병에 걸릴 수 있어요. 그런데 너무 빨리 가면 땀이 너무 나서 성당 안에 들어가서는 오한이 나죠." 그녀의 말이 맞았다. 선택의 여지가 없었다. 나는 아직도 그날 하루의 몇 가지 장면을 기억한다. 예를 들면, 마을 근처에서 마지막으로 우리와 다시 합류했을 때의 페레즈의 얼굴. 분노와 고통이 어린 굵은 눈물이 그의 두 뺨 위로 흐르고 있었다. 하지만 주름살 때문에 눈물은 줄줄 흐르지는 못하고 있었다. 눈물은 번지다가 다시 합쳐지다가 하면서 그 일그러진 얼굴에 물의 윤기를 만들고 있었다. 또 기억나는 건 성당과, 길에 나온 마을 사람들, 공동묘지 무덤에 놓인 붉은 제라늄 꽃들, 페레즈의 기절(그것은 마치 꼭두각시가 탈구된 것 같았다), 엄마의 관 위로 쏟아져 내리던 핏빛의 흙, 거기에 뒤섞이던 허연 살이 드러난 뿌리들, 그리고 또 사람들, 목소리들, 마을, 어느 카페 앞에서의 기다림, 끊임없이 부릉거리던 버스의 모터 소리, 그리고 버스가 알제라는 빛의 둥지로 들어섰을 때의, 그리고 드러누

위서 열두 시간을 잘 수 있겠다는 생각이 들었을 때의 나의 기쁨
이다.

2

나는 잠에서 깨다가 내가 이틀의 휴가를 요청했을 때 사장이 왜 불만스런 표정을 지었는지 깨달았다. 오늘이 토요일이었기 때문이다. 말하자면 나는 그 사실을 잊고 있었는데 일어나다가 그 생각이 떠올랐다. 너무도 자연스럽게 사장은 내가 그러면 일요일을 합쳐 나흘간의 휴가를 쓰게 되리라 생각한 것이고, 그게 그에게는 마뜩치 않았던 것이다. 하지만 한편으로 보면, 오늘이 아니라 어제 엄마의 장례를 치렀다고 해서 그게 내 잘못은 아니다. 그리고 또 한편으로 보면, 어떤 식으로든 나는 토요일과 일요일의 휴일을 가졌을 것이다.* 물론 그렇다고 해서, 그것 때문에 내가 사장을 이해하지 못하는 건 아니다.

나는 어제 일정으로 피곤했기 때문에 쉽게 일어나지 못했다. 그리고 면도를 하는 동안 무슨 일을 할까 자문해 봤다. 수영을 하러 가기로 마음먹었다. 항구에 있는 수영장 시설에 가기 위해 전차를 탔다. 거기서 나는 수영장 레인 속으로 몸을 던졌다. 젊은 사람이 많았다. 수영장 물속에서 마리 카르도나˙와 재회했다. 그녀는 우리 사무실에서 일했던 타자수였는데, 당시 나는 그녀에게 욕망˙을 품었었다. 내 생각에는 그녀도 그랬었다. 그런데 그녀는 얼마 안 가 일을 그만뒀다. 그래서 우리는 만날 시간이 없었다. 나는 그녀가 튜브에 오르는 걸 도왔다. 그러다가 그녀의 가슴을 살짝 스쳤다. 그녀가 벌써 튜브 위에 배를 대고 엎드렸을 때에도 나는 계속 물속에 있었다. 그녀가 나를 향해 돌아누웠다. 머리카락이 눈 위로 흘러내렸고 그녀는 웃고 있었다. 나는 튜브 위의 그녀 곁으로 올라갔다. 날씨가 좋았다. 그리고 나는 장난치듯이 머리를 뒤로 젖혀서 그녀의 배 위에 올렸다. 그녀는 아무 말도 하지 않았다. 나는 그렇게 그대로 있었다. 두 눈에 하늘이 가득 들어왔다. 하늘은 푸른 금빛이었다. 내 목덜미 밑에서 마리의 배가 부드럽게 뛰는 게 느껴졌다. 우리는 튜브 위에서 반쯤 잠이 든 채로 오랫동안 머물러 있었다. 햇빛이 너무 강해지자 그녀가 물로 뛰어들었고, 나도 그녀를 따랐다. 나는 그녀를 따라잡고 손으로 그녀의 허리를 감쌌다. 그리고 우리는 함께 헤엄을 쳤다. 그녀는 계속 웃고 있었다. 우리가 둑 위에서 몸을 말리는 동안 그녀가 말했다. "내가 당신보다 더 햇볕에 그을렸어요." 나는 그녀에게 저녁에 영화관에 가지 않겠냐고 물었다. 그녀가 다시 웃었다. 그리고 자기는 페르낭델이 나오는 영화를 보고 싶다고 말했다.˙ 우리가 옷을 갈아입었을 때, 내가 검정 넥타이를 맨 모습을 본 그녀는 매우 놀란 표정을 짓고 내게 상중이냐고 물었다. 나는 엄마가 죽었다고 말했다. 언제인지 그녀가 알고 싶어 하기에 나는 "어제"라고 답했다. 그녀가 조금 멈칫했다. 하지만 그녀는 아무 말도 하지 않았다. 그건 내 잘못이 아니라고 말하고 싶은 마음이 들었지만 관두었다. 이미 사장한테 그 말을 했던 생각이 났기 때문이다. 그 말은 아무 의미도 없었다. 아무튼 사람은 언제나 조금씩은 잘못을 한다.

저녁이 되자 마리는 모든 걸 잊었다. 영화는 간간이 우습기도 했지만 그다음엔 정말 황당했다. 그녀는 다리를 내 다리에 대고 있었다. 나는 그녀의 가슴을 만지곤 했다. 영화 상영 시간이 끝나 갈 즈음에는 그녀와 키스를 했는데 잘 되지 않았다. 영화관에서 나온 뒤에 그녀는 내 방으로 왔다.

내가 잠에서 깼을 때, 그녀는 떠나고 없었다. 그녀는 이모네 집에 가야 한다고 내게 말했었다. 일요일이라는 생각이 들자 나는 지겨워졌다. 나는 일요일을 좋아하지 않는다. 그래서 침대로 돌아갔고, 마리의 머리칼이 베게에 남긴 소금 냄새를 맡아 봤다. 그리고 10시까지 잤다. 그다음에는 정오까지 침대에 계속 누운 채 담배를 몇 대 피웠다. 평소처럼 셀레스트네 식당에 가서 점심을 먹고 싶지는 않았다. 분명히 그들은 내게 이런저런 질문을 던질 텐데, 나는 그런 걸 좋아하지 않기 때문이다. 나는 계란 프라이를 몇 개 해서 빵도 없이 접시째로 그냥 먹었다. 남은 빵이 없기도 했지만 그걸 사러 내려가고 싶지 않았기 때문이다.

점심 후에는 조금 심심해졌다. 그래서 아파트 안을 서성였다.

엄마가 있을 때에는 아파트가 편했다. 그런데 이제는 아파트가 내게 너무 넓어서 부엌의 식탁을 방으로 옮겨야 했다. 나는 이 방에서만 생활한다. 조금 내려앉은 밀짚 의자들, 거울이 누렇게 바랜 옷장, 화장대, 구리로 된 침대 사이에서. 나머지는 방치되어 있다. 조금 뒤에 나는 뭐라도 하려고 오래된 신문지를 집어 들어 읽었다. 거기서 크뤼센 소금 광고를 하나 잘라 내어 낡은 공책에 붙였다. 나는 신문에 나오는 재미있는 것들을 거기에 붙인다.' 나는 손을 씻었다. 그리고 마지막에는 발코니로 나갔다.

내 방은 변두리 동네의 중앙로 쪽을 향해 있다. 오후에는 날씨가 좋았다. 하지만 포장도로는 때에 절었고, 뜸하게 보이는 사람들은 발길을 더욱 서둘렀다. 산책 나가는 가족들이 먼저 보였다. 사내아이 둘은 세일러복에 무릎 아래까지 내려오는 반바지를 입었는데, 풀을 빳빳하게 먹인 옷을 입어서 조금은 불편해 보였다. 그리고 계집아이는 커다란 빨간 리본을 달고 검정색 에나멜 구두를 신고 있었다. 그 아이들 뒤에 있는 몸집이 큰 어머니는 밤색 비단 원피스를 입었고, 아버지는 꽤나 가냘픈 작은 남자였는데 나와는 안면이 있었다. 그는 맥고모자, 나비넥타이 차림에, 손에는 단장을 들고 있었다. 아내와 함께 있는 그를 보자, 무엇 때문에 동네 사람들이 그를 두고 품위가 있다고 말하는지 이해할 수 있었다. 잠시 뒤에는 변두리의 젊은이들이 지나갔다. 그들은 머리를 스프레이로 눌러 붙였고, 빨간 넥타이, 꼭 끼는 윗도리, 거기에 꽂은 수놓은 손수건 차림에 구두코가 네모난 구두를 신고 있었다. 그들은 시내 영화관에 가는 길이라고 나는 생각했다. 그래서 그렇게 일찍 출발한 것이고 아주 큰 소리로 웃으며 전차를 향해 서둘러 가고 있는 것이었다.

그들이 지나간 뒤에 거리는 조금씩 인적이 끊겼다. 여기저기서 공연이 시작되어서 그랬던 것이다. 거리에는 가게 주인들과 고양이들만 남아 있었다. 길가에 심어진 무화과나무들 너머로 보이는 하늘은 맑았지만 광채는 없었다. 맞은편 인도 위로 담뱃가게 주인이 의자를 하나 꺼내더니 문 앞에 놓고는 등받이에 두 팔을 걸고 걸터앉았다. 방금까지 사람들로 가득 찼던 전차들은 거의 텅 비어 있었다. 담뱃가게 옆에 있는 '피에로네'라는 조그만 카페에서는 종업원이 아무도 없는 가게 안의 부스러기를 비로 쓸고 있었다. 정말로 일요일이었다.

나는 의자를 돌려서 담뱃가게 주인의 의자처럼 놓았다. 그게 더 편안하다는 생각이 들었기 때문이다. 나는 담배를 두 대 피웠고, 초콜릿 한 조각을 가지러 들어갔다가 다시 나와서 창가에서 먹었다. 조금 뒤에 하늘이 어두워졌다. 여름 소나기가 오겠거니 하는 생각이 들었다. 그동안 하늘은 조금씩 갰다. 하지만 지나가는 구름장이 비 예보를 남긴 듯 거리는 한층 더 어두워졌다. 나는 하늘을 바라보며 오래도록 앉아 있었다.

5시가 되자 시끄러운 소리를 내며 전차들이 도착했다. 교외에 있는 경기장에서 돌아오는 몇 무리의 구경꾼들은 전차의 발판과 난간에까지 매달려서 실려 왔다. 다음에 들어온 전차들에는 선수들이 실려 왔는데, 나는 그들이 들고 있는 작은 운동 가방으로 그들을 알아봤다. 그들은 자기네 클럽은 패하지 않을 거라며 목이 터져라 고함을 지르기도 하고 노래를 부르기도 했다. 그중 여러 명이 내게 손짓을 보냈다. 한 명은 이렇게 외치기까지 했다. "우리가 걔네를 이겼어." 그래서 나도 고개를 끄덕이며 "맞아" 하고 말했다. 바로 그때부터 자동차들이 몰려들기 시작했다.

날이 조금 더 저물었다. 지붕 너머로 하늘이 불그스름해졌고, 초저녁이 되면서 거리에 활기가 살아났다. 산책 갔던 사람들이 조금씩 돌아오고 있었다. 나는 인파 속에서 그 품위 있는 남자를 알아봤다. 아이들은 울기도 하면서 이끌려 오고 있었다. 거의 동시에 동네의 몇몇 영화관에서 한 무리의 관객들이 거리로 쏟아져 나왔다. 그중에서도 젊은이들은 평소보다 더 단호한 몸짓을 하고 있었다. 나는 그들이 모험 영화를 봤구나, 하고 생각했다. 시내 영화관에서 돌아오는 사람들은 조금 더 늦게 도착했다. 그들은 더 심각해 보였다. 아직도 웃고 있기는 했지만 문뜩문뜩 피곤하고 몽롱해 보였다. 그들은 여전히 거리에 남아서 맞은 편 인도 위를 왔다 갔다 했다. 동네 처녀들은 머리를 푼 채 서로 팔짱을 끼고 있었다. 젊은이들이 그 처녀들과 맞부딪치려고 줄을 늘어서고는 농담을 던졌는데, 그 말에 처녀들은 고개를 돌리며 웃었다. 그중에 내가 아는 처녀 몇몇이 내게 손짓을 보내왔다.

갑자기 가로등에 불이 들어왔다. 그래서 어둠속에 돋아나던 초저녁 별들이 빛을 잃고 희미해졌다. 나는 사람과 빛으로 붐비는 보도를 바라보느라 눈이 피곤해짐을 느꼈다. 가로등 불빛 때문에 젖은 포장도로가 번들거렸고, 전차들은 규칙적인 간격으로 들어오면서, 빛이 반사된 머리칼 위로, 웃음 짓는 얼굴이나 은팔찌 위로 그림자를 던지곤 했다. 잠시 뒤 전차들이 뜸해지고 나무들과 가로등 위로 벌써 어둠이 짙어지자, 동네는 부지불식간에 텅 비어 버렸다. 그때쯤 다시 인적이 사라진 거리를 맨 먼저 나타난 고양이가 천천히 가로질렀다. 그제야 나는 저녁을 먹어야겠다는 생각이 들었다. 오랫동안 의자 등받이에 기대고 있었더니 목덜미가 조금 아팠다. 나는 빵과 파스타를 사러 내려갔고, 음식을 만들어서 선 채로 먹었다. 창가에서 담배를 한 대 피우고 싶었지만 공기가 벌써 서늘해져서 조금 추웠다. 나는 창문을 닫았다. 그리고 돌아서서 오다가 거울에 비친 식탁 한쪽 끝을 봤는데, 거기에는 알코올램프가 빵조각들과 나란히 놓여 있었다. 여느 때와 똑같은 일요일이고, 엄마는 이제 땅에 묻혔고, 나는 다시 일을 시작할 것이고, 결국 변한 게 아무것도 없다는 생각이 들었다.

3

오늘 나는 사무실에서 일을 많이 했다. 사장은 친절했다. 그는 너무 피곤하지는 않냐고 내게 물었고 엄마의 나이도 궁금해했다. 나는 틀리지 않게 말하려고 "한 예순쯤"이라고 말했는데, 그가 어째서 안도하는 표정을 짓고는 다 끝난 일이라는 듯한 표정을 지었는지 잘 모르겠다.

내 책상 위에는 한 무더기의 선박 화물 서류들이 쌓여 있었는데, 나는 그 모두를 처리해야 했다. 점심을 먹으러 사무실을 나서기 전에 손을 씻었다. 정오 때, 이때가 나는 정말 좋다. 저녁에는 우리가 쓰는 두루마리식 수건이 완전히 축축해지는 탓에 기분이 덜 좋다. 온종일 사용된 것이기 때문이다. 나는 어느 날 사장에게 그것에 대해 말했다. 그는 그것을 유감스럽게 생각하긴 해도 중요하지 않은 사소한 일이라고 답했다. 잠시 뒤 12시 30분에 나는 화물발송부에서 일하는 에마뉘엘과 밖으로 나왔다. 사무실이 바다 쪽을 향하고 있어서 우리는 햇빛으로 이글거리는 항구에 정박된 화물선들을 보느라 잠깐 한눈을 팔았다. 바로 그때 트럭 한 대가 요란한 체인 소리와 굉음을 내며 다가왔다. 에마뉘엘이 나를 보고 "갈까?" 하고 묻자 나는 달리기 시작했다. 트럭은 우리를 앞질러 갔고 우리는 그걸 쫓아 내달렸다. 나는 소음과 먼지에 파묻혔다. 아무것도 보이지 않았다. 다만 나는 윈치 크레인과 기계, 수평선에서 춤추는 마스트, 옆으로 스쳐 가던 선박의 늑골 들 한가운데서 질주에 대한 걷잡을 수 없는 충동만을 느꼈다. 내가 먼저 몸을 기대어 훌쩍 뛰어올랐다. 그다음엔 에마뉘엘이 앉도록 도와줬다. 우리는 숨이 찼다. 트럭은 먼지와 햇빛 속에서 부두의 울퉁불퉁한 포장도로 위로 덜컹거렸다. 에마뉘엘은 숨이 넘어가도록 웃었다.

우리는 땀에 흠뻑 젖어서 셀레스트네 식당에 도착했다. 셀레스트는 여느 때처럼 불룩 나온 배에 앞치마와 허연 콧수염을 하고 식당에 있었다. 그는 나를 보고 "그래도 잘 지내지?" 하고 물었다. 나는 그렇다고 했고 배가 고프다고 말했다. 나는 아주 빠르게 식사를 하고 커피를 마셨다. 그러고는 집으로 돌아왔다. 포도주를 너무 많이 마셔서 잠을 조금 잤다. 그리고 잠에서 깨고 나니 담배를 피우고 싶은 마음이 들었다. 시간에 늦어서 전차를 잡기 위해 뛰었다. 오후 내내 일했다. 사무실 안은 아주 더웠다. 저녁에 밖으로 나와서는 부두를 따라 천천히 걸어 돌아오는 게 행복했다. 하늘은 초록빛이었고, 나는 만족감을 느꼈다. 하지만 삶은 감자 요리를 만들어 놓고 싶었기 때문에 바로 집으로 돌아왔다.

어둑한 층계를 올라가다가 같은 층 이웃인 살라마노 노인과 부딪쳤다. 그는 자기 개와 함께 있었다. 그 둘이 함께 있는 걸 보아 온 지 8년이 지났다. 그 스패니얼 개는 피부병을 앓고 있는데, 내 생각에는 홍반이다. 그래서 털이 거의 다 빠지고 말았고, 이제는 반점과 누런 딱지 투성이다. 살라마노 노인은 조그만 방에서 개와 둘이서만 사는 바람에 그 개와 비슷해지고 말았다. 얼굴에는 불그스름한 딱지들이 일었고, 머리털은 누렇게 듬성듬성했다. 그 개, 그 놈은 주인한테서 구부정한 거동을 물려받아 주둥이는 앞으로 내밀고 목은 늘어뜨렸다. 둘은 같은 종의 모습을 하고 있는데도 서로 미워한다. 하루에 두 번, 오전 11시와 오후 6시에 노인은 개를 끌고 산책시킨다. 8년 전부터 지금까지 그들은 산책 경로를 바꾼 적이 없다. 둘이서 늘 리옹* 거리를 따라 걷는 모습을 볼 수 있다. 개는 살라마노 노인의 발걸음이 엉킬 때까지 그를 끌어당긴다. 그러면 노인은 개를 때리고 욕한다. 그러면 개는 잔뜩 겁이 나서 기다가 질질 끌려간다. 그 순간에는 노인이 개를 끌어당긴다. 개가 그걸 잊으면 다시 주인을 끌어서 또 매를 맞고 욕을 먹는다. 그러면 둘은 인도에 멈춰 서고, 개는 겁에 질리고 사람은 미움에 차서 서로를 노려본다. 날마다 그렇다. 개가 오줌을 누고 싶어 할 때 노인은 그럴 시간을 주지 않고 개를 끌어당긴다. 그러면 그 스패니얼 개는 오줌 방울을 찔끔찔끔 길게 뒤로 흘린다. 만약 어쩌다가 방 안에서 그렇게 하면 개는 또 얻어맞는다. 8년째 그런 일이 계속되고 있다.

셀레스트는 항상 "불행한 일이야" 하고 말하지만, 그 내막은 아무도 알 수 없다. 내가 계단에서 살라마노와 마주쳤을 때, 그는 개에게 욕을 하는 중이었다. 그는 개에게 "더러운 놈! 멍청이!" 하고 말하고 있었고, 개는 낑낑대고 있었다. 나는 "안녕하세요" 하고 저녁 인사를 했지만, 노인은 계속 욕을 했다. 그래서 나는 개가 노인에게 무슨 짓을 했냐고 물었다. 노인은 대답하지 않았다. 그는 오로지 "더러운 놈! 멍청이!" 하고 말했다. 짐작컨대 그는 개에게 몸을 숙여 목줄에서 뭔가를 바로잡는 중이었다. 나는 좀 더 큰 소리로 말했다. 그러자 그는 몸을 돌리지도 않은 채 화를 참는 듯 "안 가고 계속 거기 있네" 하고 답했다. 그러고는 그 짐승을 끌어당기면서 가 버렸는데, 개는 네 다리로 질질 끌려가면서 낑낑댔다.

바로 그때 같은 층에 사는 내 두 번째 이웃이 들어왔다. 동네에서는 그가 여자로 먹고 산다고들 말한다. 하지만 그에게 직업을 물으면, 그는 "창고 관리인"이라고 말한다. 전반적으로 그는 사람들의 호감을 거의 얻지 못하고 있다. 하지만 그는 종종 내게 말을 건다. 그리고 가끔 내 집에 들러 잠깐씩 시간을 보내는데, 내가 그의 말을 들어 주기 때문이다. 나는 그가 하는 말이 흥미롭다고 생각한다. 게다가 나는 그와 말을 안 할 아무런 이유도 없다. 그의 이름은 레몽 생테스다. 그는 키가 작은 편이고, 어깨가 넓고, 코는 권투 선수 코다. 그는 언제나 옷을 아주 단정하게 갖춰 입는다. 그도 살라마노에 대해 이야기하면서 내게 이렇게 말했다. "참 불행한 일이잖아요!" 그런 일이 불쾌하지 않냐고 그가 내게 묻자 나는 그렇지 않다고 대답했다.

우리는 계단을 올라갔다. 그리고 헤어지려는데 그가 말했다. "저의 집에 순대랑 포도주가 있어요. 같이 안 드실래요?" 그렇게 하면 음식을 안 만들어도 되겠다는 생각이 들어서 나는 좋다고 했다. 그의 집도 창문이 없는 부엌에 방이 한 칸뿐이었다. 침대 위쪽으로 하얀색과 붉은색이 섞인 천사 조각상 하나와 챔피언 사진들, 그리고 두세 장의 여자 누드 사진이 붙어 있었다.˚ 방은 더러웠고 침대는 낡았다. 그는 먼저 석유등에 불을 붙였다. 그다음에는 호주머니에서 의심쩍은 붕대를 꺼내더니 오른손을 감았다. 나는 무슨 일이 있었냐고 물었다. 자기에게 시비를 거는 어떤 놈과 싸웠다고 그가 말했다.

그가 말했다. "뫼르소 씨, 아시다시피 그건 내가 나쁜 놈이라서가 아니에요. 하지만 난 다혈질이죠. 그놈이 나를 보고 이랬어요. '남자라면 전차에서 내려.' 난 '야, 가만히 있어' 하고 대꾸했죠. 그랬더니 녀석이 나를 보고 남자가 아니라는 겁니다. 그래서 내렸죠. 그리고 '이 정도로 하는 게 좋을 거야, 아니면 묵사발을 만들어 주마" 하고 말했어요. 그랬더니 녀석이 '뭘로?' 하고 대답하는 거죠. 그래서 내가 한 방 먹였어요. 녀석은 나가떨어졌고요. 나는 녀석을 다시 일으키려고 했어요. 그런데 녀석이 드러누운 채 발길질을 하잖아요. 그래서 니킥을 한 번 날리고 면상을 두 번 갈겼죠. 녀석 상판이 피범벅이 됐어요. 계산 끝났냐고 물어봤죠. 녀석이 '그래'라고 하더군요."

그렇게 이야기하는 내내 생테스는 붕대를 감고 있었다. 그리고 나는 침대에 걸터앉아 있었다. 그가 말했다. "보시다시피 내가 그 녀석한테 싸움을 건 게 아니에요. 그놈이 나한테 못되게 군거지." 나는 그건 맞다고 그의 말을 인정했다. 그러자 그는 때마침 그 일과 관련해서 내게 조언을 부탁하고 싶다고, 나는 남자니까 인생이 뭔지 알 테고, 그러니까 내가 자기를 도와줄 수 있고, 그러고 나면 자기가 내 단짝 친구가 되겠다고 말했다. 나는 아무 말도 하지 않았다. 그러자 그는 다시 자기의 단짝 친구'가 되고 싶지 않냐고 물었다. 나는 뭐 그래도 상관없다고 말했다. 그는 흡족한 표정을 지었다. 그는 순대를 꺼내 프라이팬에 익혔다. 그리고 유리잔과 접시와 포크, 포도주 두 병을 내놓았다. 이 모든 게 침묵 속에서 이뤄졌다. 우리는 자리에 앉았다. 식사를 하면서 그는 내게 자신의 이야기를 들려주기 시작했다. 처음에는 조금 주저했다. "관계를 맺어 온 여자가 하나 있는데…… 정부(情婦)라고 말할 수 있죠." 그와 싸움이 붙은 남자는 그 여자의 오라비였다. 자기가 그 여자를 먹여 살렸다고 그가 말했다. 나는 아무 대답도 하지 않았다. 하지만 그는 바로 이어서 동네 사람들이 뭐라고 말하는지 자기는 알고 있다, 그래도 자기는 양심이 있다, 또 자기는 창고 관리인이라고 덧붙였다.

그가 말했다. "내 얘기를 하자면, 속임수가 있었다는 걸 알게 된 거죠." 그는 그녀에게 정확히 먹고살 것을 주고 있었다. 그녀의 방세를 내고 있었고, 식비로 하루에 20프랑을 주고 있었다. "방세 3백 프랑, 식비 6백 프랑, 가끔씩 스타킹 한 켤레, 그러면

1천 프랑이 됐죠. 그리고 그 여자는 일을 안 했어요. 그런데 빠듯하다고, 내가 주는 걸로는 못살겠다고 말하는 거예요. 그래서 나는 말했죠. '왜 넌 하루의 반나절도 일을 안 하냐? 그런 소소한 일들만 해도 내 부담을 덜어 줄 텐데. 이번 달에도 난 너한테 다 사 줬어. 하루에 20프랑을 너한테 지불하고, 집세를 내주고 그러는데 너, 넌 오후엔 친구들하고 커피를 마셔. 네가 친구들한테 그 커피하고 설탕을 사 주고 있는 거야. 나, 난 너한테 그 돈을 주는 거고. 난 너한테 잘해 줬는데 넌 그걸 못되게 되갚고 있어.' 하지만 그 여자는 일을 하지 않았어요. 그리고 맨날 못살겠다고 말하고. 그런 식으로 하니 속임수가 있다는 걸 눈치 챈 거죠."

이어서 그는 그녀의 가방에서 복권을 한 장 발견했다는 이야기와, 그녀가 그걸 어떻게 샀는지 해명하지 못했다는 이야기를 했다. 얼마 뒤에는 팔찌 두 개를 전당포에 잡혔음을 보여 주는 접수표를 그녀의 집에서 발견했다. 그때까지 그런 팔찌들이 있는 줄도 모르고 있었다. "속임수가 있다는 걸 딱 알게 됐죠. 그래서 그 여자랑 헤어졌어요. 그 전에 먼저 때려 줬고요. 그녀가 행한 진상이 뭔지 말해 줬어요. 네년이 원하는 건 그저 너한테 딸린 물건 가지고 재미 보는 게 전부 아니냐, 하고 말이죠. 뫼르소씨, 내가 어떻게 말을 했냐 하면, 당신도 수긍이 갈 거요. '내가 너한테 주는 행복을 세상 사람들이 부러워한다는 걸 넌 모르고 있어. 넌 나중에야 네가 가졌던 행복이 뭔지 알게 될 거야.'"

그는 그 여자를 피가 나도록 팼다. 그 전에는 팬 적이 없다.

40

"때리기는 했었죠. 말하자면 살살 했어요. 개가 조금 소리를 지르면 나는 덧문을 닫고. 뭐 언제나 그렇게 끝나곤 했어요. 그런데 지금은 심각해요. 나로서는 그년에게 충분히 벌을 주지 못했어요."

그래서 그는 그런 점 때문에 조언이 필요하다고 해명했다. 그을음을 내며 타는 등불의 심지를 조절하려고 그가 말을 멈췄다. 나는 그의 말에 계속 귀를 기울였다. 포도주를 거의 1리터나 마신 상태였다. 그래서 이마가 몹시 뜨거웠다. 남은 담배가 없어서 레몽의 담배를 피우고 있었다. 마지막 전차들이 지나가면서 교외의 소음도 이제는 멀리 실어 가고 있었다. 레몽은 말을 이었다. 그를 짜증나게 하는 건 "아직도 그녀와 나눈 홀레질에 미련이 남아 있다"는 것이었다. 하지만 그는 그 여자에게 벌을 주고 싶었다. 처음에는 그녀를 여관으로 데려가서 "풍기 단속반"에 신고하고 한바탕 소동을 일으켜 매춘부 명부에 올려 버릴 생각을 했다. 그다음에는 뒷골목 세계에서 노는 친구들에게 물었다. 하지만 그 친구들은 아무 방법도 찾지 못했다. 그런데 레몽이 내게 지적한 것처럼 뒷골목 세계에 있으면 그에 걸맞게 굴어야 한다. 그가 그 친구들에게 그런 말을 하자, 그들은 그 여자에게 "흉터를 내자"는 제안을 했다. 하지만 그건 그가 바라는 바가 아니었다. 좀 더 생각해 볼 참이었다. 그 전에 내게 물어보고 싶은 게 있다고 했다. 그리고 물어보기에 앞서 내가 그 이야기를 어떻게 생각하는지 알고 싶다고 했다. 나는 별 생각이 없다고, 하지만 흥미롭다고 대답했다. 그는 여자의 속임수가 있다고 생각하는지 물었고 나는, 내가 보기에는 속임수가 있는 것 같다고 했다. 그녀에게 벌을 줘야 하는지, 그리고 내가 자기라면 어떻게 하겠냐고 묻기에, 나는 사람 일은 결코 알 수 없다고, 하지만 그가 그녀에게 벌을 주고 싶어 하는 심정은 이해가 간다고 말했다. 나는 다시 포도주를 조금 더 마셨다. 그는 담뱃불을 붙였다. 그리고 자신의 구상을 밝혔다. "차 버리겠다는 내용과 함께 그녀가 후회하도록 만드는 것들을 담은" 편지 한 통을 그녀에게 쓰고 싶다는 것, 그리고 나중에 그녀가 다시 돌아오면 그녀와 함께 잘 거고, "끝나 가는 바로 그 순간에" 그녀의 얼굴에 침을 뱉고는 밖으로 쫓아 버리겠다는 것이었다. 사실 그런 식이라면 그녀는 벌을 받는 것이라고 나는 생각했다. 하지만 레몽은 자기는 필요한 그 편지를 쓸 수 있을 것 같지 않다고, 그래서 편지를 쓸 사람으로 나를 생각했다고 말했다. 내가 아무 말도 하지 않고 있으려니, 당장 그 일을 하는 게 성가시냐고 그가 물었다. 나는 그렇지 않다고 답했다.

그러자 그는 포도주를 한 잔 마시고 자리에서 일어났다. 그리고 접시들과 조금 남은 식은 순대를 밀어냈다. 그는 방수천 식탁보를 정성껏 닦았다. 그리고 침대 탁자 서랍에서 네모 줄이 쳐진 종이 한 장과 누런 봉투, 붉은색 목재의 자그만 만년필 통과 보라색 잉크가 담긴 네모난 잉크병을 꺼냈다. 그가 그 여자의 이름을 말하자, 나는 그 여자가 무어인임을 알아챘다.* 나는 편지를 썼다. 얼마간 되는대로 썼다. 하지만 레몽을 만족시키기 위해 정성을 들였다. 그를 만족시키지 않을 이유가 없었다. 그런 다음 나는 편지를 큰 소리로 읽었다. 그는 담배를 피우면서, 머리를 끄덕이면서 귀를 기울였다. 그리고 다시 읽어 달라고 했다. 그는 완전히 만족스러워했다. 그가 말했다. "나는 네가 인생이 뭔지 안다는 걸 알고 있었어." 나는 처음에는 그가 내게 너나들이하는 반말을 하고 있음을 눈치 채지 못했다. 그가 내게 "이제 넌 진짜 단짝 친구야" 하고 말했을 때 그제야 충격을 받았다. 그는 그 문장을 반복해서 말했다. 나는 "그래" 하고 답했다. 그의 단짝 친구가 된다고 해도 별로 상관없었다. 그는 정말로 그러고 싶은 마음이 있다는 표정을 짓고 있었다. 그는 편지를 봉했다. 그리고 우리는 포도주를 다 비웠다. 그런 다음 아무 말도 하지 않은 채 담배를 피우며 한동안 가만히 있었다. 밖에는 모든 게 고요했다. 지나가는 자동차가 미끄러지는 소리가 들렸다. 내가 말했다. "시간이 늦었네." 레몽도 그렇게 생각한다고 말했다. 그는 시간이 빨리 간다고, 어떤 의미로 그 말은 진실이라고 언급했다. 나는 졸렸다. 하지만 일어나는 게 힘들었다. 분명 내 표정이 지쳐 보였던 것 같다. 레몽이 내게 자포자기하면 안 된다고 말했기 때문이다. 난 처음에는 그 말을 이해하지 못했다. 그러자 그는 엄마의 죽음 소식을 알았다고, 하지만 그건 언젠가는 일어날 일이라고 내게 설명했다. 그건 나의 견해이기도 했다.

나는 자리에서 일어났다. 레몽이 내 손을 아주 세게 잡으며 악수를 했다. 그리고 남자끼리는 언제나 서로 이해하는 법이라고 말했다. 그의 집 밖으로 나와서 문을 다시 닫고 나는 한동안 층계참의 어둠 속에 있었다. 건물은 조용했고, 계단 구석 깊은 데서부터 어둡고 축축한 바람이 올라오고 있었다. 귓속으로 윙윙거리며 심장이 뛰는 소리밖에 들리지 않았다. 나는 꼼짝 않고 서 있었다. 살라마노 노인의 방에서 개가 희미하게 낑낑거렸다.

4

일주일 내내 나는 열심히 일했다. 레몽이 와서 그 편지를 부쳤다고 말했다. 나는 에마뉘엘과 영화관에 두 번 갔다. 그는 언제나 화면에서 벌어지는 일을 다 이해하지는 못한다. 그래서 설명을 해 줘야 한다. 어제는 토요일이었고, 약속했던 대로 마리가 왔다. 마리는 빨간 줄무늬와 흰 줄무늬가 있는 예쁜 원피스를 입고 가죽 샌들을 신고 있었다. 그래서 나는 그녀에게 강한 욕망을 느꼈다. 그녀의 탄탄한 가슴이 짐작되었다. 햇볕에 그을린 갈색이 그녀의 얼굴을 꽃처럼 만들고 있었다. 우리는 버스를 탔다. 그리고 알제에서 몇 킬로미터 떨어진 어느 해변으로 갔다. 바위들에 에워싸이고 육지 쪽으로는 가장자리에 갈대들이 나 있는 곳이었다. 오후 4시의 햇살은 그다지 뜨겁지 않았다. 하지만 바닷물은 미지근했고, 잔물결이 길고 게으르게 일고 있었다. 마리는 내게 장난을 한 가지 가르쳐 줬다. 헤엄을 치면서 파도의 끝을 들이마시고는 입안에 그 물거품을 잔뜩 머금었다가 배영 자세를 한 다음에 하늘로 내뿜는 것이었다. 그렇게 하니 거품 레이스가 만들어져 공기 중으로 사라지거나 미지근한 비가되어 얼굴로 떨어지곤 했다. 하지만 시간이 얼마 지나자 씁쓸한 소금기 탓에 입에 불이 났다. 그때 마리가 내게로 다가와서 물속에서 밀착했다. 마리는 내 입에 자기 입을 갖다 댔다. 그녀의 혀가 내 입술을 시원하게 했다. 우리는 한참을 파도 속에서 뒹굴었다.

우리가 해변에서 옷을 갈아입었을 때, 마리는 환하게 빛나는 눈으로 나를 바라보고 있었다. 나는 그녀에게 키스를 했다. 그때부터 우리는 더 이상 말을 하지 않았다. 나는 그녀를 바싹 껴안았고, 우리는 쫓기듯 버스를 찾았고, 돌아왔고, 집으로 왔고, 침대에 몸을 던졌다. 방의 창문은 열려 있었다. 그래서 햇볕에 그을린 우리 두 사람의 육체 위로 여름밤이 흘러가는 걸 느끼기에 좋았다.

오늘 아침에는 마리가 가지 않고 머물러 있었다. 나는 그녀에게 함께 점심을 먹자고 말했다. 나는 빵을 사러 내려갔다. 그리고 다시 올라오는데 레몽의 방에서 여자 목소리가 들렸다. 조금 뒤에는 살라마노 노인이 자기 개한테 투덜거렸다. 그리고 승강구의 목재 계단 위로 신발창 소리와 개 발톱이 쓸리는 소리, 이어서 "더러운 놈, 멍청이"라는 소리가 우리에게 들렸다. 노인과 개는 거리로 나갔다. 나는 마리에게 그 늙은이 이야기를 해 줬고 그녀는 웃었다. 그녀는 내 잠옷 하나를 소매를 걷어 올려 입고 있었다. 그녀가 웃자 나는 다시 그녀에게 욕망을 느꼈다. 잠시 뒤에 그녀는 내가 자기를 사랑하는지 물었다. 나는 그녀에게 그런 말은 아무 뜻도 없으며, 나로서는 사랑하지 않는 것 같다고 답했다. 그녀는 슬픈 표정을 지었다. 하지만 점심 준비를 하면서는 아무것도 아닌 것에도 그녀가 다시 그런 식으로 웃길래 나는 그녀에게 키스를 했다. 바로 그때 말다툼 소리가 레몽의 집에서 터져 나왔다.

먼저 날카로운 여자 목소리가 들렸고, 이어서 레몽이 이렇게 말하고 있었다. "넌 나를 갖고 놀았어, 나를 갖고 놀았다고. 그래 계속 나를 갖고 놀라고 가르쳐 줄게." 이런저런 불분명한 소리들이 들리고 나서 여자가 고함을 질렀다. 그것도 하도 끔찍하게 지르는 바람에 층계참에 곧 사람들이 밀려들었다. 마리와 나, 우리도 밖으로 나갔다. 여자는 계속해서 소리를 질렀고, 레몽은 계속 때리고 있었다. 마리는 내게 끔찍하다고 말했다. 나는 아무 대답도 하지 않았다. 그녀는 나를 보고 경찰관을 불러오라고 했지만 나는 경찰관을 좋아하지 않는다고 말했다. 하지만 3층*에 사는 세입자인 배관공과 함께 경찰관 한 사람이 도착했다. 경찰관이 문을 두드렸다. 더 이상 아무 소리도 들리지 않았다. 경찰관이 더 세게 두드렸다. 그러자 잠시 뒤에 여자가 울었고, 레몽이 문을 열었다. 그는 담배를 입에 문 채 짐짓 부드러운 표정을 짓고 있었다. 여자가 문 쪽으로 후다닥 내달리더니 레몽이 자기를 때렸다고 경찰관에게 알렸다. "이름은?" 경찰관이 말했다. 레몽이 대답했다. 그러자 "나한테 말할 땐 입에서 담배 치워" 하고 경찰관이 말했다. 레몽이 머뭇대다가 나를 바라봤고, 담배를 길게 빨았다. 그 순간 경찰관이 팔을 힘껏 휘둘러서 철썩 하고 둔탁한 소리가 나도록 레몽의 뺨 한가운데를 갈겼다. 담배가 몇 미터나 멀리 날아가 떨어졌다. 레몽의 얼굴색이 바뀌었다. 하지만 그는 그 순간은 아무 말도 하지 않았다. 그러고는 공손한 목소리로 담배꽁초를 주워도 되는지 물었다. 경찰관은 그래도 된다고 말했다. 그리고 덧붙였다. "하지만 다음엔 경찰이 허수아비가 아니란 걸 알아 둬." 그러는 동안 그 계집은 울고 있었다. 그녀는 같은 말을 반복했다. "저 사람이 나를 때렸어요. 저 사람은 포주예요." 그러자 레몽이 물었다. "경찰 나리, 저렇게 남자한테 포주라고 말하는 거, 그게 법에 맞습니까?" 하지만 경찰관은 레몽에게 "아가리 닥쳐" 하고 명령했다. 그러자 레몽이 다시 계집 쪽으로 몸을 돌려서는 이렇게 말했다. "기다려, 쪼끄만 년아. 두고 봐, 또 만나자." 경찰관은 레몽에게 닥치라고 말하고는 계집은 가고 레몽은 방에 남아서 경찰서에서 소환 통보가 오기를 기다리라고 말했다. 그리고 레몽에게 지금처럼 몸이 떨릴 정도로 술에 취한 걸 부끄러운 줄 알아야 한다고 덧붙였다. 그 순간 레몽이 경찰관에게 해명했다. "경찰 나리, 저는 술에 취한 게 아니에요. 단지 여기 경찰관님이 앞에 계시니까 떠는 거죠. 어쩔 수 없잖아요." 레몽은 문을 닫았다. 사람들이 모두 자리를 떴다. 마리와 나는 점심식사를 모두 차렸다. 하지만 마리가 배가 고프지 않다고 해서 내가 거의 다 먹었다. 마리는 1시에 떠났고, 나는 잠을 조금 잤다.

3시쯤 누가 문을 두드렸다. 레몽이 들어왔다. 나는 계속 누워 있었다. 그는 내 침대 귀퉁이에 앉았다. 그는 한동안 말이 없었다. 나는 그에게 어떻게 된 일이냐고 물었다. 그의 말로는 자기는 계획대로 했는데, 그녀가 자기의 따귀를 때려서 패 줬다는 것이었다. 나머지는 내가 본 그대로였다. 나는 이제는 그녀가 벌을 받은 것 같으니 너도 만족할 것 같다고 말했다. 그러자 그는 자기 생각도 그렇다고 말했다. 그 경찰관도 별 수 없다고, 그녀가 매를 맞았다는 건 변함이 없다고 언급했다. 그리고 자기는 경찰관들을 잘 안다고, 그래서 그들을 어떻게 상대해야 하는지 알고 있다고 덧붙였다. 그러더니 그 경찰관이 따귀를 때린 것에 자기가 응수하기를 기대했냐고 내게 물었다. 나는 그 어떤 것도 기대하지 않는다고,* 게다가 경찰관들을 좋아하지 않는다고 답했다. 레몽은 아주 만족스러운 표정을 지었다. 그는 외출하고 싶지 않냐고 내게 물었다. 나는 자리에서 일어나 머리를 빗기 시작했다. 그는 내가 증인으로서 자기를 도와줘야 한다고 말했다. 나는 그렇게 해도 상관없었다. 하지만 나는 무슨 말을 해야 할지 몰랐다. 레몽의 말에 따르면, 그 계집이 자기를 가지고 놀았다고 진술하는 것으로 충분했다. 나는 증인으로 그를 도와주겠다고 말했다.

우리는 밖으로 나갔다. 레몽이 내게 코냑 한잔을 샀다. 그다음에 그는 당구 시합을 하고 싶어 했다. 나는 아슬아슬하게 졌다.* 또 이어서 그는 창녀촌에 가고 싶어 했지만 나는 싫다고 말했다. 나는 그런 걸 좋아하지 않았기 때문이다. 그래서 우리는 천천히 돌아왔다. 그동안 그는 자신의 정부를 혼내는 데 성공해서 얼마나 흡족한지 내게 말했다. 나는 그가 내게 아주 친절하게 대한다고 느꼈고, 그래서 그와 좋은 한때를 보냈다고 생각했다.

저 멀리 살라마노 노인이 흥분한 표정으로 문 앞에 있는 모습이 눈에 들어왔다. 우리 사이가 가까워지자, 그가 그의 개를 데리고 있지 않은 게 보였다. 그는 사방을 둘러보고, 뒤를 돌아보고, 캄캄한 복도를 뚫어져라 바라보고, 이어지지 않은 낱말들을 웅얼거리고, 충혈된 작은 눈으로 길거리를 다시 뒤졌다. 레몽이 노인에게 무슨 일이냐고 물었지만 노인은 바로 대답하지는 않았다. 나는 어렴풋이 그가 "더러운 놈, 멍청이"라고 중얼거리는 소리를 들었다. 그는 계속 안절부절못했다. 나는 그에게 개는 어디 있냐고 물었다. 개는 가 버렸다고 그가 불쑥 대답했다. 그리고 갑자기 수다스럽게 말했다. "여느 때처럼 녀석을 샹드마뇌브르에 데리고 갔소. 시장 노점 근처에 사람들이 많았어요. 나는 거리에서 하는 「탈주의 왕」 연극을 보려고 멈췄죠. 그리고 다시 떠나려 했을 때 보니 녀석이 없었소. 물론 오래전부터 좀 작은 목줄을 사 주려고 했었지만. 그런데 그 멍청이가 이렇게 떠나버릴 수 있다고는 난 결코 생각해 본 적도 없을 거요."

그러자 레몽은 노인에게 개가 길을 잃었을 수도 있으니 돌아올 거라고 설명했다. 주인을 만나기 위해 수십여 킬로미터를 갔던 개들의 사례도 들었다. 하지만 노인은 더 흥분한 표정을 지었다. "그래 봤자 그 사람들이 내게서 녀석을 빼앗아 갈 거요. 잘 알잖소. 누가 다시 녀석을 거뒀으면 좋겠는데. 하지만 그럴 리가 없어. 녀석은 부스럼 딱지가 있어서 모두가 역겨워하니까. 경찰이 잡아갈 거요. 틀림없어요." 그래서 나는 그에게 동물 보호소에 가 보면 된다고, 그리고 요금을 몇 푼 지불하면 돌려줄 거라고 말했다. 그는 요금이 비싸냐고 물었다. 나는 모르겠다고 했다. 그러자 그는 화를 내기 시작했다. "그런 멍청이 때문에 돈을 내다니, 아이고! 그런 놈은 뒈져도 돼!" 그리고 개를 욕하기 시작했다. 레몽은 웃었다. 그러고는 집으로 들어가 버렸다. 나도 레몽을 따라 들어갔다. 그리고 우리는 층계참에서 헤어졌다. 얼마 뒤에 노인의 발걸음 소리가 들렸다. 노인이 내 집 문을 두드렸다. 내가 문을 열자, 그는 잠시 문턱에 가만히 있더니 말했다. "미안합니다, 미안해요." 나는 안으로 들어오라고 권했지만 그는 원하지 않았다. 그는 자신의 구두코를 바라보고 있었고, 딱지가 앉은 두 손은 떨고 있었다. 얼굴을 들지 않은 채 그가 물었다. "뫼르소 씨, 저기, 그 사람들이 내 개를 가져가 버리지는 않겠죠? 내게 돌려주겠죠? 아니면 난 어떻게 되겠어요?" 나는 그에게 동물 보호소에서는 주인들이 찾으러 오도록 사흘 동안 개들을 보호한다고, 그런 다음에는 자기들 마음대로 한다고 말했다. 그는 말없이 나를 바라봤다. 그러고는 "저녁 잘 보내요" 하고 내게 인사를 했다. 그는 자기 집 문을 닫고 들어갔다. 그가 왔다 갔다 하는 소리가 들렸다. 그리고 그의 침대가 우지끈하는 소리가 났다. 칸막이벽 너머로 들려오는 이상한 작은 소리에 나는 그가 울고 있음을 알아챘다. 나는 왜 엄마 생각이 났는지 모르겠다. 하지만 나는 다음날 일찍 일어나야 했다. 배가 고프지 않아서 저녁 식사를 하지 않고 누웠다.

5

레몽이 사무실로 전화를 걸어왔다. 그는 자기 친구 하나가 (그가 그 친구에게 내 얘기를 했었는데) 알제 근처에 있는 작은 별장‘으로 일요일 낮을 보내러 오라고 나를 초대했다고 말했다. 나는 그러고 싶지만 그날은 여자 친구와 보내기로 약속했다고 답했다. 그러자 레몽은 즉각 그녀도 초대한다고 말했다. 자기 친구의 부인이 남자 무리에서 혼자 있지 않게 되어 아주 만족할 거라고.

나는 바로 전화를 끊고 싶었다. 시내에서 걸려오는 전화를 사장이 좋아하지 않는다는 걸 알고 있었기 때문이다. 하지만 레몽은 내게 기다려 달라고 말했다. 그리고 저녁에 초대장을 전해 줄 수도 있을 거라고, 그런데 다른 것도 알려 주고 싶다고 했다. 한 무리의 아랍인들이 하루 종일 자기를 쫓아다녔는데, 그중에 옛날 정부의 오라비도 있었다는 것이었다. "오늘 저녁에 퇴근하다가 집 근처에서 그놈이 보이면 나한테 알려 줘." 나는 알았다고 말했다.

  잠시 뒤 사장이 나를 불렀다고 하자 당장에는 짜증이 났다. 사장이 전화를 줄이고 일을 더 잘하라고 말하겠거니 생각했기 때문이다. 그런데 전혀 그게 아니었다. 그는 아직은 아주 막연한 어떤 계획을 말하겠다고 했다. 그는 단지 그 문제에 대한 내 의견을 알고 싶어 했다. 자기가 파리에 사무실을 하나 차려서 현장에서 직접 큰 기업들을 상대로 업무를 처리해 볼까 하는데, 내가 파리에 갈 의향이 있는지 알고 싶다고 했다. 그렇게 하면 내가 파리에서 살 수 있게 될 테고, 연중 얼마간은 출장 여행도 할 수 있다는 것이었다. "당신은 젊어요. 그러니 내 생각에는 그런 생활이 당신 마음에 들 것 같은데." 나는 그렇기는 하지만 실상은 그런 게 나한테는 이러나저러나 상관없다고 말했다. 그러자 그는 인생의 변화에 흥미가 안 생기냐고 물었다. 나는 결코 인생을 바꾸지는 못하며, 아무튼 모든 인생이 가치 있고, 여기서의 내 인생도 전혀 마음에 거슬리지 않는다고 답했다. 그는 불만스러운 표정을 짓고는 나는 언제나 삐딱하게 대답한다, 내게는 야심이 없다, 그런 점은 업무에 해가 된다고 말했다. 그래서 나는 다시 하던 일을 하러 돌아갔다. 나는 사장의 마음을 거스르지 말았으면 싶었지만, 내 인생을 변화시켜야 할 이유를 알지 못했다. 곰곰이 생각해 보면 나는 불행하지 않았다. 대학생 시절에는 그런 야심이 많았다. 하지만 공부를 포기하게 되었을 때, 나는 모든 게 현실적으로 중요하지 않음을 아주 빠르게 깨달았다.

저녁에 마리가 찾아왔다. 그리고 자기와 결혼하고 싶지 않냐고 물었다. 나는 그래도 상관없다고, 그녀가 원한다면 결혼할 수도 있다고 말했다. 그러자 그녀는 내가 자기를 사랑하는지 알고 싶다고 했다. 나는 이미 한 번 그렇게 말했던 것처럼 그런 말은 아무 의미도 없지만 아마도 사랑하지 않는 것 같다고 답했다. "그럼 왜 나랑 결혼을 해?" 그녀가 물었다. 나는 그런 말은 전혀 중요하지 않다고, 그녀가 결혼을 원한다면 우리가 결혼을 할 수는 있다고 그녀에게 설명했다. 나아가 결혼을 요구하는 건 바로 그녀고, 나, 나는 좋다고 말하는 것에 만족한다고. 그러자 그녀는 결혼은 중대한 일이라고 지적했다. 나는 "그렇지 않다"고 답했다. 그녀는 잠시 말문을 닫았다. 그리고 말없이 나를 바라봤다. 이어서 그녀가 말했다. 간단히 말해 그녀가 알고 싶은 것은, 같은 방식으로 관계를 맺게 된 다른 여자한테서 똑같은 제안이 온다 해도 내가 받아들였을지 알고 싶다는 것이었다. "당연히 그렇다"고 나는 말했다. 그러자 그녀는 자기가 나를 사랑하는지 의문이 든다고 했는데, 나, 나는 그 점에 대해 아무것도 알 수 없다고 했다. 또 잠깐의 침묵이 흐른 뒤에 그녀는 내가 이상하다고, 자기는 아마도 그런 점 때문에 나를 사랑하는 것 같다고, 하지만 어쩌면 언젠가는 똑같은 이유들 때문에 싫어질 것 같다고 중얼거렸다. 덧붙일 말이 아무것도 없어서 입을 다물고 있자니, 그녀가 웃음을 지으며 내 팔을 잡았다. 그리고 자기는 나와 결혼하고 싶다고 말했다. 그녀가 원하면 언제든 바로 결혼하면 된다고 나는 답했다. 그때 나는 사장의 제안에 대해 그녀에게 말했다. 마리는 파리에 가 보고 싶다고 말했다. 나는 한때 파리에서 살았던 적이 있다고 밝혔다. 그녀는 그 생활이 어땠냐고 물었다. 나는 말했다. "거긴 더러워. 비둘기들도 시커멓고 안마당도 시커매. 사람들은 피부가 하얗고."

그다음에 우리는 산책을 나갔고 큰길들을 가로지르며 도시를 돌아다녔다. 여자들은 아름다웠다. 나는 마리에게 그런 점이 눈에 띄는지 물었다. 그녀는 그렇다고 답했다. 그리고 나를 이해한다고 말했다. 한동안 우리는 말을 하지 않았다. 하지만 나는 그녀가 나와 함께 있어 주기를 바랐다. 그래서 나는 그녀에게 셀레스트네 식당에서 함께 식사하면 어떠냐고 물었다. 그녀는 자기도 정말로 그렇게 하고 싶지만 할 일이 있다고 말했다. 우리는 내 집 근처까지 왔고, 나는 그녀에게 작별 인사를 했다. 그녀가 나를 바라봤다. "내가 할 일이 뭔지 알고 싶지 않아?" 나도 그걸 알고 싶기는 했지만 거기까지 생각이 미치지는 못했는데, 그녀는 바로 그 점을 비난하는 표정이었다. 그때 나타난 나의 당혹스런 표정에 그녀는 다시 웃었다. 그리고 나를 향해 온몸을 움직여 입술을 내밀었다.

나는 셀레스트네 식당에서 저녁을 먹었다. 내가 이미 식사를 시작했을 때, 이상하게 생긴 자그만 여자가 들어와서는 내가 앉은 식탁에 앉아도 되는지 물었다. 나는 당연히 그래도 된다고 말했다. 그녀는 사과처럼 조그만 얼굴에 눈빛이 환했고, 몸짓은 부산스러웠다. 그녀는 윗도리를 벗어 재끼더니 자리에 앉아서 메뉴판을 열심히 살펴봤다. 그러고는 셀레스트를 부르더니 정확하면서도 서두르는 목소리로 지체 없이 자기가 시킬 메뉴들을 한꺼번에 주문했다. 그녀는 전채 음식을 기다리면서 손가방을 열었고, 거기서 네모난 쪽지와 연필을 꺼내 음식 값을 미리 합산했다. 그리고 봉사료를 더한 정확한 금액을 작은 지갑에서 꺼내 앞에 놓았다. 그때 전채 음식이 나왔는데, 그녀는 그걸 아주 빠르게 먹어 치웠다. 그녀는 다음 음식을 기다리면서 다시 청색 연필과 주간 라디오 방송 표가 나오는 잡지를 손가방에서 꺼냈다. 그리고 아주 정성을 들여 거의 모든 방송 이름에다 하나하나 빗금 표시를 했다. 잡지가 10여 쪽 분량이었기 때문에 그녀는 식사를 하는 동안 내내 그 작업을 꼼꼼하게 계속했다. 내가 식사를 벌써 끝낸 상황에서도 그녀는 여전히 똑같이 열중하여 빗금 표시를 하고 있었다. 이어서 그녀는 일어났고, 자동인형 같이 정확한 동작으로 재킷을 다시 입고는 자리를 떴다. 할 일이 아무것도 없었기 때문에 나도 밖으로 나왔다. 그리고 잠시 그녀를 뒤쫓았다. 그녀는 믿을 수 없을 만큼 빠르고 정확하게 인도의 가장자리에 위치를 잡고는 벗어나지도 돌아보지도 않으면서 계속 길을 갔다. 나는 결국 그녀를 시야에서 놓쳤고 발걸음을 돌렸다. 이상한 여자라고 생각했지만 나는 금세 그녀를 잊었다.

내 집 현관 앞에 이르렀을 때, 살라마노 노인과 만났다. 나는 그에게 들어오라고 했다. 그가 자기 개는 잃어버렸다고 내게 알렸다. 동물 보호소에는 없었기 때문이었다. 어쩌면 개가 자동차에 깔렸을 것 같다고 직원들이 말했다고 했다. 그걸 경찰서에서 확인할 수 있는지 노인이 물어봤다. 그들의 대답은 그런 일들의 흔적은 남지 않는다는 것이었다. 그런 일은 날마다 일어나기 때문이다. 나는 살라마노 노인에게 다른 개를 구해다 키울 수도 있지 않냐고 말했다. 하지만 그는 자기가 그 개와 지내는 데 습관이 들었다고 말했다. 그건 그의 말이 옳았다.

나는 침대 위에 다리를 웅크리고 앉았고, 살라마노는 식탁 앞에 있는 의자에 앉았다. 그는 나와 마주보며 두 손을 무릎에 얹고 있었다. 낡은 펠트 모자는 계속 쓰고 있었다. 그는 노랗게 센 콧수염 아래로 말끝을 웅얼웅얼 씹고 있었다. 나는 그가 조금 귀찮았다. 하지만 할 일이 아무것도 없었고 졸리지도 않았다. 아무 말이라도 하려고 나는 그 개에 대해 질문을 던졌다. 그는 아내가 죽은 뒤에 그 개를 얻었다고 말했다.* 그는 결혼이 늦은 편이었다. 젊었을 때에는 연극을 하고 싶은 마음이 있었다. 사실 군대에 있을 때에는 군인이 나오는 촌극에서 연기를 하곤 했다. 하지만 결국 그는 철도국에 취직했다. 그걸 후회하지는 않는다. 지금 약간의 퇴직 연금을 받고 있기 때문이다. 아내와는 행복하지 않았다. 하지만 전체적으로는 아내와 지내는 데 아주 습관이 들어 있었다. 아내가 죽었을 때 그는 몹시 외로움을 느꼈다. 그래서 작업반 동료에게 개를 한 마리 구해 달라고 했고, 아주 어린 그놈을 얻었던 것이다. 녀석에게는 우유병으로 음식을 먹여야 했었다. 하지만 개는 사람보다 오래 살지 못하기 때문에 그들은 함께 늙고 말았다. "그놈은 성질이 못돼 먹었어요.

가끔씩 우리끼리 실랑이를 벌이곤 했죠. 그래도 녀석은 좋은 개였어요" 하고 살라마노가 말했다. 나는 그 개의 품종이 좋다고 말했다. 살라마노는 흡족한 표정을 지었다. 그리고 말을 덧붙였다. "게다가 당신은 녀석이 병들기 전에는 보지 못했잖소. 녀석은 털이 아주 고왔었어요." 개가 피부병을 얻은 뒤로 살라마노는 아침저녁으로 개에게 머릿기름을 발라 주곤 했다. 하지만 그의 말에 따르자면, 개의 진짜 병은 노화였다. 노화는 치료되지 않는다.

바로 그때 나는 하품을 했다. 그러자 노인은 가겠다고 했다. 나는 그에게 더 있어도 된다고, 그리고 개한테 일어난 일은 걱정된다고 말했다. 그는 고맙다고 했다. 그는 엄마가 자기 개를 아주 좋아했다고 말했다.* 엄마에 대해 말하면서 그는 엄마를 "당신의 불쌍한 어머니"라고 불렀다. 그는 엄마가 죽은 뒤로 내가 분명히 훨씬 더 불행할 거라는 전제를 두고 있었다. 나는 아무 대꾸도 하지 않았다. 그러자 그는 아주 빠르게, 그리고 곤란한 표정으로, 내가 어머니를 양로원에 보냈기 때문에 동네 사람들이 나를 나쁘게 평가했다는 걸 자기는 안다고, 하지만 자기는 나라는 사람을 안다고, 그리고 내가 엄마를 많이 사랑한다는 걸 안다고 말했다. 나는 그때까지도 그 점에 대해 사람들이 나를 나쁘게 평가한다는 걸 몰랐다고, 하지만 엄마를 보살필 만큼의 충분한 돈이 없기 때문에 내가 보기에 양로원은 자연스러운 선택이었다고 답했지만, 왜 그렇게 대답했는지 아직도 모르겠다. 나는 덧붙여 이렇게 말했다. "게다가 오래전부터 엄마는 나한테 할 말이 아무것도 없었고 혼자서는 심심해했죠." 그가 말했다. "그래요. 그리고 양로원에서는 적어도 말벗들은 사귀죠." 이어서 그는 미안하다고 했다. 잠을 자고 싶다고, 그리고 자기의 삶은 이제 변해 버렸다고, 어떻게 해야 할지 너무도 모르겠다고 말했다. 알고 지낸 이래 처음으로 그가 슬그머니 내게 악수를 청했다. 그의 피부의 각질이 느껴졌다. 그는 살짝 미소를 지었다. 그리고 가기 전에 이렇게 말했다. "오늘밤엔 개들이 짖지 않았으면 좋겠소. 항상 내 개라는 생각이 들어서 말이오."

6

일요일, 나는 잠에서 깨기가 힘들었다. 그래서 마리가 이름을 부르며 나를 흔들어야 했다. 우리는 일찍부터 수영을 하고 싶어서 밥도 먹지 않았다. 나는 속이 완전히 텅 빈 느낌이 들었고 머리가 조금 아팠다. 담배 맛이 썼다. 마리는 나를 보고 "초상 치른 얼굴"을 하고 있다고 말했는데 나를 놀리는 말이었다. 그녀는 하얀색 원피스를 입었고 머리는 풀고 있었다. 나는 그녀에게 예쁘다고 말했다. 그녀는 좋아서 웃었다.

집에서 내려오다가 우리는 레몽의 집 문을 두드렸다. 그가 내려온다고 답했다. 길에 내려오자 나는 피곤했기 때문에, 게다가 우리가 방의 덧창을 열지 않았었기 때문에, 벌써 햇빛으로 가득한 날빛이 내 따귀를 때리는 듯했다. 마리는 즐거워서 폴짝폴짝 뛰었고 날씨가 좋다는 말을 끊임없이 했다. 나는 기분이 나아졌다. 그리고 배고픈 느낌이 들었다. 마리에게 그 말을 했더니 그녀는 방수 천으로 된 수영 가방을 보여 줬다. 거기에는 우리 두 사람의 수영복과 수건 하나가 들어 있었다. 나는 기다리는 수밖에 없었다. 레몽이 집 문을 닫는 소리가 들려왔다. 그는 청색 바지와 흰색 반팔 셔츠를 입고 있었다. 그런데 그는 맥고모자를 쓰고 있었고, 그것 때문에 마리가 웃었다. 그의 팔뚝은 시커먼 털북숭이에 아주 하얬다. 나는 그게 조금 역겨웠다. 그는 계단을 내려오면서 휘파람을 불고 있었고 아주 흡족한 표정이었다. 그는 내게는 "안녕, 노인네" 하고 말했고, 마리에게는 "아가씨"라고 불렀다.

그 전날 우리는 경찰서에 갔었다. 나는 그 계집애가 레몽에게 "못되게 굴었다"고 증언했다. 레몽은 훈방 조치만 받고 풀려났다. 경찰에서는 내 진술에 대한 사실 확인을 하지 않았다. 집 앞에서 우리는 레몽과 그 이야기를 했다. 그러고는 버스를 타기로 했다. 해변은 그다지 멀지 않았지만 그렇게 하면 더 빨리 갈 터였다. 우리가 일찍 도착해서 만나게 되면 그의 친구가 좋아하리라는 게 레몽의 생각이었다. 막 출발하려는데 갑자기 레몽이 건너편을 바라보라는 신호를 했다. 담뱃가게 진열장에 등을 기대고 있는 한 무리의 아랍인들이 눈에 띄었다. 그들은 말없이 우리를 바라보고 있었다. 그들은 우리를 마치 돌이나 죽은 나무 그 이상도 이하도 아니라는 식으로 보고 있었다. 레몽은 내게 왼쪽에서 두 번째가 그놈이라고 말했다. 레몽은 걱정스러운 표정을 지었다. 그래도 그건 이제 끝난 이야기라고 덧붙였다. 마리는 무슨 말인지 잘 모르겠다며 무슨 일이냐고 우리에게 물었다. 나는 그 아랍인들이 레몽에게 앙심을 품고 있다고 말해 줬다. 그녀는 빨리 출발했으면 좋겠다고 했다. 레몽이 다시 몸을 바로 펴고는 서둘러야겠다고 웃으며 말했다.

우리는 조금 멀리 떨어져 있는 버스 정류장으로 향했다. 레몽은 아랍인들이 우리를 따라오지 않고 있다고 내게 알렸다. 나는 돌아봤다. 그들은 여전히 같은 곳에 있었고, 여전히 같은 무관심으로 우리가 방금 떠나온 장소를 바라보고 있었다. 우리는 버스를 탔다. 레몽은 겉으로는 완전히 안심한 모습으로 끊임없이 마리에게 농담을 해 댔다. 그녀가 그의 마음에 든 모양이라고 나는 느꼈다. 하지만 그녀는 거의 대답을 하지 않았다. 가끔씩 웃으면서 그를 바라보곤 했다.

우리는 알제의 교외에서 내렸다. 해변은 버스 정류장에서 멀지 않았다. 하지만 우리는 바다를 굽어보다가 백사장 쪽으로 급하게 경사진 작은 언덕을 가로질러야 했다. 그곳은 누르스름한 돌들과 벌써 짙어진 푸른 하늘을 배경으로 새하얀 수선화들이 뒤덮고 있었다. 마리는 수영 가방을 크게 휘둘러 꽃잎들을 떨어뜨리며 흩뿌리는 장난을 쳤다. 우리는 초록색이나 하얀색으로 칠한 울타리를 치고 줄줄이 늘어선 조그만 고급 별장들 사이를 걸어갔다. 어떤 별장들은 베란다까지 타마리스 줄기에 파묻혀 있었고, 어떤 별장들은 바위들 가운데로 고스란히 드러나 있었다. 그 언덕 자락에 다다르기도 전에 벌써 움직임이 없는 바다를 볼 수 있었다. 더 멀리로는 맑은 물속으로 졸음에 겨운 큰 덩어리의 곶이 보였다. 조용한 대기 속에서 약한 모터 소리가 우리가 있는 데까지 올라왔다. 그리고 아주 멀리로는 조그만 트롤 선 한 척이 눈부시게 빛나는 바다 위를 눈에 띄지 않을 만큼 천천히 나아가고 있는 게 보였다. 마리는 수선화' 몇 송이를 땄다. 바다 쪽으로 기울어진 비탈에 이르자 벌써 몇 명의 해수욕객이 와 있는 게 우리에게 보였다.

레몽의 친구는 해변 한쪽 끝에 있는 조그만 목재 별장에 살고 있었다. 집은 바위들을 등지고 있었고, 전면을 떠받친 기둥들은 이미 물속에 잠겨 있었다. 레몽이 우리를 소개했다. 그 친구의 이름은 마송이었다. 몸집과 어깨가 우람한 큰 키의 남자였는데, 파리 억양을 가진 동글동글하고 상냥한 조그만 여자와 함께 있었다. 곧바로 그는 우리에게 편하게 있으라고 말했다. 그리고 바로 그날 아침에 낚은 생선들을 튀긴 음식이 있다고 했다. 나는 그에게 집이 정말 멋지다고 말했다. 그는 토요일과 일요일, 그리고 휴일마다 거기서 보내러 온다고 알려 줬다. 그리고 "내 아내하고 얘기가 잘 통해요" 하고 덧붙였다. 때마침 그의 아내는 마리와 웃고 있었다. 어쩌면 처음으로 나는 정말 결혼을 해야겠다는 생각이 들었다.

마송은 수영을 하고 싶어 했다. 하지만 그의 아내와 레몽은 가고 싶어 하지 않았다. 나머지 우리 셋은 모두 내려갔다. 마리는 바로 물속으로 몸을 던졌다. 마송과 나는 조금 기다렸다. 마송은 말투가 느렸는데, 나는 그가 꺼내는 말마다 "더 말하자면"이라는 표현을, 요컨대 심지어 그 문장의 의미에 아무것도 더하지 않을 때조차 보충하는 습관을 가지고 있음에 주목했다.' 마리에 대해 그는 이렇게 말했다. "여자가 근사해. 더 말하자면, 매력적이야." 그 뒤로 나는 더 이상 그 말버릇에 관심을 두지 않았다. 햇빛이 내게 베푸는 달콤함을 맛보는 데 마음이 쏠려 있었기 때문이다. 발밑의 모래가 뜨거워지기 시작했다. 나는 바닷물에 들어가고 싶은 욕망을 다시 미뤘다. 하지만 결국 마송에게 말하고 말았다. "갈까?" 나는 뛰어들었다. 그는 물속으로 천천히 들어왔다. 그리고 발이 안 닿게 되자 몸을 던졌다. 그는 평영으로 헤엄을 쳤는데 꽤나 서툴렀다. 그래서 나는 그를 놔두고 마리 쪽으로 가서 합류했다. 물은 차가웠다. 나는 수영하는 게 좋았다. 마리와 함께 멀리까지 갔다. 우리는 몸동작이나 만족감에서 하나가 됨을 느끼고 있었다.

먼 바다에서 우리는 배영을 했다. 하늘을 향해 얼굴을 돌리자 햇빛이 마지막 물너울을 걷어 내렸고, 그것이 입 안으로 흘러들었다. 우리는 마송이 백사장으로 돌아가서 햇볕을 쬐며 드러눕는 모습을 봤다. 멀리서도 그는 몸집이 굉장히 커 보였다. 마리는 나와 함께 수영을 하고 싶다고 했다. 나는 그녀의 뒤로 가서 허리를 붙잡았다. 내가 발로 물장구를 치면서 그녀를 미는 동안, 그녀는 팔을 휘저으며 나아갔다. 찰랑거리는 작은 물소리가 오전 내내 우리를 따라왔고, 결국 나는 피곤함을 느꼈다. 그래서 나는 마리를 남겨 두고 일정하게 헤엄을 치고 호흡을 고르면서 돌아왔다. 백사장 위에서 나는 마송 옆에 배를 깔고 누웠다. 그리고 얼굴을 모래 속에 묻었다. 나는 마송에게 "좋다"고 말했다. 그도 같은 생각이었다. 잠시 뒤에 마리가 왔다. 나는 그녀가 앞에서 걸어오는 모습을 보기 위해 돌아누웠다. 그녀는 짠 바닷물에 온몸이 번들거렸고 머리칼은 뒤로 넘기고 있었다. 그녀는 내 옆에 나란히 몸을 밀착해 누웠다. 그녀의 몸과 햇빛이라는 두 가지 열기 때문에 나는 살짝 잠이 들었다.

마리가 나를 흔들었다. 그리고 마송은 별장으로 올라갔다고, 점심을 먹어야 한다고 말했다. 배가 고파서 나는 바로 일어났다. 그런데 마리는 내가 아침부터 아직까지 자기한테 키스를 해주지 않았다고 말했다. 맞는 말이었다. 하지만 나도 그러고 싶은 마음은 계속 있었다. "물속으로 가자"고 그녀가 말했다. 우리는 달려가서 맨 앞의 잔잔한 파도 속으로 몸을 길게 뻗었다. 그리고 몇 번 팔을 저어 나갔다. 그녀가 내게 몸을 밀착시켰다. 그녀의 다리가 내 다리를 감는 게 느껴졌다. 그녀에 대한 욕정이 솟았다.

돌아와 보니 마송은 진작부터 우리를 부르고 있었다. 나는 배가 몹시 고프다고 말했다. 그는 바로 자기 아내에게 내가 마음에 든다고 말했다. 빵 맛이 좋았다. 나는 내 몫의 생선을 맛있게 먹었다. 그다음은 소고기와 감자튀김이었다. 우리는 모두 말도 없이 먹기만 했다. 마송은 포도주를 여러 잔 마시며 내게도 끊임없이 따라 줬다. 커피를 마시자 머리가 조금 무거웠다. 나는 담배를 많이 피웠다. 마송과 레몽, 그리고 나는 함께 비용을 분담해서 8월을 해수욕장에서 보내는 계획을 세워 봤다. 마리가 불쑥 말했다. "지금 몇 시인지들 아세요? 11시 반이에요." 우리는 모두 놀랐다. 그러자 마송은 우리가 아주 일찍 식사를 했는데, 배고픈 시간이 바로 점심시간이기 때문에 자연스러운 거라고 말했다. 그 말에 왜 마리가 웃었는지 나는 모르겠다. 그녀는 조금 과음을 했던 것 같다. 그때 마송이 함께 해변 쪽으로 산책을 가고 싶지 않냐고 내게 물었다. "내 아내는 점심 먹은 뒤에 항상 낮잠을 자요. 나, 난 그런 걸 좋아하지 않아요. 난 걸어야 해요. 난 아내한테 항상 그게 건강에 더 좋다고 말하죠. 하지만 결국, 그건 아내의 권리예요." 마리는 남아서 마송 부인이 설거지하는 걸 돕겠다고 했다. 그 키 작은 파리지엔은 그렇게 하려면 남자들을 밖으로 쫓아내야 한다고 말했다. 우리 셋은 모두 해변으로 내려갔다.

햇빛은 모래 위로 거의 수직으로 내리쬐고 있었다. 바다 위로 번쩍이는 광채는 견딜 수 없을 정도였다. 이제 해변에는 아무도 없었다. 언덕에 닿아 있기도 하고 바다 쪽으로 돌출되어 있기도 한 별장들에서는 접시와 포크, 나이프 소리들이 들려왔다. 땅바닥에서 올라오는 돌의 열기에 숨을 쉬기가 힘들었다. 처음에 레몽과 마송은 내가 알지 못하는 일들과 사람들에 대해 이야기했다. 나는 그들이 오래전부터 서로 알고 지냈고 심지어 한때는 함께 살았었다는 걸 알게 됐다. 우리는 바닷물 쪽으로 방향을 잡았다. 그리고 바다를 따라 걸었다. 가끔씩 다른 파도보다 좀 더 긴 잔물결이 밀려와 우리들의 헝겊 신발을 적시곤 했다. 나는 맨머리 위로 내리쬐는 그 햇빛에 몽롱해져서 아무 생각도 떠오르지 않았다.

바로 그때 레몽이 마송에게 무슨 말을 했는데, 나는 잘 듣지 못했다. 하지만 그와 동시에 나는 우리와 멀리 떨어진 해변 끝에서 청색 작업복을 입은 두 명의 아랍인이 우리 쪽으로 오고 있는 모습을 포착했다. 나는 레몽을 바라봤다. "그놈이야" 하고 그가 말했다. 우리는 계속 걸었다. 마송은 그들이 어떻게 우리가 있는 그곳까지 따라올 수 있었는지 물었다. 그들은 분명 우리가 해수욕 가방을 들고 버스를 타는 걸 봤을 거라고 나는 생각했다. 하지만 나는 아무 말도 하지 않았다.

아랍인들은 천천히 앞으로 오고 있었다. 벌써 훨씬 더 다가와 있었다. 우리는 걸음걸이를 바꾸지 않았다. 레몽이 말했다. "싸움이 벌어지면 너, 마송, 넌 두 번째 놈을 맡아. 나, 난 그놈을 책임질게. 너, 뫼르소는 또 다른 놈이 나타나면 그게 네 몫이야." 나는 "알았어" 하고 말했다. 마송은 주머니에 두 손을 넣었다. 모래가 과열되어 이제는 벌겋게 보였다. 우리는 한결같은 발걸음으로 아랍인들 쪽으로 나아갔다. 우리 사이의 거리가 일정하게 줄었다. 서로 몇 걸음 거리에 이르자 아랍인들이 멈췄다. 마송과 나는 발걸음을 늦췄다. 레몽은 곧장 그의 상대 쪽으로 갔다. 레몽이 그 상대에게 무슨 말을 했는지 내게는 잘 들리지 않았다. 그런데 그 상대가 레몽에게 머리로 들이받는 시늉을 했다. 그러자 레몽이 그를 한 번 때리고는 바로 마송을 불렀다. 마송은 자기가 맡기로 했던 놈한테 가서 온몸의 무게를 실어 그를 두 번 때렸다. 그 아랍인은 바닷물 속으로 얼굴을 바닥에 처박으며 널브러졌다. 그러고는 몇 초 동안 그렇게 있었다. 그의 머리 주변 물 위로 물거품이 터졌다. 그 사이에 레몽도 때려서 상대의 얼굴은 피투성이가 되었다. 레몽이 나를 향해 돌아섰다. 그리고 "저놈이 어떻게 될지 두고 봐" 하고 말했다. 내가 그에게 외쳤다. "조심해, 놈이 칼을 갖고 있어!" 하지만 벌써 레몽은 팔이 찢어지고 입을 베였다.

마송이 앞쪽으로 펄쩍 뛰어나갔다. 하지만 또 다른 아랍인은 몸을 일으켜서는 무기를 든 그놈 뒤에 자리를 잡았다. 우리는 움직이기를 주저했다. 놈들은 천천히 뒤로 물러나면서 계속 우리를 바라보며 칼을 겨누었다. 웬만큼 거리가 확보되었음을 본 놈들은 아주 빠르게 달아났다. 그러는 동안 우리는 햇빛을 받으며 못이 박힌 듯 가만히 있었고, 레몽은 피가 뚝뚝 떨어지는 팔을 붙잡고 있었다.

일요일을 언덕 위 별장에서 보내는 의사가 있다고 마송이 지체 없이 말했다. 레몽은 곧바로 거기에 가고 싶다고 했다. 하지만 말을 할 때마다 상처에서 나오는 피 때문에 그의 입에는 거품이 생겼다. 우리는 그를 부축했고 최대한 빠르게 별장으로 돌아왔다. 이제 레몽은 상처가 경미하다며 의사한테는 걸어갈 수 있다고 말했다. 그는 마송과 함께 떠났다. 나는 남아서 무슨 일이 있었는지 여자들에게 설명했다. 마송 부인은 울고 있었고, 마리는 낯빛이 하얗게 질려 있었다. 나는 여자들에게 설명하는 게 지겨워졌다. 나는 결국 입을 닫고 말았다. 그리고 바다를 바라보며 담배를 피웠다.

1시 반쯤 레몽은 마송과 돌아왔다. 그는 팔에는 붕대를 감고 입꼬리에는 반창고를 붙이고 있었다. 의사는 별것 아니라고 말했다지만, 레몽의 표정은 아주 어두웠다. 마송은 그를 웃기려고 애썼다. 하지만 레몽은 계속 말이 없었다. 그가 바닷가로 내려가겠다고 말했을 때 나는 어딜 가냐고 물었다. 그는 바람을 쐬고 싶다고 답했다. 마송과 나는 그를 따라가겠다고 했다. 그러자 레몽은 화를 내기 시작했고 우리에게 욕을 했다. 그를 화나게 할 필요가 없다고 마송이 말했다. 그럼에도 나는 레몽을 따라갔다.

우리는 바닷가를 오래 걸었다. 이제는 햇빛이 작열하고 있었다. 모래 위와 바다 위로 햇빛이 조각조각 부서지고 있었다. 나는 레몽이 자기가 어디로 가는지 알고 있다는 인상을 받았다. 하지만 어쩌면 그건 틀린 인상이었다. 해변의 맨 끝에 가서 마침내 우리는 커다란 바위 뒤쪽에 모래 위로 흐르는 조그만 샘에 도착했다. 거기서 우리는 그 두 명의 아랍인과 맞닥뜨렸다. 그들은 기름때에 절은 청색 작업복을 입은 채로 누워 있었다. 아주 평온하고 거의 흡족한 표정이었다. 우리가 갔는데도 아무런 변화가 없었다. 레몽을 때렸던 놈은 아무 말도 하지 않고 레몽을 바라봤다. 다른 한 놈은 조그만 갈대로 피리를 불고 있는데, 곁눈질로 우리를 바라보면서 그 갈대 악기에서 나는 세 가지 음계만을 끊임없이 반복하고 있었다.

그 시간 내내 있는 것이라고는 햇빛과 그 침묵, 샘의 여린 물소리와 세 가지 음계뿐이었다. 레몽은 한 손을 권총 주머니로 가져갔다. 하지만 상대는 꼼짝하지 않았다. 그들은 계속 서로를 바라봤다. 풀피리를 부는 놈의 발가락이 바짝 벌어져 있는 게 눈에 띄었다. 그런데 상대방에게서 두 눈을 떼지 않으면서 레몽이 내게 물었다. "저놈을 날려 버릴까?" 안 된다고 말하면 레몽이 혼자 흥분해서 분명히 총을 쏠 것 같은 생각이 들었다. 나는 다만 이렇게 말했다. "녀석이 너한테 아직 말을 안 걸었잖아. 그런 식으로 총을 쏘면 비열한 짓이 될 거야." 침묵과 열기의 한복판에서 여린 물소리와 피리 소리가 다시 들려왔다. 레몽이 말했다. "그럼 내가 녀석한테 욕을 할게. 그리고 녀석이 대답할 때 날려 버리겠어." 난 대답했다. "그렇게 해. 하지만 녀석이 칼을 빼지 않으면 넌 쏘면 안 돼." 레몽이 조금 흥분하기 시작했다. 다른 놈은 계속 풀피리를 불고 있었다. 그리고 두 명 모두 레몽의 몸짓 하나하나를 주시하고 있었다. 난 레몽에게 말했다. "안 돼, 남자 대 남자로 녀석과 붙어. 권총은 나한테 줘. 다른 녀석이 끼어들거나 저놈이 칼을 빼면 내가 날려 버릴게."

레몽이 권총을 내게 건넸을 때, 그 위로 햇빛이 미끄러졌다. 그럼에도 여전히 우리는 마치 우리 주위의 모든 게 닫혀 버린 것처럼 움직이지 않고 있었다. 우리는 눈을 깜빡이지도 않은 채 서로를 바라봤다. 여기서는 모든 게 바다와 모래와 햇빛, 풀피리와 물이라는 이중의 침묵 사이에 멈춰 있었다. 그 순간 나는 총을 쏠 수도 있고 안 쏠 수도 있다는 생각이 들었다. 그런데 갑자기 그 아랍인들이 뒷걸음질 쳐서 바위 뒤쪽으로 기어들어 가 버렸다. 그래서 레몽과 나는 발걸음을 돌렸다. 레몽은 표정이 한결 나아 보였다. 그는 돌아갈 버스에 대해 말했다.

나는 별장까지 그와 동행했다. 그리고 그가 목재 계단을 올라가는 동안, 나는 첫째 계단 앞에 그대로 서 있었다. 머릿속이 햇빛으로 윙윙거린 탓에 목재 층계를 올라가 또 다시 여자들한테 애써 다가서야 한다는 의욕이 꺾였다. 하지만 더위가 하도 심해서 하늘에서 내리는 눈멀게 하는 비˙를 맞으며 움직이지 않고 있는 것도 괴로웠다. 여기 남느냐 아니면 떠나느냐, 이러나저러나 마찬가지였다. 잠시 후 나는 해변 쪽으로 몸을 돌렸다. 그리고 걷기 시작했다.

태양은 똑같이 벌겋게 파열하고 있었다. 모래 쪽의 바다는 잔물결에 숨이 막혀 온통 거친 호흡으로 헐떡이고 있었다. 나는 천천히 바위들이 있는 쪽을 향해 걸었다. 햇빛을 받은 이마가 부풀어 오르는 느낌이 들었다. 그 모든 열기가 나를 짓눌렀고 앞으로 나아가는 걸 방해했다. 그리고 햇볕의 뜨거운 숨결의 느낌이 얼굴에 닿을 때마다 나는 이를 앙다물었고, 바지 주머니 속의 두 주먹을 움켜쥐었으며, 햇빛과 그 햇빛이 쏟아붓는 몽롱한 취기를 이겨 내기 위해 온통 긴장했다. 모래에서, 하얗게 바랜 조가비에서, 아니면 유리 조각에서, 빛의 칼이 솟아날 때마다 턱이 움츠러들었다. 나는 오래 걸었다.

저 멀리 빛과 물보라의 눈부신 후광에 둘러싸인 조그만 바위 덩어리의 그림자가 보였다. 나는 그 바위 뒤에 있는 시원한 샘을 생각했다. 졸졸대는 그 샘물을 다시 만나고픈 욕망, 햇빛과 여자들에게 다가서기 위한 그 노력과 우는 여자들을 피하고픈 욕망, 그늘과 휴식을 되찾고픈 욕망에 잠겼다. 그런데 더 가까이 갔더니 레몽의 그 상대가 다시 돌아와 있는 게 보였다.

그는 혼자였다. 그는 두 손으로 팔베개를 하고, 이마는 바위 그늘에 묻고, 몸은 전부 햇빛에 드러낸 채 등을 대고 누워 있었다. 열기 때문에 그의 청색 작업복에서는 김이 오르고 있었다. 나는 조금 놀랐다. 나로서는 그건 끝난 이야기였다. 그리고 나는 그것에 대한 생각 없이 그곳에 갔던 것이다.

그는 나를 보자마자 몸을 조금 일으켰다. 그리고 호주머니에 손을 넣었다. 나, 나는 자연히 윗도리에 있는 레몽의 권총을 움켜쥐었다. 그러자 그는 다시 몸을 뒤로 기댔지만 호주머니에서 손을 빼지는 않았다. 나는 그로부터 꽤 멀리, 10여 미터 떨어져 있었다. 나는 반은 감긴 그의 눈꺼풀 사이로 순간순간 그의 눈길을 짐작하고 있었다. 하지만 번번이 그의 모습은 내 눈 앞에서, 불붙은 대기 속에서 춤을 추고 있었다. 파도 소리는 정오 때보다 더 잔잔하고 평온했다. 똑같은 모래 위에 똑같은 태양, 똑같은 빛이 여기까지 연장되고 있었다. 벌써 두 시간째 한낮은 앞으로 나아가지 못하고 있었고, 벌써 두 시간째 끓어오르는 금속의 대양에 닻을 내리고 있었다. 수평선 위로 작은 증기선 한 척이 지나갔다. 나는 시선 가장자리로 보이는 검은 점으로 그것을 짐작했다. 계속 그 아랍인을 바라봤기 때문이다.

내가 반 바퀴만 돌면 된다, 그러면 끝이라는 생각이 들었다. 하지만 햇빛에 진동하는 해변 전체가 등 뒤로 밀려들고 있었다. 나는 샘 쪽으로 몇 걸음을 내디뎠다. 아랍인은 꼼짝도 하지 않았다. 어쨌든 그는 여전히 꽤 멀리 있었다. 아마도 얼굴에 드리운 그림자 때문인지 그는 웃는 표정을 짓고 있는 것처럼 보였다. 나는 기다렸다. 햇빛의 화염이 내 뺨에 닿고 있었다. 눈썹에 땀방울들이 맺히는 게 느껴졌다. 엄마의 장례를 치렀던 날과 똑같은 햇빛이었다. 그리고 그때처럼 특히 이마가 아팠다. 이마의 모든 혈관이 피부 속에서 함께 두근거리고 있었다. 더 이상 견딜 수 없는 그 화염 때문에 나는 앞쪽으로 한 번 움직였다. 그게 어리석은 짓이라는 걸, 한 걸음 이동한다고 해도 그 햇빛에서 벗어날 수는 없으리라는 걸 알고 있었다. 하지만 나는 앞쪽으로 한 걸음, 딱 한 걸음을 내디뎠다. 그러자 이번에는 그 아랍인이 몸은 일으키지 않은 채 단검을 뽑아 햇빛 속으로 내게 내밀었다. 그 강철 위로 빛이 튀었다. 그것은 내 이마까지 와 닿는 번쩍이는 긴 칼날 같았다. 바로 그 순간, 눈썹에 뭉쳐진 땀이 문득 눈꺼풀 위로 흘렀고, 미지근하고 두꺼운 너울이 되어 눈꺼풀을 덮었다. 눈물과 소금의 장막 뒤에서 내 눈은 멀어 버렸다. 이제 내가 느끼는 것이라고는 이마 위로 울리는 햇빛의 심벌즈 소리, 그리고 어렴풋이, 여전히 정면에 있는 단검에서 솟아나는 파열하는 칼날이었다. 그 불타는 칼은 내 속눈썹을 갉아먹고 고통스러운 두 눈을 후벼 파고 있었다. 바로 그때 모든 게 흔들렸다. 바다가 뜨겁고 텁텁한 바람을 실어 왔다. 내게는 그게 하늘이 불의 비를 내리기 위해 활짝 열리는 것 같았다. 나의 온 존재가 팽팽해졌다. 나는 권총을 쥔 손을 그러쥐었다. 방아쇠가 당겨졌다. 윤기 나는 불룩한 손잡이의 감촉이 전해졌다. 바로 거기서, 건조하면서도 둔탁한 소리 속에서 모든 게 시작되었다. 나는 땀과 햇빛을 털어 냈다. 나는 내가 한낮의 평형을, 행복했던 바닷

74

가의 예외적인 침묵을 파괴했음을 깨달았다. 그때 나는 움직임이 없는 몸을 향해 네 번을 더 쏘았는데, 총알들은 드러남이 없이 박혀 들고 있었다. 그리고 그것은 내 불행의 문을 두드리는 네 번의 짧은 노크 소리와도 같았다.*

2부

1

체포된 직후 나는 여러 번 심문을 받았다. 문제가 된 건 인정 신문이었는데, 시간이 오래 걸리지는 않았다. 처음에 경찰서에서 내 사건은 아무의 관심도 끌지 못하는 것 같았다. 일주일 뒤에는 정반대로 예심 판사'가 호기심 어린 눈길로 나를 바라봤다. 그런데 우선 그는 내 이름과 주소, 직업, 생년월일과 출생지만을 물었다. 그다음에는 변호사를 선임했는지 알고 싶어 했다. 나는 선임하지 않았음을 인정했다. 그리고 변호사가 꼭 있어야 하는지 알고 싶다고 질문을 했다. "왜요?"라고 그가 말했다. 내 사건은 아주 단순하다고 생각한다고 나는 답했다. 그는 미소를 지으며 이렇게 말했다. "그런 견해도 있을 수 있죠. 하지만 법이 있어요. 당신이 변호사를 선임하지 않으면 우리가 관선 변호인 한 사람을 지명할 거예요." 법원'이 그런 세세한 일들까지 떠맡고 있어서 아주 편하다고 나는 생각했다. 나는 그에게 그렇게 말했다. 그는 내 말에 동의를 표했고 법이 잘되어 있다며 말을 마쳤다.

처음에 나는 그를 진지하게 대하지 않았다. 그는 커튼이 처진 방에서 나를 맞았다. 탁자 위에는 취조받는 좌석을 비추는 전등 하나밖에 없었는데, 그는 나를 좌석에 앉게 하고는 계속 어두운 곳에 있었다. 나는 일찍이 이런저런 책에서 그와 비슷한 묘사를 읽은 적이 있었다. 그래서 그 모든 게 내게는 하나의 연극 놀이처럼 보였다. 우리의 대화가 끝난 뒤에는 반대로 내가 그를 바라봤다. 날카로운 얼굴에 움푹 들어간 파란 눈, 큰 키, 잿빛의 긴 콧수염에 거의 하얗게 센 풍성한 머리칼을 가진 남자가 눈에 들어왔다. 내게는 매우 이성적인 사람으로 보였다.' 그리고 입을 씰룩이는 몇 가지 신경성 경련에도 불구하고 요컨대 호감을 주었다. 방에서 나올 때 나는 심지어 그에게 악수를 청할 뻔했다. 하지만 때마침 내가 사람을 죽였다는 기억이 떠올랐다.

다음날 어떤 변호사가 감옥으로 나를 만나러 왔다. 그는 키가 작고 몸매가 동글고, 아주 젊었는데, 정성스레 머리칼을 빗어 붙인 모습이었다. 더위에도 불구하고 (나는 반팔 셔츠 차림이었다) 그는 어두운색 정장에 빳빳하게 풀 먹인 깃, 굵은 흑백 줄무늬가 있는 요상한 넥타이 차림을 하고 있었다. 그는 겨드랑이에 끼고 있던 서류 가방을 내 침대 위에 내려놓고는 자신을 소개했고, 내 서류를 공부했노라고 말했다. 내 사건은 까다롭지만 자기를 믿어 주기만 한다면 승소를 의심치 않는다고 했다. 내가 고맙다고 말하자 그는 이렇게 말했다. "본론으로 들어가죠."

그는 내 침대에 앉았다. 그러고는 사람들이 내 사생활에 대한 정보들을 취합했다고 설명했다. 그들은 최근에 내 어머니가 양로원에서 죽었다는 사실을 알게 되었다. 그래서 마랭고에 가서 조사를 한 번 진행했다. 예심 수사관들은 엄마의 장례식 날 '내가 냉담한 모습을 보였다'는 걸 알게 되었다. 변호사가 말했다. "이해하시겠지만, 이런 걸 당신에게 물어보는 게 저로서는 조금 난감합니다. 하지만 매우 중요합니다. 그리고 제가 대답할 거리를 아무것도 찾아내지 못하면 검사 측에는 중대한 논거가 될 겁니다." 그러면서 내가 자기를 도와줬으면 한다고 했다. 그날 내 마음이 아팠냐고 그가 물었다. 그 질문에 나는 많이 놀랐다. 만약 내가 그런 질문을 던져야 할 상황이었다면 나는 매우 난감했을 것 같았다. 하지만 나는 나 자신에게 질문하는 습관을 얼마간 잃어버려서 그에게 뭔가를 알려 주기가 어렵다고 답했다. 분명히 나는 엄마를 아주 사랑한 것 같다고, 하지만 그런 말은 아무 의미도 없다고, 건전한 사람들도 누구나 사랑하는 사람들의 죽음을 조금씩은 바란 적이 있다고 말했다. 여기서 변호사는 내 말을 가로막고 몹시 화난 모습을 보였다. 그리고 공판에서나 예심 판사에게 그런 말을 하지 않겠다고 약속하라고 했다. 하지만 나는 내 자연적 본성이 그러해서 종종 육체적인 욕구들이 내 감정을 어지럽힌다고 해명했다. 엄마의 장례를 치렀던 그날 나는 아주 피곤하고 졸렸다고, 그래서 무슨 일이 벌어지고 있는지 파악하지 못했다고, 내가 확실히 말할 수 있는 건 엄마가 죽지 않는 걸 더 바랐으리라는 것이라고. 하지만 변호사는 만족스런 표정을 보이지 않았다. 그가 말했다. "그 말로는 충분하지 않아요."

그는 곰곰이 생각했다. 그리고 그날 내가 자연스러운 감정들을 억제했던 것이라고 자기가 말해도 되는지 내게 물었다. 나는 그에게 말했다. "안 돼요. 그건 거짓말이니까요." 그는 마치 내가 얼마간 혐오감을 주고 있기나 한 듯 이상한 태도로 나를 바라봤다. 모든 공판 건마다 양로원장과 직원을 증인으로 증언 청취가 이루어질 것이고 '그렇게 하면 일이 나한테 아주 더럽게 돌아갈 수 있다'고 그는 내게 거의 모질다 싶을 정도로 말했다. 그래서 나는 그 이야기가 내 기소 건과 관련이 없음을 그에게 상기시켰다. 하지만 그는 내가 재판과 연루된 적이 없다는 점 밖에 명백한 게 없다고 답했다.

그는 화난 표정으로 나가 버렸다. 나는 그를 붙잡고 난 당신의 공감을 바란다고, 그건 나를 잘 변호하기 위해서가 아니라 이를테면 본성적인 거라고 말했으면 싶었다. 무엇보다 나는 내가 그를 불편하게 만들고 있다는 건 알고 있었다. 그는 나를 오해하고 있었고 어느 정도는 원망하고 있었다. 나는 다른 모든 사람과 같다고, 완전히 똑같다고 그에게 힘주어 말하고 싶은 마음이 들었다.' 하지만 그렇게 해 봐야 사실상 별다른 이득은 없었다. 그래서 나는 귀찮은 마음에 그러기를 포기했다.

얼마 지나지 않아 나는 다시 예심 판사 앞으로 불려 갔다. 오후 2시였다. 이번에는 그의 사무실이 반투명 천 커튼 사이로 새어 든 빛으로 가득했다. 몹시 더웠다. 그는 내게 자리에 앉으라고 했다. 그러고는 굉장한 친절을 보이며 내 변호사가 "불의의 사정으로" 올 수 없었다고 알려 줬다. 하지만 내게는 자기의 질문들에 답변을 안 할 권리와 변호사가 도와줄 수 있을 때까지 기다릴 권리가 있다고 말했다. 나는 혼자서 대답할 수 있다고 말했다. 그가 탁자 위의 단추를 손가락으로 눌렀다. 젊은 서기가 들어와 내 등 뒤에 바싹 붙어 자리를 잡았다.

우리 두 사람은 모두 각자의 좌석에 정자세로 앉았다. 취조가 시작되었다. 그는 먼저 사람들이 나를 과묵하고 폐쇄적인 성격으로 그리고 있다고 말하고는 그 점에 대해 어떻게 생각하는지 알고 싶다고 했다. 나는 대답했다. "그건 제가 뭘 대단하게 할 말이 전혀 없기 때문입니다. 그래서 입을 다물고 있는 겁니다." 그는 처음에 그랬던 것처럼 미소를 지었다. 그리고 그게 가장 좋은 이유라는 건 인정했다. 그리고 덧붙여 말했다. "그런데 그런 말은 아무런 중요성이 없어요." 그는 입을 다물었고, 나를 바라봤고, 아주 재빨리 자세를 고쳐 앉더니 아주 빠르게 말했다. "내 흥미를 끄는 건 바로 당신이오." 그 말이 무엇을 뜻하는지 나는 잘 이해하지 못했다. 그래서 아무 대답도 하지 않았다. 그가 덧붙여 말했다. "당신의 행위에는 내 이해 범주에서 벗어나는 것들이 있어요. 내가 그걸 이해할 수 있도록 당신이 도와주리라고 확신합니다." 나는 모든 게 아주 단순하다고 말했다. 그는 그 하루 동안 있었던 일을 다시 이야기하라고 재촉했다. 나는 그에게 이미 이야기했던 걸 다시 돌이켜 이야기했다. 레몽, 바닷가, 수영, 싸움, 다시 바닷가, 작은 샘, 햇빛, 그리고 다섯 번의 권총 발사. 각각의 문장에 그는 "그렇지, 그렇지" 하고 말하곤 했다. 총에 맞아 늘어진 몸을 이야기하는 내목에 이르자 그는 "좋아요" 하고 말하면서 칭찬했다. 나, 나는 그렇게 똑같은 이야기를 반복하다가 지쳐 버렸다. 그렇게 말을 많이 한 적이 한 번도 없는 것 같았다.

그는 잠시 침묵한 뒤에 일어서더니 나를 돕고 싶다고, 내가 자기의 흥미를 끈다고, 하느님의 가호로 나를 위해 뭔가를 할 수 있을 것 같다고 말했다. 하지만 그 전에 다시 몇 가지 질문을 던지고 싶다고 했다. 그는 다짜고짜 내게 엄마를 사랑하냐고 물었다. 나는 '그렇다, 다른 사람들과 마찬가지'라고 말했다. 그때까지 일정하게 타자기를 두드리던 서기는 자판을 놓친 게 분명했다. 그가 당황스러워하더니 타자 열을 다시 뒤로 돌려야 했기 때문이다. 이어서 판사는 권총으로 다섯 발을 연속해서 발사했냐고 여전히 뚜렷한 논리 없이 물었다. 나는 곰곰이 생각해 봤다. 그리고 처음에는 한 발만 쐈고, 몇 초 지난 뒤에 나머지 네 발을 쐈다고 정확하게 말했다. 그러자 그는 "첫 번째와 두 번째 사격 사이에 왜 기다렸나요?" 하고 물었다. 다시 한 번 그 붉은 빛 바닷가가 눈에 들어왔다. 그리고 이마에 햇빛의 화염이 느껴졌다. 하지만 나는 이번에는 아무 대답도 하지 않았다. 침묵이 이어지는 동안 내내 판사는 동요하는 표정을 보였다. 그는 자리에 앉더니 머리칼을 휘저었고, 탁자에 팔꿈치를 괴었다가는 이상한 표정을 지으며 나를 향해 몸을 조금 숙였다. "무엇 때문에, 무엇 때문에 당신은 땅바닥에 쓰러진 몸에 총을 쏜 겁니까?" 거기에도 나는 대답할 수 없었다. 판사는 손으로 이마를 닦더니 조금 변한 목소리로 질문을 반복했다. "무엇 때문이죠? 당신은 나한테 그걸 말해야 돼요. 무엇 때문인가요?" 나는 계속 입을 다물고 있었다.*

갑자기 그가 일어나 사무실 한쪽 끝으로 성큼성큼 걸어가더니 서류 정리함에서 서랍 하나를 열었다. 거기서 은제 십자고상(十字苦像) 하나를 꺼내더니 나를 향해 돌아오면서 그걸 흔들었다. 그러고는 완전히 변한, 거의 떨리는 목소리로 소리쳤다. "이거 알고 있어요? 이거?" 나는 "그럼요, 당연히 알죠" 하고 말했다. 그러자 그는 아주 빠르게, 열정적으로, 자기는 하느님을 믿는다고, 어떤 인간도 하느님이 용서하지 않을 만큼 죄를 짓지는 않았음을 확신한다고, 하지만 그러기 위해서는 인간은 회개를 통해 영혼이 깨끗이 비워져 모든 걸 받아들일 준비가 된 아이처럼 되어야 한다고 말했다. 그는 온몸을 탁자 위로 기울이고는 거의 내 머리 위에서 십자고상을 흔들고 있었다. 솔직히 말해 나는 그의 추론을 잘 따라가지 못했다. 우선 더웠기 때문이고, 그의 사무실에 있는 커다란 파리들이 얼굴에 들러붙곤 했기 때문이며, 게다가 그가 조금 무서웠기 때문이다.* 동시에 나는 그 생각이 우습다는 걸 인식하고 있었다. 결국 범죄자는 나였기 때문이다.* 그럼에도 그는 말을 계속했다. 내가 가까스로 이해한 것은 이랬다. 그가 생각하기에 내 자백에서 불명확한 점이 딱 하나 있는데, 내가 두 번째로 권총을 발사하기까지 뜸을 들였다는 사실이었다. 나머지는 아주 괜찮지만 그 점은 그가 이해를 못하겠다는 것이었다.

집착하는 건 잘못이라고 그에게 말하려던 참이었다. 그 마지막 사항은 그다지 중요하지 않다고. 그런데 그가 내 말을 가로막고는 꼿꼿이 선 채로 내게 하느님을 믿냐고 물으면서 마지막 설득을 했다. 나는 안 믿는다고 대답했다. 그는 잔뜩 화가 나서 자리에 앉았다. 그는 그런 일은 있을 수 없다고, 모든 사람이 하느님을 믿는다고, 그분의 얼굴을 외면하는 이들까지도 믿는다고 말했다. 바로 그게 자기의 확신이라고, 그걸 의심해야 한다면 자기의 인생은 더 이상 의미가 없을 거라고. 그러더니 "당신은 내 인생이 의미가 없길 바라는 거요?" 하며 고함을 질렀다. 내 생각에는 그건 나하고 상관없었다. 그래서 그에게 그렇게 말했다. 그런데 탁자 너머에 있는 그가 벌써 내 눈 밑으로 예수상을 내밀면서 이성을 잃은 듯이 외치고 있었다. "나, 난 기독교인이야. 나는 너의 과오에 대해 그분께 용서를 구하고 있어. 그분이 너 때문에 고통을 받았다는 걸 어떻게 넌 믿지 않을 수 있는 거지?" 나는 그가 내게 너나들이하며 반말을 하고 있음을 바로 알아챘다. 하지만 나는 다 귀찮았다. 더위가 점점 더 심해지고 있었다. 듣고 싶지 않은 말을 하는 누군가로부터 벗어나고 싶은 마음이 들 때면 언제나 그렇듯이 나는 수긍하는 표정을 지어 보였다. 그러자 놀랍게도 그가 의기양양해졌다. 그는 계속 말했다. "거봐, 거봐. 너도 하느님을 믿고 있고 그분께 의지할 거 아냐?" 분명하게, 나는 한 번 더 아니라고 말했다. 그는 다시 의자에 주저앉았다.

그는 몹시 지친 표정을 보였다. 그리고 말없이 한참을 앉아 있었다. 그동안 계속 대화를 쫓아오던 타자기는 마지막 문장들을 다시 이어 치고 있었다. 이어서 그는 찬찬히 조금 슬픈 기색으로 나를 바라봤다. 그는 중얼거렸다. "당신의 영혼처럼 굳어 버린 영혼은 결코 본 적이 없소. 내 앞에 왔던 범죄자들은 언제나 이 고통의 상을 앞에 두고 눈물을 흘렸소." 그건 바로 그들이 범죄자들이기 때문이라고 나는 대답하려고 했다. 그런데 나 역시 그들과 같은 범죄자라는 생각이 떠올랐다. 그것은 내가 적응할 수 없는 관념이었다.' 그때 마치 심문이 끝났다는 걸 뜻하기나 하듯 판사가 일어섰다. 그는 조금은 지친 똑같은 표정으로 다만 내 행위를 후회하는지 물었다. 나는 곰곰이 생각해 봤다. 그리고 진정한 후회라기보다는 어떤 지겨움을 느낀다고 말했다. 나는 그가 나를 이해하지 못하고 있다는 인상을 받았다. 하지만 그날은 그 이상 일이 진행되지 않았다.

이후로도 나는 예심 판사를 자주 만났다. 다만 매번 변호사를 동반했다. 그들은 나의 선행 진술 중에서 몇 가지 사항을 정확히 밝히도록 하는 선에서 그쳤다. 아니면 판사는 유죄 증거를 두고 변호사와 언쟁을 벌이곤 했다. 그럴 때면 사실상 그들은 내게 전혀 관심을 두지 않았다. 아무튼 취조의 어조가 조금씩 바뀌었다. 판사는 더 이상 내게 흥미가 없는 듯했고, 내 기소 건은 말하자면 분류해 버린 듯했다. 그는 내게 더 이상 하느님을 이야기하지 않았고, 나는 그가 첫날처럼 흥분한 모습을 다시는 보지 못했다. 결과적으로 우리의 면담은 우호적으로 변했다. 몇 가지 질문을 받고 변호사와 약간의 대화를 나누고 나면 취조는 끝났다. 판사의 표현을 따르자면, 나와 관련된 건은 잘 흘러가고 있었다. 또한 그들은 일반적인 대화를 할 때면 가끔씩 나도 끼워 줬다. 나는 한숨을 돌리기 시작하고 있었다. 그런 시간에는 아무도 나를 매섭게 대하지 않았다. 모든 게 아주 자연스러웠고, 아주 규칙적이며, 아주 간결하게 흘러가서, 나는 내가 '가족의 일원'이라는 우스운 인상을 받았다. 그리고 예심이 진행된 열한 달이 다 흘렀을 즈음에는, 판사가 내 어깨를 두드리며 다정한 표정으로 "오늘은 이걸로 끝났어요, 안티 그리스도 씨" 하고 말하며 사무실 문으로 나를 안내하던 그 희귀한 순간들을 즐겼다는 데 나는 거의 놀라고 있었다고 말할 수 있다. 그러면 나는 다시 법원 경위들의 손에 넘겨지곤 했다.

2

이야기하는 게 전혀 달갑지 않았던 일들이 있다. 수감되고 며칠 뒤에 나는 내 인생에서 이 부분은 말하고 싶지 않게 되리라는 걸 깨달았다.

나중에는 그런 거부감들에 더 이상 중요성을 부여하지 않았다. 사실 나는 처음 며칠간은 감옥에 있지 않은 것과 같았다. 나는 막연히 어떤 새로운 사건을 기다리고 있었다고 할 수 있다. 모든 게 시작된 건 오로지 처음이자 단 한 번뿐이었던 마리의 면회 이후였다. 마리의 편지를 받은 날부터(편지에서는 그녀가 내 아내가 아니기 때문에 면회를 오는 게 더 이상 허락되지 않는다고 말하고 있었다), 바로 그날 이후로 나는 내 감방 안에서 집에 있다는 느낌, 내 인생이 거기에 멈춰 있다는 느낌이 들었다. 체포 당일에 나는 먼저 어떤 방에 수감되었는데, 거기에는 벌써 여러 구속자가 있었다. 대부분 아랍인이었다. 그들은 나를 보자 웃음을 지었다. 그리고 무슨 짓을 했냐고 물었다. 나는 아랍인을 한 명 죽였다고 말했다. 그러자 그들은 말없이 가만히 있었다. 얼마 뒤에 저녁 어둠이 내렸다. 그들은 누울 담요를 어떻게 펴야 하는지 내게 설명해 줬다. 한쪽 끝을 말면 긴 베개를 만들 수 있었다. 밤새도록 얼굴 위로 벼룩들이 돌아다녔다. 며칠 뒤에 나는 독방에 수감되었는데, 거기서는 목재 침상에 누웠다. 목재 용변통과 철제 세면기를 받았다. 감옥은 도시의 아주 높은 곳에 위치해 있어서 작은 창문을 통해 바다를 볼 수 있었다. 어느 날 창살을 붙잡고 빛을 향해 얼굴을 내밀고 있을 때, 교도관이 들어와서는 누가 면회하러 왔다고 말했다. 마리라고 생각했다. 정말로 마리였다.

　나는 면회실로 가기 위해 긴 복도를 따라간 다음 계단을 한 층 올라갔고, 마지막으로 또 통로를 지났다. 넓은 채광창으로 빛이 들어오는 아주 커다란 방으로 들어갔다. 면회실은 방을 가로지르는 두 줄의 커다란 철장에 의해 세 부분으로 나뉘어 있었다. 두 철장 사이에는 8미터에서 10미터 정도의 공간이 있었는데, 그게 면회객을 수감자와 분리하고 있었다. 나는 줄무늬 원피스에 얼굴이 갈색으로 그을린 마리가 정면에 있는 걸 알아봤다. 내 옆으로는 여남은 명의 구속자가 있었고, 대부분 아랍인이었다. 마리는 무어인들에 둘러싸여 있었는데, 양옆으로 두 명의 여자가 있었다. 한 사람은 검은 옷을 입고 입술을 꼭 다문 자그만 노파였고, 또 한 사람은 맨머리에 뚱뚱한 여자로 손짓을 많이 써 가며 큰 소리로 말하고 있었다.' 철장 사이의 거리 때문에 면회객들과 수감자들은 아주 큰 소리로 말을 해야 했다. 안으로 들어가자 면회실의 아무것도 없는 커다란 벽에 부딪쳐 나오는 목소리들의 소음, 그리고 하늘에서 유리창으로 흐르다가 방 안에서 다시 솟구치는 강렬한 빛 때문에 나는 거의 현기증이 날 지경이었다. 감방은 더 조용하고 더 어두웠던 셈이다. 나는 적응에 몇 초가 필요했다. 하지만 결국 가득한 날빛 속에서 저마다의 얼굴을 또렷하게 분간해 볼 수 있게 되었다. 두 철장 사이의 통로 한 끝에 간수(看守) 한 사람이 앉아 있는 모습이 눈에 들어왔다. 대부분의 아랍인 수감자들과 그 가족들은 무릎을 꿇은 채 얼굴을 마주 보고 있었다. 그들은 소리를 지르지 않았다. 그런 혼잡함에도 불구하고 그들은 아주 나직하게 말하면서 서로의 말소리를 알아듣고 있었다. 그들이 내는 둔중한 웅얼거림은 아주 낮은 음에서 시작되었는데, 그들의 머리 위에서 엇갈리고 있는 여러 대화에 대해 마치 하나의 기저음을 이루고 있는 것 같았다. 이 모든 걸 나는 마리 쪽을 향해 앞으로 나아가면서 아주 빠르게 간파했다. 진작부터 철장에 달라붙어 있던 마리는 온힘을 다해 나를 향해 미소를 짓고 있었다. 나는 그녀가 아주 예쁘다고 생각했다. 하지만 그 말을 그녀에게 할 수는 없었다.

"어때?" 그녀가 아주 큰 소리로 말했다. "응, 괜찮아." "잘 있지? 필요한 건 다 있고?" "응, 다 있어."

우리는 입을 다물었다. 마리는 계속 미소를 짓고 있었다. 그녀 곁의 뚱뚱한 여자는 내 옆에 있는, 아마도 남편인 것 같은 사람에게 큰 소리로 외쳐 대고 있었다. 눈매가 서글서글하고 키가 큰 금발의 남자였다. 이미 시작된 대화가 이어지고 있었다.

"잔느는 개를 맡고 싶어 하지 않았어" 하고 그녀가 악다구니를 쓰며 그에게 큰 소리로 말하고 있었다. 남자는 "알았어, 알았어" 하고 말했다. "당신이 나오면 개를 다시 맡을 거라고 내가 말했는데, 잔느는 개를 맡고 싶지 않대.'"

그 옆에서 마리는 레몽이 내게 안부 인사를 전했다고 외쳤다. 나는 "고마워" 하고 말했다. 하지만 내 목소리는 "개는 잘 지내는지" 물어보는 내 옆의 남자의 목소리에 가려 버렸다. 그의 아내는 "개는 더 없이 잘 지내 왔다"고 말하며 웃었다. 내 왼편에 있는 남자는 키가 작고 손이 가느스름한 젊은이였는데, 아무 말도 않고 있었다. 그가 자그마한 노파를 마주하고 있고 두 사람 다 서로를 뚫어져라 바라보고 있음을 나는 알아챘다. 하지만 나는 더 이상 그들을 관찰할 시간이 없었다. 마리가 내게 희망을 가져야 한다고 소리쳤기 때문이다. 나는 "그래" 하고 말했다. 동시에 나는 그녀를 바라보고 있었는데, 원피스 너머로 그녀의 어깨를 꽉 쥐고 싶은 욕망이 일었다. 나는 그 얇은 옷감에 대해서는 욕망을 느꼈지만 그밖에 무슨 희망을 가져야 할지는 잘 알 수 없었다. 아마 마리가 말하고 싶었던 것도 바로 그것인 듯했다. 그녀는 계속 미소를 짓고 있었기 때문이다. 내 눈에 보이는 건 환한 그녀의 치아와 눈가의 잔주름뿐이었다. 그녀가 다시 "자긴 나올 거야. 그럼 우리 결혼해!" 하고 소리쳤다. 나는 "그럴래?" 하고 답했지만 무엇보다 뭔가를 그냥 말하기 위해서였다. 그러자 그녀는 아주 빠르게, 여전히 아주 큰 소리로 그러겠다고 말했고, 내가 석방되면 다시 수영을 하자고 말했다. 그때 마리 옆에 있던 여자는 고래고래 고함을 치면서 서무과에 바구니를 하나 영치했다고 말하고 있었다. 그녀는 그 바구니에 담은 걸 모두 열거했다. 그리고 꼭 확인해야 한다고, 모두 비싼 거라고 말했다. 내 곁에 있던 또 다른 남자와 그의 어머니는 여전히 서로를 바라보고 있었다. 아랍인들이 웅얼거리는 소리가 우리의 말소리 아래로 이어지고 있었다. 창밖으로는 채광창에 부딪힌 햇빛이 부풀어 오르는 것 같았다.

나는 몸이 조금 불편했다. 그래서 그 자리를 떠났으면 싶었다. 소음 때문에 괴로웠다. 하지만 다른 한편으로는 여전히 마리가 와 있는 그 시간을 유익하게 쓰고 싶었다. 시간이 얼마나 흘렀는지 모르겠다. 마리는 자기가 하는 일에 대해 말했다. 그리고 끊임없이 미소를 지었다. 웅얼거리는 소리, 고함 소리, 대화하는 소리 들이 교차하고 있었다. 유일한 침묵의 섬은 내 옆에서 서로를 바라보고 있는 그 키 작은 젊은이와 노파였다. 아랍인들이 조금씩 끌려 나갔다. 첫 번째 사람이 밖으로 나가자마자 거의 모든 사람이 입을 다물었다. 그 키 작은 노파는 창살에 바싹 다가섰다. 바로 그 순간 간수가 노파의 아들에게 신호를 보냈다. "또 봐요, 엄마" 하고 아들이 말했다. 노파는 두 창살 사이로 손을 내밀어서는 아들에게 천천히 오래도록 조그마한 손짓을 보냈다.

노파가 밖으로 나가는 사이 한 남자가 모자를 손에 든 채 들어와 자리를 잡았다. 한 수감자가 들여보내지자 두 사람은 활기차

게 말을 했다. 하지만 목소리는 반으로 낮추고 있었다. 다시 방이 조용해졌기 때문이다. 간수가 내 오른편에 있는 사람을 데리러 왔는데, 그의 아내는 더 이상 소리칠 필요가 없다는 걸 알아채지 못한 듯 어조를 낮추지 않은 채 "몸 잘 돌보고 조심해" 하고 말했다. 그다음엔 내 차례가 왔다. 마리는 입맞춤을 보내는 시늉을 했다. 나는 시야에서 사라지기 전에 뒤를 돌아봤다. 그녀는 철장에 눌려 얼굴이 일그러진 채, 찢기고 구겨지면서도 한결같은 미소로 꼼짝 않고 있었다.

얼마 지나지 않아 마리로부터 편지가 왔다. 그리고 바로 그때부터 내가 결코 말하고 싶지 않았던 일들이 시작되었다.* 아무튼 어떤 것도 과장해서는 안 된다. 그렇게 하는 게 내게는 다른 일들보다 더 쉬웠다. 하지만 구속된 초기에 가장 힘들었던 건 내가 자유인의 생각들을 갖고 있다는 것이었다. 예를 들어 해변에 가서 바다 쪽으로 내려가고 싶은 욕망이 나를 사로잡곤 했다. 발바닥으로 밀려오는 첫 물결 소리, 바닷물에 몸을 담그는 것, 그리고 거기서 느끼던 해방감을 상상해 보면, 문득 감방의 벽들이 얼마나 갑갑한지 느껴지곤 했다. 그런데 그런 일은 몇 달간 이어졌다. 그다음에는 수감자가 하는 생각들만 갖게 되었다. 나는 감옥 안마당에서 날마다 하는 산책이나 변호사의 면회를 기다렸다. 나머지 시간에는 아주 잘 맞춰 나갔다. 그래서 나는 종종 만약 내가 고개를 들어 하늘의 꽃*을 바라보는 것 외에는 아무런 관심거리 없이 마른 나무 둥치 속에 살게 됐다 해도 거기에 서서히 습관을 들였으리라 생각했다. 그랬다면 여기서 변호사의 그 재미있는 넥타이들을 기다리거나, 저 바깥세상에서 마리의 몸을 껴안을 금요일까지 조바심을 내듯이, 지나가는 새들이나 엇갈리는 구름들을 기다렸을 것이다. 그런데 잘 생각해 보면, 나는 마른 나무 속에 있는 건 아니었다. 나보다 더 불행한 이들도 있었다. 게다가 그건 엄마의 생각이었다. 엄마는 종종 그 말을 되뇌곤 했다. 사람은 결국 어떤 것에든 익숙해진다고.

더구나 나는 일상적인 것에서 그다지 멀리 떨어져 지낸 것은 아니었다. 처음 몇 달은 힘들었다. 하지만 바로 내가 해야 했던 그 노력이 그 시간을 보내는 데 도움을 주었다. 예를 들어 나는 여자에 대한 욕정 때문에 괴로웠다. 그건 자연스러운 일이었다. 나는 젊었다. 결코 특별히 마리만을 생각한 건 아니었다. 오히려 한 여자나, 여러 여자, 내가 알고 지냈던 모든 여자를, 그리고 그들과 사랑을 나누었던 모든 상황을 하도 생각하는 바람에 감방은 온갖 얼굴로 채워지고 내 욕망들로 들끓곤 했다. 어떤 의미로는 그런 일이 내 균형을 깨뜨리고 있었다. 하지만 다른 의미로는 그게 소일거리가 되곤 했다. 결국 나는 식사 시간마다 배식 담당자와 함께 오곤 하던 간수장의 공감을 얻기에 이르렀다. 여자 이야기를 먼저 꺼낸 쪽은 바로 그였다. 다른 사람들도 가장 먼저 불만스러워하는 게 바로 그것이라고 그가 말했다. 나는 그에게 나도 그들과 마찬가지라서 이런 조치는 부당하다고 말했다. 그가 말했다. "하지만 바로 그것 때문에 당신들을 감옥에 넣는 거죠." "뭐라고요? 그것 때문이라고요?" "바로 그래요, 자유, 바로 그거죠. 당신들한테서 자유를 빼앗는 거죠." 나는 한 번도 그런 생각을 해 본 적이 없었다. 나는 그의 말에 수긍했다. 그래서 그에게 말했다. "맞아요, 아니면 처벌이 어디 있겠어요?" "그래요, 당신, 당신은 사태를 이해하는군요. 다른 사람들은 그러질 못해요. 하지만 그들은 결국 스스로 욕구를 해결하죠." 그러고 간수는 가 버렸다.

담배도 문제였다. 수감되었을 때 나는 혁대와 구두끈, 넥타이, 그리고 호주머니에 지니고 있던 모든 것, 무엇보다 담배를 압수당했다. 한번은 감방에서 그것들을 돌려 달라고 요구했다. 하지만 그건 금지되었다는 말을 들었다. 처음 며칠은 몹시 힘들었다. 내 기운을 가장 빼 놓은 건 어쩌면 그것이었을지 모른다. 나는 침대 판자에서 나무 조각들을 떼어 내 쭉쭉 빨곤 했다. 온종일 그치지 않는 구역질을 달고 다니기도 했다. 아무에게도 해를 끼치지 않는 그런 걸 왜 박탈하는지 이해가 가지 않았다. 나중에야 나는 그것도 처벌의 일부임을 깨달았다. 하지만 그때에는 이미 담배를 안 피우는 데 습관이 들어 버려서 그런 처벌은 더이상 벌이 아니었다.

그런 성가신 일들을 빼면 나는 그다지 불행하지 않았다. 다시 말하지만, 모든 문제는 시간을 죽이는 것이었다. 나는 회상하는 법을 배운 순간부터 더 이상 전혀 지겨워하지 않게 되었다. 가끔 나는 내 방에 대해 생각해 보기 시작했다. 그리고 상상 속에서 한쪽 구석에서 출발해 내가 가는 경로에 있는 모든 걸 머릿속으로 나열하면서 다시 그곳으로 돌아오곤 했다. 처음에는 금방 끝났다. 하지만 거듭 시작할 때마다 조금씩 더 오래 걸렸다. 가구를 하나하나 회상하고, 또 그 가구들 각각에 있는 물건 하나하나를 생각하고, 또 각각의 물건에서는 모든 세부 사항을 회상하고, 그 세부 사항들 자체에서는 땟자국이나 갈라진 틈, 아니면 이가 빠진 가장자리, 색깔이나 결을 회상했기 때문이다. 그와 동시에 나는 그 목록의 맥락을 놓치지 않으려 애쓰면서 완벽하게 열거해 보려 했다. 그렇게 했더니 몇 주 뒤에는 방에 있는 걸 열거하기만 하는 데도 몇 시간을 보낼 수 있었다. 그렇게 나는 더 곰곰이 생각할수록 몰랐거나 잊었던 걸 기억으로부터 더 많이 끌어내곤 했다. 그래서 나는 단 하루밖에 살지 못한 사람이라 해도 감옥에서 괴로움 없이 1백 년을 살 수도 있음을 이해했다. 그는 지겹지 않을 만큼 충분한 추억들을 갖게 될 것이었다. 어떤 의미로 보면 장점이었다.

잠도 문제였다. 처음에 나는 밤에 잠을 잘 이루지 못했고 낮에는 전혀 못 잤다. 조금씩 밤 시간이 나아졌고 낮에도 잠을 잘 수 있었다. 최근 몇 달은 하루에 열여섯에서 열여덟 시간까지 잤다고 할 수 있다. 남은 여섯 시간은 식사, 화장실 가기, 회상, 체코슬로바키아 이야기에 썼다.

사실 나는 건초 매트와 침대 판자 사이에서 천에 거의 들러붙어 누렇게 변색되고 투명해진 오래된 신문지 조각 하나를 발견했었다. 그건 머리말이 빠져 있었지만 체코슬로바키아에서 일어났음에 분명한 잡보 기사 한 건을 보도하고 있었다. 한 남자가 돈을 벌려고 체코의 어느 마을을 떠났다. 25년 뒤, 부자가 된 그는 부인과 아이를 데리고 돌아왔다. 그의 어머니는 고향 마을에서 그의 누이와 함께 여관을 운영하고 있었다. 어머니와 누이를 놀래 주려고 남자는 부인과 아이는 다른 여관에 두고 어머니의 여관으로 갔는데, 그가 들어섰을 때 어머니는 그를 알아보지 못했다. 그는 장난삼아 방을 하나 잡을 생각을 했다. 그래서 자기가 가진 돈을 보여 주었다. 하지만 밤중에 그의 어머니와 누이는 그 돈을 훔치려고 그를 망치로 때려서 살해하고는 사체를 강물에 버렸다. 아침에 그의 부인이 왔고, 그 사실을 알지도 못한 채 투숙객의 신원을 밝혔다. 결국 어머니는 목을 맸다. 누이는 우물에 투신했다. 나는 그 이야기를 분명 수천 번 읽었다.˙ 한편으로 보면 그 이야기에는 개연성이 없었다. 하지만 또 한편으로 보면 자연스러웠다. 아무튼 나는 그 투숙객이 얼마간은 그런 일을 당할 만했다고, 그리고 절대로 장난을 치면 안 된다고 생각했다.

그렇게 해서 잠자는 시간, 회상, 그 잡보 기사 읽기, 번갈아 바뀌는 빛과 어둠과 더불어 시간은 흘러갔다. 감옥에서는 결국 시간 개념을 상실하게 된다는 글을 읽은 적이 있었다. 하지만 내게는 그런 말이 큰 의미가 없었다. 나는 하루하루의 시간이 어느 정도로 길면서도 짧을 수 있는지 이해하지 못했었다. 하루하루는 살아가기에는 어쩌면 길었지만, 아주 늘어지면 서로 넘치게 되고 말았다. 감옥에서는 하루하루가 이름을 잃어 가고 있었다. 내게는 어제나 내일이라는 단어만이 어떤 의미를 간직하고 있었다.˙

어느 날 간수가 내가 거기에 머문 지 5개월이 되었다고 말했을 때, 나는 그 말을 믿었지만 이해하지는 못했다. 내게는 똑같은 날이 끊임없이 감방으로 밀려들고 있었고, 나는 똑같은 과업을 따라가고 있었다. 바로 그날, 간수가 가고 난 뒤에 나는 철제 반합에 비친 나를 바라봤다. 내 모습에 웃음을 지어 보려고 하는데도 그 표정은 여전히 심각한 것 같았다. 나는 내 앞에 있는 내 모습을 흔들어 봤다. 웃음을 지어 봤지만 똑같이 엄하면서 슬픈 표정이었다. 하루가 끝나 가고 있었다. 그 시간은 내가 말하고 싶지 않은 이름 없는 시간, 침묵의 행렬 속에서 저녁의 소음들이 감옥의 모든 계단을 밟고 올라오는 시간이었다.' 나는 천창(天窓) 아래쪽으로 다가갔다. 그리고 마지막 빛 속에서 한 번 더 내 모습을 응시했다. 내 모습은 여전히 심각했다. 그 순간에는 나도 심각했으니 뭐가 놀랍겠는가? 하지만 동시에, 그리고 몇 달 만에 처음으로 나는 내 음성의 소리를 뚜렷하게 들었다. 나는 그 목소리가 벌써 오래전의 나날부터 귀에 울리고 있던 그 목소리임을 알아차렸다. 그리고 그 시간 동안 내내 내가 혼잣말을 해 왔음을 깨달았다.' 그때 엄마의 장례식에서 간호사가 하던 말이 생각났다. 그렇다, 출구는 없다. 그리고 어느 누구도 감옥에서의 저녁 시간이 어떤지 상상할 수 없을 것이다.'

3

요컨대 여름이 재빨리 여름으로 바뀌었다고 말할 수 있다. 첫 더위가 몰려옴과 더불어 무언가 새로운 일이 닥치리라는 걸 나는 알고 있었다. 내 사건은 중죄 법원의 최종 회기에 등록되었는데,ᐟ 그 회기는 유월에 끝날 터였다. 바깥은 햇빛이 가득한 가운데 심리(審理)가 개시되었다. 심리는 이삼일 이상 걸리지는 않을 거라고 변호사가 장담했었다. "게다가 당신 사건은 이번 회기에서 가장 중요한 건은 아니기 때문에 재판관들이 서두를 거예요. 바로 뒤이어 친부 살해 재판이 있거든요" 하고 그가 덧붙였다.

아침 7시 반에 사람들이 나를 데리러 왔다. 나는 호송차에 실려 법원으로 갔다. 두 명의 법원 경위가 어둑한 작은 방으로 나를 들여보냈다. 우리는 문 근처에 앉아서 기다렸는데, 문 뒤로 사람들 목소리, 호명 소리, 의자 소음이 들려왔다. 그 모든 소란은 마을 축제 때 음악회가 끝난 뒤에 춤을 추기 위해 홀을 정리하는 장면을 떠올리게 했다. 경위들은 내게 재판관단을 기다려야 한다고 말했다. 그리고 경위 한 사람이 내게 담배를 권했는데 나는 거절했다. 잠시 뒤에 그는 내게 '겁이 나느냐'고 물었다. 나는 아니라고 대답했다. 그리고 심지어 어떤 의미로는 소송을 보는 게 흥미롭다고, 살아오면서 그런 기회를 가져 본 적이 한 번도 없다고 답했다. 두 번째 경위가 말했다. "그래요. 하지만 그게 결국엔 피곤해요."

시간이 조금 흐른 뒤 방 안에 작은 경보음이 울렸다. 그러자 경위들은 내 수갑을 풀었다. 그들은 문을 열고 나를 피고인석으로 들여보냈다. 법정 안은 터질 듯 만원이었다. 차양을 내렸는데도 햇빛이 드문드문 새어 들었고, 공기는 벌써 숨이 막힐 듯했다. 유리창을 닫아 놓고 있었던 것이다. 내가 자리에 앉자 경위들이 나를 둘러싸고 앉았다. 바로 그 순간 나는 내 앞에 한 줄로 늘어선 얼굴들을 봤다. 모두가 나를 바라보고 있었다. 나는 그들이 배심원임을 알아챘다. 하지만 무엇이 그들을 서로 구별해 주고 있었는지는 말하지 못하겠다. 한 가지 인상을 받았을 뿐이다. 즉 나는 전차 좌석을 마주하고 있고, 그 익명의 승객들은 모두 새로 탑승한 사람의 우스꽝스러운 점을 알아보기 위해 염탐을 하고 있다는 것이었다.' 그게 어리석은 생각이었다는 건 잘 안다. 거기서 그들이 찾고 있던 건 우스꽝스러움이 아니라 범죄였기 때문이다. 하지만 그 차이는 크지 않다. 아무튼 나는 그런 생각이 들었다.

나는 문이 닫힌 그 실내에 들어찬 많은 사람 때문에도 조금 얼떨떨했다. 나는 다시 방청석을 바라봤다. 그런데 어떤 얼굴도 분간하지 못했다. 처음에 나는 그 사람들이 모두 나를 보려고 몰려들었다는 걸 이해하지 못했던 것 같다. 평소에 사람들은 나라는 사람에게 관심이 없었다. 그래서 내가 그 모든 소동의 원인이라는 점을 이해하기 위해서 노력이 필요했다. 나는 경위에게 "사람이 참 많네요!" 하고 말했다. 그는 그게 신문들 때문이라고 답하고는 배심원석 아래쪽에 있는 탁자 근처에 자리를 잡고 있는 한 무리의 사람들을 가리켰다. "저기들 있네요" 하고 그가 말했다. 내가 "누군데요?" 하고 묻자, 그는 다시 "신문들이요" 하고 답했다. 그는 기자들 중 한 사람을 알고 있었는데, 그때 그 기자가 그를 보더니 우리 쪽으로 다가왔다. 얼굴에 조금 주름살이 있고 호감이 가는, 나이 지긋한 남자였다. 그는 경위와 아주 뜨겁게 악수를 했다. 그 순간 나는 모든 사람이 서로 만나서 이름을 부르고 대화를 나누고 있음을 주목하게 됐다. 그건 마치 같은 사교계 사람들끼리 서로 기분 좋게 재회하고 있는 어떤 동호회에 있는 것 같았다. 또한 나는 내가 얼마간 불청객 같은 잉여자라는 기이한 인상이 드는 걸 이해했다.* 그럼에도 그 기자는 웃음을 띠면서 내게도 말을 걸어왔다. 그는 모든 일이 잘 진행되기를 바란다고 내게 말했다. 나는 고맙다고 했다. 그가 덧붙여 말했다. "아시다시피 우리가 당신 사건을 기사로 조금 올렸어요. 여름은 신문에 기삿거리가 없는 계절이죠. 그리고 조금 가치 있는 거라곤 당신 이야기하고 친부 살해 이야기밖에 없었어요." 그러더니 그는 자신이 방금 떠나온 무리 속에 있는 조그만 사내를 가리켰는데, 커다란 렌즈에 검은 테 안경을 쓴 살찐 족제비 같은 사내였다. 그 사내는 파리의 어느 신문 특파원이라고 했다. "뭐, 저 사람이 당신 때문에 온 건 아니에요. 그런데 친부 살해 소송을 보도하는 임무를 맡고 있으니까 동시에 당신 사건도 타전하라는 요구를 받은 거죠." 그 말에 나는 다시 고맙다는 말을 할 뻔했다. 하지만 그건 우스울 것 같다는 생각이 들었다. 그는 내게 살짝 우호의 손짓을 보내고는 우리 곁을 떠났다. 우리는 다시 몇 분을 기다렸다.

내 변호사가 법복을 입은 모습으로 다른 많은 동료에게 둘러싸여 도착했다. 그는 기자들 쪽으로 가서 악수를 나눴다. 방청석에 종이 울리는 순간까지 그들은 농담을 했고, 웃었고, 완전히 편한 표정을 짓고 있었다. 모든 사람이 다시 제자리에 앉았다. 변호사가 나를 향해 오더니 나와 악수를 했다. 그러고는 사람들이 내게 던지는 질문들에 간략하게 대답하고, 먼저 말하려 하지 말고, 나머지는 자기에게 맡기라고 조언했다.

내 왼편으로 의자 끌리는 소리가 들렸다. 붉은색 법복을 입고 코안경을 걸친, 큰 키에 마른 남자가 보였는데, 그는 조심스레 법복을 접으며 자리에 앉고 있었다. 검사였다. 집행관이 재판관단의 출정을 알렸다. 바로 그 순간 두 대의 커다란 선풍기가 부릉거리기 시작했다. 세 명의 판사가 서류들을 들고 입장했다. 두 사람은 검은색 법복을 입고, 세 번째 사람은 붉은색 법복을 입고 있었다. 그들은 법정 안을 굽어보는 재판석으로 아주 빠르게 걸어갔다. 붉은색 법복을 입은 남자는 중앙 좌석에 앉고, 자기 앞에 법모(法帽)를 놓고, 머리숱이 없는 조그만 머리통을 손수건으로 닦고는 공판이 개정되었음을 선언했다.

신문 기자들은 벌써 손에 펜을 들고 있었다. 그들은 모두 똑같이 무표정하면서도 조금은 조소 어린 표정을 띠고 있었다. 하지만 그중 한 사람은 회색 플란넬 셔츠에 청색 넥타이를 맨, 훨씬 더 젊은 기자였는데, 자기 앞에 펜을 내려놓고는 나를 바라보고 있었다. 약간 비대칭적인 그의 얼굴에서 내 눈에 들어온 건 아주 맑은 두 눈동자뿐이었다. 그 두 눈은 뭐라 규정할 수 있는 건 아무것도 드러내지 않으면서 나를 찬찬히 재어 보고 있었다. 그래서 나는 나 자신이 나를 바라본다는 기이한 인상을 받았다. 어쩌면 그런 이유로, 그리고 또 그곳의 관례를 잘 모르고 있었기 때문에, 나는 이어서 벌어진 모든 일을 잘 이해하지 못했다. 즉 배심원들의 제비뽑기, 재판장이 변호사와 검사와 배심원단에게 던진 질문들(그때마다 모든 배심원의 머리가 동시에 재판관들 쪽으로 돌곤 했다), 빠르게 공소장 낭독하기(나는 그제야 사건 장소와 인물의 이름들을 알게 되었다), 그리고 다시 변호사에게 물은 질문들 등.

그런데 재판장이 증인 소환을 진행하도록 하겠다고 말했다. 집행관이 몇몇 이름을 읽었는데 그게 내 관심을 끌었다. 방금까지 형태가 없던 그 대중 속에서 한 사람씩 일어서더니 측면에 있는 문을 통해 사라지는 모습이 보였다. 양로원장과 수위, 토마 페레즈 노인, 레몽, 마송, 살라마노, 마리 등이었다. 마리는 내게 살짝 불안한 표정을 지어 보였다. 마지막으로 셀레스트가 이름이 호명되어 일어났을 무렵, 나는 진즉 그들을 알아보지 못했다는 데 여전히 놀라고 있었다. 셀레스트 옆으로는 레스토랑에서 본 그 키 작은 여자가 눈에 띄었는데, 그녀는 재킷을 입고 정확하고 단호한 표정을 짓고 있었다. 그녀는 뚫어져라 나를 바라보고 있었다. 그런데 재판장의 발언 때문에 나는 깊이 생각할 시간이 없었다. 재판장은 본격적인 심리를 시작하겠다고 말했다. 그리고 구태여 방청객에게 정숙을 요청할 필요는 없을 것으로 생각한다고 말했다. 그의 말에 따르면, 그는 한 사건의 심리를 불편부당하게 이끌기 위해 그 자리에 있었고, 그것을 객관적으로 고려하고자 했다. 또한 배심원단이 내리는 판결은 사법 정의의 정신에 따라 이루어질 것이며, 어떤 경우라도 조금의 분란을 일으키는 자는 법정에서 퇴장시킬 터였다.

열기가 더해 갔다. 법정 안의 방청객들이 신문지로 부채질을 하는 모습이 보였다. 그래서 구겨진 종이 소리가 끊임없이 조그맣게 들렸다. 재판장이 신호를 보내자 집행관이 짚으로 엮은 부채 세 개를 가져왔다. 세 명의 재판관은 지체 없이 그걸 사용했다.

곧 나에 대한 심문이 개시되었다. 재판장은 침착하게, 심지어 내가 느끼기에는 우호의 어감으로 질문을 던졌다. 내게 신원을 다시 밝히라고 했다. 나는 성가시기는 했어도, 요컨대 그게 아주 당연한 일이라고 생각했다. 어떤 사람을 다른 사람으로 판단한다면 너무도 심각한 일일 것이기 때문이었다.* 이어서 재판장은 내가 한 일에 대한 이야기를 다시 시작했고, 내게 말할 때에는 세 문상마다 "그게 맞나요?" 하고 물었다. 그때마다 나는 "예, 그렇습니다, 재판장님" 하고 대답했는데, 그건 변호사의 지시에 따른 것이었다. 재판장은 그 이야기를 매우 상세하게 했기 때문에 시간이 많이 걸렸다. 그러는 동안 내내 기자들은 기사를 쓰고 있었다. 나는 그 젊은 기자와 키 작은 자동인형 같은 여자의 시선을 느끼고 있었다. 전차의 좌석은 완전히 재판장 쪽을 향하고 있었다. 재판장은 기침을 하고 서류를 들춰봤다. 그리고 부채질을 하면서 나를 향해 몸을 돌렸다.

이제 그는 겉으로는 내 사건과 멀어 보이지만 어쩌면 매우 긴밀하게 닿아 있는 질문들에 접근해 보겠다고 내게 말했다. 나는 그가 다시 엄마에 대해 말하려 한다는 걸 알아챘다. 동시에 나는 그게 얼마나 나를 지겹게 하는지 느꼈다. 그는 내게 왜 엄마를 양로원에 보냈냐고 물었다. 나는 엄마를 모시고 돌보기에는 돈이 없었기 때문이라고 대답했다. 그는 그런 일이 내게 개인적으로 힘들었냐고 물었다. 나는 엄마도 나도 서로 간에, 또한 다른 누구한테도 기대하는 게 아무것도 없었다고, 그리고 우리는 둘 다 새로운 생활에 익숙해졌다고 답했다. 그러자 재판장은 그 점은 강조하고 싶지 않다고 말하고는, 검사에게 내게 물을 다른 질문은 보이지 않냐고 물었다.

검사는 내게서 등을 반쯤 돌리고 있었는데 나를 보지도 않은 채, 재판장께서 허락해 주신다면 내가 아랍인을 죽일 의도를 가지고 혼자 샘으로 돌아갔는지를 알고 싶다고 밝혔다. "아닙니다" 하고 나는 말했다. "그러면 무엇 때문에 저자는 무기를 소지했던 걸까요? 무엇 때문에 정확히 그 장소로 돌아갈까요?" 그건 우연이라고 나는 말했다. 그러자 검사는 고약한 억양으로 짧게 말했다. "지금으로서는 이게 전부입니다." 그다음에는 모든 게, 적어도 내가 보기에는 조금 뒤죽박죽이었다. 그런데 몇 마디 밀담이 오간 뒤, 재판장은 오전 공판이 폐정되었고 증인 신문은 오후로 연기한다고 선언했다.

나는 깊이 생각할 시간이 없었다. 나는 연행되어 호송차에 태워졌고, 감옥으로 인도되어 거기서 밥을 먹었다. 단지 피곤하다는 생각이 들 정도의 아주 짧은 시간이 지난 뒤, 사람들이 다시 나를 데리러 왔다. 모든 게 다시 시작되었고, 나는 같은 법정 안에서 같은 얼굴들을 마주했다. 다만 더위가 훨씬 더 심해졌고, 마치 무슨 기적처럼 각각의 배심원들과 검사, 변호사, 그리고 몇 명의 기자들이 똑같이 짚으로 엮은 부채를 들고 있었다. 그 젊은 기자와 키 작은 여자는 계속 거기에 있었다.˚ 하지만 그들은 부채질을 하지 않고 있었고, 여전히 아무 말도 하지 않은 채나를 바라보고 있었다.

나는 얼굴에 번진 땀을 닦았다. 그리고 양로원장을 호명하는 소리를 듣고서야 그 장소와 나 자신에 대해 다시 정신을 조금 차렸다. 엄마가 나에 대해 불평을 했는가 하는 질문이 양로원장에게 던져졌다. 그는 그렇다고 말했다. 하지만 근친들에 대해 불평하는 건 얼마간은 재원자들의 버릇이라고 말했다. 재판장은 양로원에 보낸 것을 두고 엄마가 나를 비난했는지 정확히 말하라고 양로원장에게 요구했다. 그러자 양로원장은 다시 그렇다고 말했다. 하지만 이번에는 아무 말도 덧붙이지 않았다. 또 다른 질문에는 장례식 날 나의 담담함에 자기가 깜짝 놀랐다고 답했다. 담담함이 무엇을 뜻하느냐는 물음이 그에게 주어졌다. 그러자 양로원장은 자기 구두 끝을 내려다봤다. 그러고는 나는 엄마를 보고 싶어 하지 않았다, 나는 한 번도 울지 않았다, 그리고 나는 엄마의 무덤에 묵념도 하지 않고 장례 뒤에 바로 떠났다고 말했다. 그리고 또 한 가지 자기를 경악하게 한 게 있다고, 장례 인부 한 사람이 자기에게 말하길 내가 엄마 나이를 몰랐다는 것이었다. 한순간 침묵이 흘렀다. 재판장은 양로원장에게 그 사람이 나를 두고 말한 게 맞는지 물었다. 양로원장이 그 질문을 이해하지 못하자, 재판장은 그에게 "법률에 따라 하는 질문입니다" 하고 말했다. 이어서 재판장은 증인한테 할 질문이 없는지 검사에게 물었다. 그러자 검사가 "아! 아닙니다. 그걸로 충분합니다" 하고 큰 소리로 말했는데, 내가 있는 쪽을 향해 의기양양한 시선을 보내면서 하도 큰 소리로 말하는 바람에 나는 몇 년 만에 처음으로 울고 싶은 어리석은 마음이 생겼다. 그 모두로부터 내가 얼마나 미움을 받고 있는지 느꼈기 때문이다.

배심원단과 변호사에게 질문할 게 있는지 물은 뒤에 재판장은 수위의 증언을 청취했다. 다른 사람들처럼 그에게도 동일한 의례가 반복되었다. 앞쪽으로 나오면서 수위는 나를 바라봤다. 그러고는 눈을 피했다. 그는 주어지는 질문들에 대답했다. 나는 엄마를 보고 싶어 하지 않았다, 나는 담배를 피웠다, 나는 잠

을 잤다. 나는 카페오레'를 마셨다고 그가 말했다. 그때 나는 뭔
가가 법정 전체를 술렁이게 하고 있음을 느꼈다. 그리고 처음으
로, 나는 내가 유죄라는 사실을 이해했다. 수위는 카페오레 이
야기와 담배 이야기를 다시 하라는 요구를 받았다. 검사는 희미
하게 빈정거리는 눈빛으로 나를 바라봤다. 바로 그 순간 변호사
가 수위에게 그도 나와 함께 담배를 피우지 않았냐고 물었다.
그러자 검사가 이 질문에 맞서 자리를 박차고 일어났다. "여기
서 누가 범죄자입니까? 그리고 더할 나위 없이 명백한 증언들
을 축소하려고 검사 측 증인들을 모욕하려는 이런 술수는 또 뭡
니까?" 그럼에도 재판장은 그 질문에 답하라고 수위에게 요구
했다. 그 노인은 당황한 표정으로 말했다. "저는 제가 잘못했다
는 건 잘 알고 있습니다. 그런데 저는 저 사람이 제게 권한 담배
를 거절하기 힘들었습니다." 덧붙일 말이 없냐는 질문이 마지
막으로 내게 주어졌다. "증인의 말이 맞는다는 것' 말고는 없습
니다. 제가 그에게 담배를 한 대 권한 건 사실입니다." 그러자 수
위는 조금 놀라며 모종의 감사의 표정을 지으며 나를 바라봤다.
그는 머뭇거렸다. 그러고는 카페오레를 내게 권한 건 자신이었
다고 말했다. 변호사는 요란스럽게 의기양양해져서는 배심원
들께서 잘 평가해 달라고 말했다. 그러자 검사는 우리 머리 위
쪽으로 고함을 지르며 말했다. "그렇습니다. 배심원들께서 잘
평가해 주십시오. 그리고 낯선 사람'이 커피를 권할 수는 있으
나 자신을 낳아 준 여인의 주검을 앞에 둔 아들은 그걸 거절해야
한다는 결론을 내려 주십시오." 수위는 다시 자기 자리로 갔다.

토마 페레즈의 차례가 오자, 한 집행관이 그를 증언대 난간까지 부축해야 했다. 페레즈는 자기는 특히 내 어머니를 잘 알고 있었고, 나는 장례식 날 딱 한 번 봤을 뿐이라고 말했다. 그는 내가 그날 어떻게 하더냐는 질문을 받았다. 그가 대답했다. "이해하실 줄 압니다만, 저 자신은 마음이 너무 아팠습니다. 그래서 저는 아무것도 보지 못했습니다. 마음이 괴로워서 뭘 볼 수가 없었습니다. 그건 제게 아주 크나큰 고통이었기 때문입니다. 그래서 심지어 저는 정신을 잃었습니다. 그래서 저는 저 사람을 볼 수 없었습니다." 검사는 그에게 적어도 내가 눈물을 흘리는 건 봤는지 물었다. 페레즈는 보지 못했다고 대답했다. 그러자 검사는 또 말했다. "배심원들께서 잘 평가해 주십시오." 그러자 변호사가 화를 냈다. 그는 페레즈에게, 내가 보기에는 과장된 어조로, '내가 울지 않는 건 봤느냐'고 물었다. 페레즈가 말했다. "아닙니다." 청중이 웃었다. 그러자 변호사는 한쪽 소매를 걷어 올리며 단호한 어조로 말했다. "이것이 이 소송의 진상입니다. 모든 게 진실이면서 그 어떤 것도 진실이 아닙니다!" 검사는 얼굴이 굳어져서 연필로 서류의 제목을 콕콕 찍고 있었다.

5분간 휴정이 되었는데, 그 틈에 변호사는 모든 게 아주 잘되고 있다고 내게 말했다. 이어서 변호인 측이 소환한 셀레스트의 증언을 청취하는 순서가 있었다. 변호인 측은 나였다. 셀레스트는 때때로 내 쪽으로 눈길을 던지면서 두 손으로 파나마모자를 돌렸다. 그는 일요일에 몇 번 나하고 경마장에 갈 때 입던 새 정장을 입고 있었다. 하지만 구리 단추 하나 밖에 없어서 접힌 셔츠만 채워 매고 깃을 붙일 수는 없던 것 같다. 그는 내가 그의 손님이냐는 질문을 받았다. 그러자 그가 말했다. "그렇습니다. 하지만 친구이기도 합니다." 나를 어떻게 생각하냐는 물음에 그는 내가 남자라고 답했다. 그게 무슨 말이냐는 질문에 그는 그게 무슨 말인지는 사람들이 다 안다고 진술했다. 내가 폐쇄적인 사람이라는 점에 주목했었는지에 대해서는 내가 쓸 데 없는 말을 안 한다는 점만은 인정했다. 이어서 검사는 내가 숙식비를 꼬박꼬박 내냐고 물었다. 셀레스트는 웃었다. 그리고 이렇게 진술했다. "그건 저희만의 사소한 일입니다." 내 범죄를 어떻게 생각하냐는 질문이 그에게 다시 주어졌다. 그러자 그는 두 손을 난간에 올렸다. 무슨 말인가를 준비한 것으로 보였다. 그가 말했다. "제가 보기에 그것은 불행입니다. 불행이 뭔지는 누구나 다 압니다. 그건 여러분도 막을 수 없습니다. 맞습니다! 제가 보기에 그건 불행입니다." 그가 말을 계속 이으려고 했다. 하지만 재판장은 그것으로 좋다고, 고맙다고 그에게 말했다. 그러자 셀레스트는 조금 당황해서 가만히 있었다. 그는 하고 싶은 말이 더 있다고 밝혔다. 재판장은 짧게 하라고 요구했다. 다시 그는 그게 불행한 일이라고 반복했다. 그러자 재판장이 말했다. "그래요, 그건 알겠습니다. 그런데 우리는 그런 불행한 일들을 재판하기 위해 여기 있는 것입니다. 감사드립니다." 마치 자신의 학식과 선의의 한계까지 도달한 것처럼, 그때 셀레스트는 나를 향해 몸을 돌렸다. 내가 보기에 그의 두 눈에는 빛이 나고 입술은 떨리고 있는 것 같았다. 그는 자기가 또 무엇을 더 하면 될지 내게 묻는 표정이었다. 나, 나는 아무 말도 하지 않았고, 아무 몸짓도 하지 않았다. 하지만 어떤 사람을 안아 주고 싶은 마음이 든 건 내 평생 처음이었다. 재판장은 셀레스트에게 증언대에서 물러나라고 다시 명령했다. 셀레스트는 방청석으로 가서 앉았다. 나머지 공판이 계속되는 동안 줄곧 그는 그곳에서 몸을 앞으로 조금 굽힌 채 무릎에 팔꿈치를 괴고, 파나마모자는 두 손으로 잡고, 그곳에서 이야기되는 모든 것에 귀를 기울이며 앉아 있었다. 마리가 입장했다. 모자를 쓴 그녀는 여전히 아름다웠다. 하지만 나는 그녀가 머리를 풀고 있을 때가 더 좋았다. 나는 내가 있는 곳에서 그녀의 살짝 무거운 가슴을 가늠해 봤다. 그리고 언제나 조금 부풀어 있는 아랫입술이 보였다. 그녀는 신경이 매우 곤두선 것 같았다. 곧이어 언제부터 나를 알고 있었냐는 질문이 그녀에게 던져졌다. 그녀는 자신이 우리 회사에서 일하던 시기를 특정했다. 재판장은 그녀와 나의 관계가 어떤 것인지 알고 싶다고 했다. 자기는 내 친구라고 그녀가 말했다. 또 다른 질문에는 자기가 나와 결혼할 예정인 건 사실이라고 답했다. 서류를 들춰 보던 검사가 갑자기 어느 시점부터 우리의 남녀 관계가 시작되었냐고 그녀에게 물었다. 그녀는 날짜를 특정했다. 검사는 심드렁한 표정으로 자기가 보기엔 그게 엄마가 죽은 다음날인 것 같다고 지적했다. 이어서 조금 빈정거리는 투로 자기는 미묘한 상황을 강조하고 싶지는 않다고, 마리가 조심스러워하는 건 잘 이해한다고, 하지만 (여기서 그의 억양은 더 딱딱해졌다) 자기 의무의 명령 때문에 어쩔 수 없이 예의를 벗어나게 된다고 말했다. 그러더니 마리에게 내가 그녀와 육체관계를 맺은 그 하루의 일을 요약해 달라고 요구했다. 마리는 말하고 싶어 하지 않았다. 하지만 검사가 계속 요구하자, 그녀는 우리의 해수욕, 영화관 외출, 그리고 내 방으로 함께 돌아온 일을 말했다. 검사는 마리가 예비 조사에서 진술한 것에 따라 그 날짜의 일정을 살펴봤다고 말했다. 그때 어떤 영화가 상영되고 있었는지 마리가 직접 말해 달라고 덧붙였다. 결국 그녀는 거의 창백한 음성으로, 그것은 페르낭델의 영화였다고 특정했다. 그녀가 그 말을 끝내자 법정은 침묵으로 가득했다. 그때 검사가 몸을 일으키고는 아주 심각하게, 내가 보기엔 정말로 흥분한 음성으로, 나를 향해 손가락질을 하며 천천히 또박또박 말했다. "배심원 여러분, 자기 어머니가 죽은 다음날 저 사람은 해수욕을 했고, 비도덕적인 남녀 관계를 맺기 시작했고, 희극 영화를 보러 가서 시시덕거렸습니다. 저는 여러분께 드릴 말씀이 더 이상 없습니다." 그가 자리에 앉았을 때에도 여전히 침묵이 감돌았다. 갑자기 마리가 울음을 터뜨렸다. 그리고 그게 아니라고, 다른 게 있다고, 자기는 생각과 반대로 말하고 있다고,˙ 자기는 나를 잘 알고 있으며˙ 나는 나쁜 짓은 하나도 하지 않았다고 말했다. 하지만 재판장이 신호를 보내자 집행관이 그녀를 데려갔고, 증인 신문은 계속 이어졌다.

그다음에는 마송의 증언을 청취하는 둥 마는 둥 하는 것들 같았다. 마송은 내가 정직한 인간이며 '더 말하자면, 나는 용감한 남자'라고 진술했다. 다시 살라마노의 증언을 청취하는 둥 마는 둥 하는 것들 같았는데, 살라마노는 내가 자기 개한테 잘해 줬다고 회상했고, 또 어머니와 나에 대한 질문에는 내가 엄마에게 할 말이 더 이상 아무것도 없었으며 그런 이유 때문에 엄마를 양로원에 보낸 것이라고 말했다. "이해해야 합니다, 이해해야 합니다" 하고 살라마노는 말하고 있었다. 하지만 그 누구도 이해하는 것 같지 않았다. 그는 부축되어 나갔다.

이어서 레몽 차례가 왔는데, 그가 마지막 증인이었다. 레몽은 내게 조그맣게 신호를 보냈다. 그러더니 다짜고짜 나는 무죄라고 말했다. 그러자 재판장은 레몽에게 우리가 요구하는 건 평가가 아니라 사실이라고 말했다. 그리고 질문들을 기다렸다가 답하라고 권했다. 희생자와 그의 관계를 명확히 밝히라는 요청이 있었다. 그 기회를 빌려 레몽은 자기가 그 희생자의 누이의 따귀를 때린 후로 그자가 미워하고 있던 건 바로 자기라고 말했다. 재판장은 그래도 그 희생자가 나를 증오할 이유는 없었냐고 물었다. 레몽은 내가 해변에 있던 건 우연의 결과라고 말했다. 그러자 검사는 이 비극의 근원에 있는 그 편지를 어쩌다 내가 쓰게 되는 일이 벌어졌는지 물었다. 레몽은 그건 우연이라고 말했다. 검사는 이 이야기에서는 우연이 양심에 이미 많은 악행을 저질렀다고 반박했다. 그리고 레몽이 정부의 따귀를 때렸을 때 내가 개입하지 않은 것도 우연이었는지, 경찰서에 가서 증인으로 도움을 준 것도 우연이었는지, 그 증언 때 내가 진술한 것들이 순전히 레몽에 유리한 배려로 밝혀진 것도 우연이었는지 알고 싶다고 했다. 끝으로 검사는 레몽에게 생활 수단이 무어냐고 물었다. 레몽이 "창고 관리인"이라고 대답하자마자, 검사는 두루 주지하다시피 증인은 포주를 업으로 삼고 있다고 배심원들에게 말했다. 나는 그의 공모자이자 친구라고, 그리고 문제가 되는 건 가장 저속한 종류의 방탕한 사건인데, 그것이 어떤 도덕적 괴물과 관련되어 있어서 더욱 심각하다고. 그러자 레몽은 자신을 변호하고 싶어 했다. 그래서 변호사가 항의했다. 하지만 재판장은 그들에게 검사가 말을 마치도록 해야 한다고 말했다. 검사가 말했다. "저는 덧붙일 말이 별로 없습니다. 저 사람은 당신의 친구인가요?" 그가 레몽에게 물었다. 레몽이 말했다. "그렇습니다. 제 단짝입니다." 그러자 검사는 같은 질문을 내게도 던졌다. 그래서 나는 레몽을 바라봤는데, 그는 내 눈을 외면하지 않았다. 나는 답했다. "그렇습니다." 그러자 검사는 배심원단쪽으로 몸을 돌려서는 이렇게 진술했다. "자기 어머니가 죽은 다음날 가장 부끄러운 방탕에 몸을 던지던 바로 그 인간이 사소한 이유들 때문에, 그리고 입에 담기도 힘든 문란한 짓을 되갚으려고 살인을 한 것입니다."

그제야 검사는 자리에 앉았다. 하지만 내 변호사는 더 이상 참지 못하고 두 팔을 들어 올리며 소리를 질렀다. 그러자 그의 두 소매가 흘러내리면서 풀을 먹인 셔츠의 주름들이 드러났다. "그러면 결국 저 사람은 어머니의 장례를 치른 것으로 고발된 것입니까, 아니면 사람을 죽인 것으로 고발된 것입니까?" 청중이 웃었다. 그러자 검사가 다시 몸을 일으켜 법복을 고쳐 입으며 이렇게 진술했다. 이 두 부류의 사건 사이에 뿌리 깊고, 비장하고,

본질적인 관련이 있음을 느끼지 못하는 건 존경스러운 변호인이 순진하기 때문이라고. 그리고 검사는 힘주어 외쳤다. "그렇습니다. 저는 범죄자의 마음으로 어머니의 장례를 치른 저 인간을 고발하는 바입니다." 그 진술은 청중에게 엄청난 효과를 끼치는 것 같았다. 변호사는 어이없다는 듯 어깨를 으쓱하고는 이마 위로 흐르는 땀을 닦았다. 과연 변호사 자신이 흔들리는 모습을 보이고 있었다. 그래서 나는 사태가 내게 순조롭게 흘러가지 않고 있음을 알아챘다.˙

공판이 폐정되었다. 호송차에 타기 위해 법원 밖으로 나왔을 때, 한순간 나는 여름날 저녁의 냄새와 색깔을 다시 느꼈다. 굴러가는 내 감옥˙의 어둠 속에서 나는 내가 사랑하는 도시의, 그리고 내가 만족감을 느끼곤 하던 어떤 시간의 모든 익숙한 소리를 피로의 극단에서 만나듯 하나씩 다시 만났다. 벌써 느긋해진 공기 속으로 퍼지는 신문팔이들의 외침, 광장에 마지막까지 남은 새들의 지저귐, 샌드위치 장사꾼의 호객 소리, 도시의 고지대 모퉁이를 돌아가는 전차들의 신음 소리, 항구 위로 밤이 내리기에 앞서 하늘이 웅웅거리는 소리, 이 모든 것이 내가 눈을 감은 상황에서도 돋아 가는 경로를 재구성하고 있었다. 그것은 내가 감옥에 들어가기 전부터 잘 알고 있던 길이었다. 그랬다. 그건 아주 오래전부터 내가 만족감을 느끼던 바로 그런 시간이었다.˙ 그때 나를 기다리고 있던 것, 그건 여전히 가볍고 꿈이 없는 잠이었다. 하지만 무언가 변해 있었다. 내일에 대한 기대를 가지고 있었음에도 내가 다시 만난 건 내 감방이었기 때문이다.

마치 여름 하늘에 그려진 익숙한 길들이 죄 없는 잠으로도 이어질 수 있고 감옥으로도 이어질 수 있는 것처럼.

4

심지어 피고인석에 앉아 있어도 남들이 자기에 대해 하는 말을 듣는 건 언제나 흥미로운 일이다. 검사와 변호사가 변론을 하는 동안 그들은 나에 대해, 어쩌면 내 범죄보다 나에 대해 더 많은 말을 했다고 할 수 있다. 그런데 그들의 변론은 그렇게 차이가 있었을까? 변호사는 두 팔을 쳐들고 죄인을 변호했지만 용서를 곁들였다. 검사는 두 손을 앞으로 뻗고는 유죄를 고발했지만 용서는 없었다. 하지만 나는 막연히 마음에 걸리는 일이 하나 있었다. 조심을 하고 있었음에도 나는 가끔 개입하고 싶은 유혹을 받았다. 그럴 때면 변호사가 이렇게 말하곤 했다. "입 다물고 있으세요. 그렇게 하는 게 당신 사건에 더 좋아요." 이를테면 그들은 그 사건을 나의 외부에서 처리하는 것처럼 보였다. 모든 게 나의 개입 없이 전개되고 있었다. 내 의견은 듣지도 않은 채 내 운명이 조정되고 있었던 것이다. 때로 나는 모든 사람의 말을 가로막고 이렇게 말하고 싶었다. '그렇기는 합니다만, 누가 피고인입니까? 피고인이라는 건 중대한 일입니다. 그리고 저는 할 말이 있습니다!' 하지만 곰곰이 생각해 보면, 나는 할 말이 전혀 없었다.' 게다가 사람들을 사로잡는 흥미가 오래가지 않는다는 걸 나는 인정해야 한다. 예를 들어, 검사의 변론은 나를 아주 금세 싫증나게 했다. 내게 충격을 주거나 흥미를 일으킨 건 단지 짧은 말이나 몸짓, 아니면 전체에서 떨어져 나온 완전한 장광설 들이었다.

내가 잘 이해한 것이라면, 검사의 생각의 요점은 내가 범죄를 사전에 계획했다는 것이었다. 적어도 검사는 그 점을 증명해 보이려 애썼다. 검사 자신이 바로 그런 말을 하고 있었다. "여러분, 제가 그 점을 입증해 보이겠습니다. 그것도 이중으로 증명하겠습니다. 먼저 사실들의 눈부신 명확함으로, 이어서 저 범죄자의 영혼에 대해 심리학이 제공해 줄 어두운 조명을 통해서 말입니다." 그는 엄마의 죽음부터 시작해 사실들을 요약했다. 그는 나의 냉담성, 엄마의 나이를 모르는 것, 그다음 날의 해수욕, 여자를 동반한 것, 영화, 페르낭델이라는 배우, 끝으로 마리와 함께 집으로 돌아온 일을 상기시켰다. 바로 그때 검사가 "저 사람의 정부"라는 말을 했는데, 나한테 그녀는 마리였기 때문에 그의 말을 이해하는 데 시간이 걸렸다. 이어서 그는 레몽에 대한 이야기에 이르렀다. 나는 사건을 바라보는 그의 방식에 명확성이 없지 않다고 생각했다. 그가 하는 말은 그럴듯했다. 나는 레몽과 공모해 레몽의 정부를 유인하는 편지를 썼고 "도덕성이 의심스러운" 그 남자에게 그녀를 학대하도록 넘겼다는 것, 바닷가에서는 내가 레몽의 상대들을 자극했다는 것, 레몽이 상처를 입었다는 것, 내가 레몽에게 권총을 달라고 요구했다는 것, 그 권총을 사용하기 위해 홀로 다시 돌아갔다는 것, 계획하던 대로 그 아랍인을 죽였다는 것, 기다렸다는 것, 그리고 "일이 잘 처리되었는지 확실히 하기 위해" 다시 시간을 두고 확실하게, 말하자면 곰곰이 생각해서 네 발을 더 쏘았다는 것이었다.

검사가 말했다. "여러분, 바로 이렇습니다. 여러분 앞에서 저는 저 사람이 충분히 동기를 인식한 채 살인에 이르게 된 경위를 다시 추적해 봤습니다. 저는 이 점을 강조하겠습니다. 지금 문제가 되는 건 보통의 살인, 여러분이 정상을 참작하여 평가할 수도 있는 의도치 않은 행위가 아니기 때문입니다. 저 사람은, 여러분, 저 사람은 머리가 좋습니다. 그가 하는 말을 들어 보셨지 않습니까? 저 남자는 답변하는 법을 알고 있습니다. 말 한마디의 가치를 인식하고 있습니다. 그러니 저 사람이 자기가 무슨 짓을 하고 있는지 이해하지 못한 채로 행동을 했다고는 말할 수 없습니다."

나, 나는 귀를 기울여 듣고 있었는데, 내 머리가 좋다고 판단한다는 말이 들렸다. 그런데 나는 어떻게 보통 사람의 장점이 죄인에 대해서는 강력한 '유죄 증거'가 될 수 있는지 잘 이해할 수 없었다. 적어도 바로 그런 점이 내게는 충격이었다. 그래서 나는 검사의 다음과 같은 말이 들릴 때까지 그의 이야기에 귀 기울이지 못했다. "저 사람이 유감이라도 표명한 적이 있습니까?

여러분, 결코 없습니다. 예심 동안 단 한 번도 저 사람은 자신의 그 가증스러운 범행에 동요하는 모습을 보인 적이 없습니다." 바로 그 순간, 그가 나를 향해 몸을 돌렸다. 그리고 손가락으로 나를 가리키며 계속해서 유죄를 입증했는데, 사실 나는 그 이유를 잘 이해하지 못했다. 확실히 나는 그의 말이 옳다는 걸 인정하지 않을 수 없었다. 나는 내 행위를 그다지 후회하지 않고 있었다. 하지만 그가 그토록 악착같이 구는 게 나는 놀라웠다. 나는 내가 뭔가를 정말로 후회할 수 있었던 적은 한 번도 없다는 걸 다정하게, 거의 애정을 가지고 그에게 애써 설명하고 싶을 정도였다. 나는 언제나 장차 일어날 일에, 오늘이나 내일에 사로잡혀 있었다.* 하지만 내가 처한 그 상태에서는 당연히 누구에게도 그런 어조로 말할 수 없었다. 내게는 다정한 모습을 보이거나 선한 의지를 가질 권리가 없었다. 그리고 검사가 내 영혼에 대해 말하기 시작했기 때문에 나는 다시 귀 기울여 들으려고 했다.

그는 자신이 내 영혼에 관심을 기울여 봤으나, 배심원 여러분, 아무것도 찾아내지 못했다고 말하고 있었다. 그리고 진실로 내가 영혼이라는 건 조금도 가지고 있지 않으며, 어떤 인간적인 것도, 사람의 마음을 지키는 도덕 원리 하나도 이해하지 못한다고 말했다. 그는 이렇게 덧붙였다. "아마도 우리는 그런 그를 비난하지 못할 수도 있습니다. 그가 갖출 수 없는 것을 두고 그걸 결여하고 있다고 불평할 수는 없는 것입니다. 하지만 이 법정에서 문제가 될 때, 관용의 부정적인 미덕은, 쉽지는 않지만 더 수

준 높은 정의의 미덕으로 변화해야 합니다. 저 인간에게서 발견하게 되는 것과 같은 마음의 공백이 하나의 심연이 되어 사회가 궤멸할 수 있을 때에는 특히 그러합니다." 바로 그때 그는 엄마를 향한 내 태도에 대해 말했다. 그는 심리를 하는 동안 했던 말을 반복했다. 그런데 그 말은 내 범죄를 말할 때보다 훨씬 더 길었다. 심지어 너무 길어서 결국에, 나는 그날 오전의 그 더위밖에는 느끼지 못했다. 적어도 검사가 말을 멈추고 잠시 침묵한 다음, 아주 낮고 확신에 찬 어조로 다시 말을 시작한 그 순간까지는. "여러분, 바로 이 법정에서는 내일 친부 살해라는 가장 가증스러운 범행을 심판하게 됩니다.'" 그의 말에 따르면, 그 끔찍한 가해는 상상을 초월했다. 그는 가차 없이 인간의 정의로 처벌을 내리기를 희망해 본다고 말했다. 하지만 그 범죄가 그에게 불러일으키는 무서움은 나의 냉담함 앞에서 느끼는 무서움에는 거의 못 미칠 정도라고 주저 없이 말하겠다고 밝혔다. 이어서 그의 말에 따르면, 도덕적으로 자기 어머니를 죽이는 사람은 자신의 인생을 만들어 준 부친에게 살인의 손길을 가한 자와 동일한 명목으로 인간 사회를 등지고 있었다. 모든 경우에 있어서 첫 번째 인간이 두 번째 인간의 행위들을 예비하며, 말하자면 그것을 예고하고 정당화한다는 것이었다. 그는 언성을 높이며 덧붙였다. "여러분, 저는 확신합니다. 피고인석에 앉아 있는 저 사람이 내일 이 법정이 판결을 내릴 친부 살해 죄에 대해서도 유죄라고 제가 말한다고 해도, 여러분은 저의 생각이 터무니없다고 생각하시지는 않으리라고 말입니다. 따라서 저자는 처벌받아 마땅합니다."* 이 대목에서 검사는 땀으로 번들거리는 얼굴을 닦았다. 끝으로 그는 자신의 의무가 고통스럽다고, 하지만 단호히 그 임무를 완수하겠노라고 말했다. 나는 한 사회의 가장 본질적인 규칙들도 인정하지 않고 있기 때문에 사회와는 아무런 유대가 없으며, 또 내가 인간 심성의 기본적인 반응조차 모르기 때문에 그것에 따를 줄도 모른다고 그는 공언했다. 그가 말했다. "저는 여러분께 저 인간의 사형을 요청합니다. 그것도 가벼운 마음으로 요청합니다. 이미 오랜 경력을 거치는 동안 저로서는 사형을 요구해야 하는 일들이 있었습니다. 하지만 이 고통스러운 의무가, 결코 오늘만큼, 어떤 강력하고 성스러운 명령이라는 의식과, 그리고 저로서는 흉물스러움 외에는 아무것도 읽어 낼 수 없는 한 인간의 얼굴 앞에서 느끼는 공포 사이에서 보상받고, 균형 잡히고, 조명되는 것을 느껴 본 적이 없기 때문입니다."*

검사가 다시 자리에 앉자 아주 긴 침묵이 흘렀다. 나, 나는 더위와 놀라움에 어안이 벙벙했다. 재판장은 기침을 조금 했다. 그리고 아주 나직한 어조로 나더러 덧붙일 말이 전혀 없는지 물었다. 나는 몸을 일으켰다. 그리고 말을 하고 싶어서, 조금은 되는대로, 아랍인을 죽일 의도는 없었다고 말했다. 재판장은 그것은 하나의 주장일 뿐이다, 자기로서는 지금까지 내 변호 체계를 잘 파악하지 못했다, 그리고 변호사의 말을 듣기에 앞서 내 행위에 영감을 준 동기들을 명확히 밝혀 주면 좋겠다고 말했다. 나는 다급하게, 조금 두서없이, 웃음거리가 될 줄 알면서도 그것은 햇빛 때문이었다고 말했다. 법정 안 여기저기서 웃음소리가 났다.' 변호사는 어이없다는 듯 어깨를 으쓱하는 몸짓을 했다. 바로 이어서 변호사에게 발언 차례가 돌아갔다. 하지만 그는 시간이 늦었다고, 몇 시간이 더 걸린다고, 그래서 오후로 연기를 요청한다고 말했다. 재판관단은 이에 동의했다.

오후에도 커다란 선풍기들이 법정 안의 텁텁한 공기를 계속 휘젓고 있었다. 배심원들이 든 각양각색의 작은 부채들은 모두 똑같은 방향으로 움직이고 있었다. 변호사의 변론은 결코 끝날 기미가 보이지 않았다. 하지만 어느 순간 나는 그의 말에 귀를 기울였는데, 그가 "내가 죽인 건 사실입니다" 하고 말하고 있었기 때문이다. 이어서 그는 나에 대해 말할 때마다 매번 "나는"이라고 말하면서 그 어투로 말을 계속했다. 나는 몹시 놀랐다. 나는 법원 경위 한 사람 쪽으로 몸을 기울여서 왜 저러냐고 물었다. 그는 내게 입을 다물라고 말했다. 그리고 조금 있다가 이렇게 덧붙여 말했다. "변호사들은 다 저렇게 해요." 나는 그것이 나를 다시 사건으로부터 떼어 놓는 것이고, 나를 제로로 축소하는 것이고, 어떤 의미로는 나를 대체하는 것이라고 생각했다. 아니, 나는 이미 그 재판정으로부터 아주 멀리 떨어져 있던 것 같다.' 게다가 내게는 변호사가 우스꽝스러워 보였다. 그는 아주 빠르게 그 범행을 변호했고, 이어서 마찬가지로 내 영혼에 대해 이야기했다. 하지만 내가 보기에 그는 검사보다 재능이 훨씬 더 부족했다. 그가 말했다. "저 역시 그 영혼에 관심을 기울여 봤습니다만, 공안부의 탁월한 대표자이신 검사님과는 반대로 저는 뭔가를 발견했고 책을 펼쳐 읽듯이 읽어 냈다고 말할 수 있습니다." 그가 거기서 읽은 것은 나는 정직한 사람이라는 것, 꾸준하고, 지칠 줄 모르고, 자신을 고용한 회사에 충실하며, 모든 이로부터 사랑을 받고, 타인의 괴로움에 공감하는 노동자라는 것이었다. 그가 보기에 나는 할 수 있는 만큼 오랫동안 어머니를 부양한 모범적인 아들이었다. 결국 나는 나의 벌이로는 제공할 수 없는 안락함을 그 나이 든 여인에게 줄 수 있는 양로원이 있었으면 하고 희망했던 것이다. 그가 덧붙여 말했다. "여러분, 저는 그 양로원을 둘러싸고 그토록 큰 소란이 있었다는 점이 놀랍습니다. 결국 그런 시설들의 유용성과 장점의 증거를 내놓아야 한다면, 바로 국가가 그런 시설들을 후원하고 있다고 말해야 할 것이기 때문입니다." 다만 그는 장례식 이야기는 하지 않았는데, 나는 그게 그의 변론에서 부족한 점이라고 느꼈다. 그런데 내 영혼에 대해 말한 그 모든 긴 문장, 그 모든 낮 시간과 끝날 것 같지 않은 그 시간 때문에, 내게는 모든 게 현기증이 느껴지는 무채색의 물처럼 되고 있다는 인상을 받았다.

마지막에 내게 떠오른 건 변호사가 말을 계속하는 동안 거리로부터, 그리고 여러 방과 방청석들의 공간 전체를 가로질러 아이스크림 장수의 나팔소리가 내게까지 울렸다는 것뿐이다. 나는 더 이상 내 것이 아닌 어떤 삶의 추억들, 하지만 가장 초라하면서도 가장 끈질긴 기쁨들을 발견하곤 했던 삶의 추억들에 사로잡혔다. 그건 여름 냄새들, 내가 좋아하던 동네, 어떤 저녁 하늘, 마리의 웃음소리와 원피스들이었다. 그러자 법정이라는 그곳에서 내가 부질없이 행하고 있던 모든 것이 내 목 안에서 역류했다. 그리고 한 가지 초조한 생각밖에 들지 않았다. 재판이어서 끝났으면 하는 것, 그리고 감방으로 돌아가서 잠을 자고 싶다는 것이었다. 바로 그 순간, 끝으로 변호사가 크게 말하는 소리가 들려왔다. 배심원들께서는 한순간의 미혹으로 길을 잃은 정직한 일꾼을 죽음으로 보내지는 말아 주시기 바란다, 그리고 나에 대한 가장 확실한 형벌로 나는 이미 영원한 회한을 안고 살고 있으니 그 범죄에 대해 정상 참작을 요청한다는 말이었다. 재판관단이 공판을 중단하자 변호사는 기진맥진한 표정으로 자리에 앉았다. 그러자 동료들이 그에게 와서 악수를 했다. "자네, 멋있었어" 하는 소리가 들렸다. 그중 한 사람은 심지어 나를 증인으로 삼아서는 "안 그래요?" 하고 말했다. 나는 수긍하기는 했지만 내 칭찬에는 진정성이 없었다. 너무 피곤했기 때문이다.

그럼에도 밖에서는 날이 기울고 있었고, 더위는 약해졌다. 나는 거리에서 들려오는 몇 가닥 소리에서 저녁의 달콤함을 예감하고 있었다. 우리는 모두 기다리고 있었다. 우리가 함께 기다리고 있던 건 오로지 나와 관련된 것이었다. 나는 다시 법정 안을 둘러봤다. 모든 게 첫날과 똑같은 상태였다. 나는 회색빛 윗도리를 입은 신문 기자, 그리고 자동인형 같은 그 여자와 눈길이 마주쳤다. 그러면서 재판 동안 내내 마리를 눈여겨 찾아보지 않았다는 생각이 들었다. 그녀를 잊은 건 아니었다. 하지만 나는 할 일이 너무 많았다. 셀레스트와 레몽 사이에 그녀가 있는 게 보였다. 그녀는 내게 마치 '이제야 보네' 하고 말하듯 작은 신호를 보냈다. 내 눈에 보인 그녀의 얼굴은 조금 불안한 미소를 띠고 있었다. 하지만 내 마음은 닫혀 버린 느낌이었고, 그래서 그녀의 미소에 응답조차 할 수 없었다.

재판관단이 다시 돌아왔다. 배심원들에게 일련의 질문이 아주 빠르게 낭독되었다. "살인죄를 지은"…… "범죄 예비"…… "정상 참작"이라는 말이 들렸다. 배심원들이 퇴장하고, 나는 앞서 대기했던 작은 방으로 연행되었다. 변호사가 나를 다시 만나러 왔다. 그는 아주 수다스러워져서 전에는 한 번도 보인 적 없던 자신감과 다정함으로 내게 말을 걸었다. 그는 모든 게 잘될 것이고 내가 몇 년의 징역형이나 노역형을 받고 풀려날 것으로 생각한다고 말했다. 나는 불리한 판결이 날 경우 파기 환송의 가능성이 있는지 물었다. 그는 없다고 말했다. 그의 재판 전략은 배심원단의 반감을 사지 않도록 평결을 내놓지 않는 것이었다. 그러한 재판은 이유 없이 파기하지는 않는다고 그가 설명했다. 그 점은 내가 보기에도 명확했다. 그래서 나는 그의 말의 논리를 수긍했다. 사태를 냉정히 고찰해 보면 그건 아주 자연스러웠다.' 그 반대의 경우에는 쓸데없이 너무 많은 서류 뭉치만 생길 터였다. 변호사가 말했다. "아무튼 항소는 있어요. 하지만 저는 결과가 좋을 것으로 확신합니다."

우리는 아주 오래 기다렸다. 거의 45분쯤 되었던 것 같다. 그 시간이 흐른 뒤 다시 종이 울렸다. 변호사는 내 곁을 떠나면서 이렇게 말했다. "배심원단 대표가 답변서를 읽을 겁니다. 판결

선고 때에야 당신을 들여보낼 거예요." 문들이 쿵 소리를 내며 닫혔다. 사람들이 계단으로 뛰어가는 소리가 들렸는데, 나는 그들이 가까이 있는지 멀리 있는지 알 수 없었다. 이어서 법정 안에서 어렴풋한 목소리로 뭔가를 읽는 소리가 들렸다. 종이 다시 울렸을 때, 그래서 피고인석의 문이 열렸을 때 내게 밀려온 건 바로 법정 안의 침묵, 그 침묵과, 그 젊은 신문 기자가 눈을 돌려 나를 외면했음을 확인했을 때의 그 이상한 느낌이었다. 나는 마리 쪽을 보지 못했다. 그럴 시간이 없었다. 재판장이 내게 프랑스 국민의 이름으로 공공 광장에서 내 머리가 참수될 것*이라고 기이한 형식으로 말했기 때문이다. 그때 나는 그 모든 얼굴에서 내가 읽고 있던 그 느낌을 알 것 같았다. 그건 배려였다는 생각이 든다. 경위들은 나를 아주 부드럽게 대했다. 변호사는 내 손목에 자기 손을 갖다 댔다. 나는 아무 생각도 나지 않았다. 하지만 재판장은 내게 덧붙일 말이 아무것도 없냐고 물었다. 나는 생각해 봤다. 그리고 '없다'고 말했다. 그리고 나서 나는 연행되었다.

5

나는 부속 신부의 면회를 세 번째 거절했다. 나는 그에게 할 말이 아무것도 없다. 말을 하고 싶은 마음도 없다. 어차피 이제 곧 그를 만날 것이다. 이 순간 내 관심을 끄는 건 그 기계를 피하는 것, 그 불가피한 것에 출구가 있을 수 있는지 아는 것이다. 내 감방이 바뀌었다. 이 감방에서는 길게 드러누우면 하늘이 보인다. 하늘만 보인다. 하늘의 얼굴에서 낮에서 밤으로 이어지며 흐려지는 색깔들을 바라보는 것으로 나의 하루하루는 흘러간다. 나는 드러누워 팔베개를 하고 기다린다. 사형수가 그 냉혹한 기계 장치에서 벗어나거나, 사형 집행 직전에 사라져 버리거나, 포승줄을 끊어 버린 사례들이 있는지 나는 얼마나 많이 자문했는지 모르겠다. 그래서 사형 집행 이야기에 관심을 많이 두지 못했던 걸 자책했다. 그런 의문들에 항상 관심을 둬야겠다. 무슨 일이 일어날지 결코 알 수 없는 법이다. 다른 사람들처럼 나도 신문에서 서평들을 읽었었다. 전문 서적들이 분명히 있었지만, 들춰 보고 싶은 호기심이 생기지 않았다. 거기서 어쩌면 탈주담을 발견할 수도 있었을 것이다. 적어도 어떤 경우엔 기계의 톱니바퀴가 멈췄다는 걸, 그 불가항력의 예비 음모 속에서 우연과 행운이 단 한 번 뭔가를 바꿔 놓았다는 걸 알게 되었을 수도 있다. 단 한 번! 어떤 의미로 보면 내게는 그것으로 충분했을 거라고 생각한다. 그러면 나머지는 내 마음이 알아서 했으리라. 신문들은 종종 사회에 빚진 부채에 대해 말하곤 했다. 신문에 따르면 그 빚을 갚아야 했다. 하지만 그런 말은 상상력을 건드리지 못한다. 중요한 건 탈주 가능성, 그 냉정한 의례 밖으로 튀어나가는 것, 온갖 희망의 기회를 줄 수도 있는 광적인 질주다. 자연히 그 희망이란 전력 질주를 하다가 날아오는 총알을 맞고 어느 길모퉁이에서 거꾸러지는 것이었다.* 하지만 모든 걸 잘 고려해 보면, 그런 호사를 내게 허락해 주는 건 아무것도 없었다. 모든 조건이 그것을 금지하고 있었다. 그리고 그 기계에 대한 생각이 나를 다시 붙들곤 했다.

나는 선의를 가지고 있었음에도 그런 오만한 확실성은 받아들일 수 없었다. 결국 그 확실성의 밑바탕에 있는 판결과, 그 판결이 선고된 순간부터 전개되는 냉혹한 확실성 사이에는 우스꽝스러운 불균형이 있었기 때문이다. 판결문이 17시가 아니라 20시에 낭독되었다는 것, 전혀 다른 판결문이 될 수도 있었다는 것, 속옷을 갈아입는 사람들이 채택했다는 것, 프랑스 (아니면 독일이나 중국) 국민이라는 개념만큼이나 불명확한 개념에 신뢰를 두고 있다는 것, 내가 보기에는 이 모든 게 그런 결정에서 엄정함을 많이 상쇄하고 있었다. 그럼에도 판결문이 채택된 바로 그 순간부터, 그 효과는 내가 몸을 짓누르고 있는 이 벽의 존재만큼이나 분명하고 엄중해진다는 걸 나는 인정하지 않을 수 없었다.

그런 순간마다 나는 엄마가 아버지에 대해* 말할 때면 내게 들려주던 이야기가 생각났다. 나는 아버지의 얼굴을 본 적이 없었다. 그 남자에 대해 내가 정확하게 알고 있던 건 어쩌면 그때 엄마가 말했던 게 전부였다. 아버지는 어느 살인자의 사형 집행을 보러 갔다고 했다. 그곳에 간다는 생각만으로 아버지는 아팠다. 하지만 아버지는 갔고, 돌아와서는 아침에 먹은 걸 조금 토했다. 그때 나는 아버지가 조금 혐오스러웠다. 하지만 지금은 이해한다. 그건 지극히 자연스러운 일이었다.* 사형 집행보다 더 중요한 건 아무것도 없다는 걸, 요컨대 그건 정말로 한 인간의 이해관계가 걸린 유일한 관심사라는 걸 어째서 나는 몰랐단 말인가! 만약 언젠가 이 감옥에서 나가게 된다면 나는 모든 사형 집행을 보러 갈 것이다. 그런데 지금 생각해 보니 내가 그런 가능성을 생각한 건 잘못이었다. 어느 새벽 포승줄에서 풀려난 자유로운 나를 본다는 생각에, 다른 한편으로 이를테면 사형 집행을 보러 오고 그 후에 토할 수 있는 구경꾼이 된다는 생각에 독한 기쁨의 물결이 내 가슴에서 솟구쳤기 때문이다. 하지만 그건 이성적인 생각이 아니었다. 내가 그런 가정을 따라가는 건 잘못된 것이었다. 곧이어 나는 끔찍하게 추워서 이불 속

에 몸을 움츠리고 있었기 때문이다. 이가 딱딱 부딪쳤는데 멈출 수 없었다.˙

그런데 본성적으로 우리는 항상 이성적일 수는 없다.˙ 예를 들어 나는 틈틈이 법안을 만들어 보곤 했다. 나는 형법 체계를 개혁하고 있었다. 내가 주목한 핵심은 사형수에게 기회를 한 번 더 주는 것이었다. 천 번에 단 한 번의 기회, 그것만으로 많은 걸 정리하기에 충분했다. 나는 그래서 그 용액을 마시면 열 번에 아홉 번만 수형자[나는 수형자(受刑者)라는 말을 생각했다]˙를 죽이는 화합물을 만들어 낼 수 있을 것으로 보였다. 단 수형자가 그 사실을 알고 있을 것, 그게 조건이었다. 단두대 칼날의 결함이란 아무런 기회도 주지 않는다는 것, 절대적으로 아무런 기회도 주지 않는다는 것임을 나는 곰곰이 생각하고 차분히 사태를 고찰하면서 확인하고 있었기 때문이다. 요컨대 단 한 번만으로 수형자의 죽음이 결정되었던 것이다. 그것은 분류된 일, 확고한 결합, 재론할 필요가 없는 합의된 일치가 되어 버렸다. 만약 아주 예외적으로 타격이 잘못 가해지면 처음부터 다시 했다. 그 결과 사형수는 기계가 잘 작동하기만을 바라야 한다는 것이 서글펐다. 내 말은 바로 그게 부족한 측면이라는 것이다. 이 말은 어떤 의미에서는 맞다. 하지만 다른 의미에서는, 훌륭한 사회 조직의 모든 비밀이 거기에 있다는 점을 나는 인정할 수밖에 없었다. 요컨대 사형수는 정신적으로 협조하지 않을 수 없었다. 모든 것이 차질 없이 진행되는 게 그의 관심사였다.

내가 지금까지 이런 물음들에 대해 부정확한 생각들을 갖고 있었다는 점도 인정할 수밖에 없었다. 오랫동안 나는 (무엇 때문인지는 모르겠는데) 기요틴으로 가려면 받침대 위로 올라서서 계단을 올라야 한다고 믿어 왔다. 내 생각에 그건 1789년 대혁명 때문이었다. 이런 물음들에 대해 사람들이 내게 가르치거나 보여 준 그 모든 것 때문이라는 말이다.* 그런데 어느 날 아침, 사회적 반향이 큰 어떤 사형 집행을 계기로 신문에 게재되었던 한 장의 사진이 떠올랐다. 실상을 보면 그 기계는 세상에서 가장 간단하게 그냥 땅바닥에 놓여 있었다. 기계*의 폭은 생각보다 훨씬 더 좁았다. 그 사실을 좀 더 일찍 알아채지 못한 게 이상할 정도였다. 사진 속의 그 기계는 정확하고, 완벽하고, 광채 나는 작품 같은 외양으로 내게 충격을 줬다. 사람은 언제나 잘 알지 못하는 것에 대해 과장된 관념들을 갖게 마련이다. 반대로 나는 모든 게 단순함을 확인해야 했다. 기계가 그것을 향해 걸어가는 사람과 같은 높이에 있다는 것이다. 그 사람은 어떤 사람을 만나러 걸어가듯이 그 기계와 만나게 된다. 그 사실 또한 서글펐다. 받침대로 올라서는 것, 하늘 한복판으로 상승하는 것, 상상은 그런 것과 결부될 수 있었다. 하지만 그러는 동안에도, 그때도 여전히 기계는 모든 걸 파괴하고 있었다. 즉 사람은 소량의 수치심과 다량의 정확성과 더불어 슬그머니 살해되는 것이었다.

또한 내가 항상 숙고하던 게 두 가지 있었다. 새벽과 항소였다. 하지만 나는 이성적으로 사고하고 있었다. 그래서 더 이상 그걸 생각하지 않으려고 애썼다. 나는 드러누워서 하늘을 바라보며 하늘에 관심을 두려고 애쓰곤 했다. 하늘이 초록빛이 되면 저녁이었다. 나는 다시 사고의 흐름을 전환하려고 노력하곤 했다. 나는 심장에 귀를 기울였다. 아주 오래전부터 나와 함께해 온 그 소리가 언젠가 멈출 수 있다고는 상상도 할 수 없었다. 나는 진정한 상상력을 가져 본 적이 전혀 없다. 그래도 나는 이 심장의 두근거림이 내 머리까지 연장되지 않는 어떤 순간을 그려 보려고 애쓰곤 했다. 하지만 소용없었다. 새벽이나 항소가 거기에 있었다. 결국 나는 가장 합리적인 건 억지로 하지 않는 거라고 생각하기에 이르렀다.·

　놈들은 새벽에 온다. 나는 그걸 알고 있었다. 요컨대 나는 밤마다 그 새벽을 기다리는 데 몰두했다. 나는 기습당하는 걸 결코 좋아하지 않았다. 내게 무슨 일이 일어날 때 그 현장에 있는 걸 더 좋아한다.· 그래서 나는 결국 낮에는 조금만 자고, 밤새껏 인내심을 가지고 하늘 쪽 유리창 위로 빛이 어리기를 기다렸다. 가장 어려운 것은, 그들이 습관적으로 행동하는 그 미심쩍은 시각이 언제인지를 파악하는 것이었다. 자정이 지나면 나는 기다렸고 동정을 살폈다. 예전에는 내 귀로 그토록 많은 소음을 지각하거나 그렇게 미세한 음향들을 구별한 적이 전혀 없었다. 그런데 발자국 소리를 전혀 듣지 못했기 때문에 어떻게 보면 그 기간 내내 나는 운이 좋았다고도 말할 수 있다. 사람은 결코 완전히 불행해지는 법은 없다고 엄마가 종종 말하곤 했다. 나는 감옥에 있으면서 하늘이 물들어 가다가 감방 안으로 새날이 미끄러져 들어올 때면 그 말에 수긍했다. 발자국 소리가 들려올 수도 있었고, 그러면 내 심장이 터져 버렸을 수도 있었기 때문이다. 비록 날빛이 아주 조금 흘러들기만 해도 문 쪽으로 달려가고, 비록 나무 문에 귀를 바싹 붙이고 정신없이 기다리다가 나자신의 숨소리를 듣고는 껙껙거리는 그 소리가 개가 헐떡이는 것과 매우 비슷하다는 걸 알고 질겁하기는 했지만, 끝에 가서도 심장은 터지지 않았고 나는 다시 스물네 시간을 벌었다.

항소한다는 생각이 하루 종일 맴돌았다. 나는 그 생각으로부터 최선을 이끌어 낸 것 같다. 나는 항소의 효력을 계산했고, 내 성찰로부터 최고의 보상을 얻어 내고 있었다. 나는 항상 항소가 기각되는 최악의 가정을 취하곤 했다. '그래 좋아, 그러면 죽지 뭐.' 다른 무엇보다 먼저 그 점은 확실했다. 그런데 다 알다시피 인생은 애써 살 만한 가치는 없다.' 요컨대 나는 서른에 죽느냐 일흔에 죽느냐 하는 게 거의 중요하지 않다는 걸 알고 있었다. 자연히 그 두 가지 경우에 다른 남자들과 다른 여자들은 살아 있을 테고, 그것도 수천 년 동안 그럴 것이기 때문이다. 요컨대 그보다 더 명확한 건 없다. 지금이든 20년 뒤든 언제나 죽는 건 나였다. 바로 그 순간 내 추론에서 나를 조금 곤란하게 만든 건, 미래의 20년의 삶이라고 생각할 때 내면에서 느껴지던 그 끔찍한 흥분이었다. 하지만 나로서는 20년 뒤에 어쨌든 이런 상황에 다시 이르러야 할 때 내 생각들이 어떨지 상상하면서 그 흥분을 억눌러야 했다. 사람이 죽는 이상 언제 어떻게 죽느냐는 중요하지 않다는 것, 그 점은 확실했다. 따라서(그리고 난점은 이 "따라서"가 추론에서 표상하는 모든 걸 간과하지 않는 것이었다), 따

라서, 나는 항소의 기각을 받아들여야만 했다.'

바로 그 순간, 오로지 그 순간에만 나는 사면받는다는 두 번째 가정에 접근할 수 있는, 말하자면 권리를, 이를 테면 허가를 얻게 되었다. 서글픈 건 피와 육체의 그 격렬한 흥분을 가라앉혀야 했다는 것이다. 그 흥분은 엄청난 기쁨으로 두 눈을 찔러 댔다. 그 환호성을 줄이고 이성적으로 만드는 데 마음을 집중할 필요가 있었다. 항소가 기각된다는 첫 번째 가정에서 나의 체념을 더욱 그럴듯한 것으로 만들려면, 이 두 번째 가정에서도 나는 자연스러워야 했다. 그것에 성공했을 때 나는 한 시간 정도 평정을 되찾았다. 그렇기는 해도 그건 고려해야 할 일이었다.'

그와 비슷한 때에 나는 부속 신부의 면회를 한 번 더 거부했다. 나는 드러누워 있었고 황금빛 하늘로 다가오는 여름날 저녁을 예감하고 있었다. 막 항소를 거부한 참이었다.' 그리고 나는 피의 파동들이 규칙적으로 내 안에서 순환하는 걸 느낄 수 있었다. 나는 부속 신부를 만나고 싶은 의욕이 없었다. 아주 오랜만에 처음으로 마리를 생각했다. 그녀는 오래전부터 편지를 보내오지 않고 있었다. 그날 저녁 나는 곰곰이 생각했다. 그녀는 어쩌면 사형수의 정부가 되는 데 지쳐 버렸을 거라는 생각이 들었다. 어쩌면 병이 들거나 죽었을지도 모른다는 생각도 들었다. 그것이 세상사의 질서였다. 이제는 따로 떨어진 우리의 두 몸을 제외하면 우리를 묶거나 서로 가깝게 하는 게 아무것도 없는데, 내가 어떻게 그걸 알았겠는가. 게다가 그때부터는 마리에 대한 추억도 내게는 흥미 없는 일이 되어 버렸을 것이다. 그녀가 죽는다면, 그녀는 더 이상 내 관심사가 아닌 것이다. 그게 정상이라고 나는 생각했다. 내가 죽은 뒤에는 사람들이 나를 잊어버린다는 걸 나는 아주 잘 이해했기 때문이다. 사람들은 나하고 볼일이 아무것도 없게 되는 것이었다. 그런 생각을 하는 게 힘들다는 말조차 할 수 없었다.

정확히 바로 그 순간 부속 신부가 들어왔다. 그를 보게 되자 나는 조금 떨렸다. 그 점을 눈치 챈 그가 나더러 겁먹지 말라고 말했다. 나는 그에게 보통은 다른 때에 오지 않느냐고 물었다. 그러자 그는 이번은 완전히 우정의 면회로서 내 항소와는 아무 관련이 없고, 자기는 그에 대해 아무것도 아는 바가 없다고 답했다. 그는 내 침상에 걸터앉았다. 그리고 나보고 자기 가까이로 오라고 권했다. 나는 거절했다. 그럼에도 그의 표정은 아주 부드러워 보였다.

그는 두 팔을 무릎에 괴고 고개를 숙인 채 자기의 손을 바라보며 잠깐 앉아 있었다. 그의 손은 가늘면서도 근육질이었다. 두 마리의 날렵한 짐승을 생각나게 했다. 그는 천천히 두 손을 비볐다. 그러고는 그렇게 머리를 숙이고 있었는데, 그 사이가 너무 길어서 나는 한순간 그의 존재를 망각해 버린 것 같은 인상을 받았다.

그런데 갑자기 그가 고개를 다시 들었다. 그리고 나를 정면으로 바라봤다. 그가 말했다. "어째서 내 면회를 거절하는 겁니까?" 나는 하느님을 믿지 않는다고 대답했다. 그는 내가 그 점에 확신이 있는지 알고 싶다고 했다. 나는 그 점에 의문을 가질 것도 없다고 말했다. 내가 보기에 그건 중요하지 않은 문제 같다고. 그러자 그는 몸을 뒤로 젖히고는 두 손을 펴서 허벅지에 올린 채 등을 벽에 기댔다. 그리고 거의 내게 말을 거는 것 같지 않는 표정으로, 사람은 가끔씩 스스로에게 확신을 갖지만 실상은 그렇지 않다고 지적했다. 나는 아무 말도 안 하고 있었다. 그는 나를 바라보고 질문을 던졌다. "그 점을 어떻게 생각하나요?" 나는 그럴 수도 있다고 대답했다. 아무튼 나는 실제로 무엇이 내 흥미를 끄는지에 대해서는 확신이 없다고, 하지만 무엇이 흥미를 끌지 못하는지에 대해서는 전적으로 확신이 있다고 말했다. 그리고 마침, 그가 내게 말하고 있는 그것에는 흥미가 없다고.

그는 시선을 돌렸다. 그리고 여전히 자세는 바꾸지 않은 채, 내가 지나치게 절망해서 그렇게 말하고 있는 게 아니냐고 물었다. 나는 절망하지 않았다고 해명했다. 단지 무섭다고, 그건 자연스러운 것이라고. 그러자 그가 말했다. "그러니 하느님께서 도와주실 겁니다. 내가 알았던 모든 이는 당신과 같은 경우에 처했을 때 하느님을 향해 돌아서곤 했습니다." 나는 그게 그들의 권리임을 인정했다. 또한 그건 그들에게 그럴 시간이 있었다는 걸 입증한다고, 그리고 나로서는 도움을 받는 걸 바라지도 않으며, 흥미 없는 것에 흥미를 갖기에는 내게 부족한 것이 바로 시간이라고.

바로 그 순간, 그의 두 손은 짜증스런 몸짓을 보였다. 하지만 그는 다시 몸을 바로잡고는 사제복의 주름을 폈다. 몸동작을 끝낸 그는 내게 "친구"라고 하며 말을 걸어왔다. 자기가 그렇게 말하는 건 내가 사형수이기 때문이 아니라고, 그의 견해로는 우리 모두가 사형수라고 말했다. 하지만 나는 그의 말을 가로막고 그건 같은 게 아니라고, 게다가 어떤 경우에도 그런 말이 위안이 될 수는 없다고 말했다. 그는 "물론 그렇기는 하다"며 수긍했다. "하지만 당신은 오늘 죽지 않아도 나중에는 죽을 겁니다. 그때 똑같은 질문이 제기될 겁니다. 그 끔찍한 시련을 어떻게 맞이하겠습니까?" 나는 지금 이 순간 그 시련을 맞이하는 것과 정확히 똑같이 그걸 맞이하겠다고 답했다.

이 말에 그는 자리에서 일어나 내 눈을 정면으로 바라봤다. 그건 내가 잘 알고 있는 놀이였다. 나는 에마뉘엘이나 셀레스트와 종종 그런 장난을 치곤 했다. 보통은 그들이 눈을 돌렸다. 부속 신부도 그 장난을 잘 알고 있다는 걸 나는 금방 알아챘다. 그의 시선에 흔들림이 없었던 것이다. "따라서 당신은 아무 희망도 없다는 겁니까? 당신은 완전히 죽을 거라는 생각을 갖고 살고 있나요?" "그렇습니다" 하고 나는 답했다.

그러자 그는 고개를 숙이고 다시 앉았다. 그는 내가 불쌍하다고 말했다. 한 인간으로서 그건 견딜 수 없는 일이라고 생각한다고. 나, 나는 그가 나를 지겹게 만들기 시작했다는 느낌만 받았다. 나도 몸을 돌려 천창 아래쪽으로 갔다. 나는 벽에 어깨를 기댔다. 그의 말을 잘 따라가지는 못했지만, 그가 다시 내게 질문을 던지기 시작하는 소리를 들었다. 그는 불안하고 다급한 음성으로 말하고 있었다. 나는 그가 흥분했음을 알아채고 그 말에 더 귀를 기울였다.

그는 자신의 확신이라며 내 항소는 받아들여질 것이라고, 하지만 내가 원죄의 짐을 지고 있고 거기서 벗어나야 한다고 말했다. 그의 말에 따르면, 인간의 정의는 아무것도 아니고 하느님의 정의가 전부였다. 그러자 나는 나를 단죄한 건 인간의 정의라고 지적했다. 그는 그래도 그것이 내 원죄를 씻어 주지는 못했다고 답했다. 나는 원죄가 무엇인지 모른다고 말했다. 사람들이 내게 가르쳐 준 건 내가 범죄자라는 것뿐이라고. 나는 범죄자이고, 그 대가를 치르고 있고, 그 이상은 아무것도 내게 요구할 수 없다고. 그 순간 그는 다시 일어섰다. 이 좁은 감방에서는 그가 몸을 움직이고 싶어도 선택할 수 있는 바가 없다는 생각이 들었다. 앉아 있거나 아니면 서 있어야 했다.˙

나는 두 눈을 땅바닥에 고정하고 있었다. 그는 내가 있는 쪽으로 한 걸음 내디뎠다. 그러고는 마치 앞으로 나오는 게 주저되는 양 멈췄다. 그는 창살 사이로 하늘을 바라보고 있었다. 그가 말했다. "아들이여, 당신은 잘못 생각하고 있어요. 사람들은 당신한테 더 많은 걸 요구할 수 있어요. 아마도 요구할 겁니다." "그래, 그게 뭔데요?" "보라고 요구할 수 있어요." "뭘 보라고요?"

신부는 주변을 빙 둘러봤다. 그리고 그가 답했는데, 그의 목소리는 문득 몹시 지친 듯 들렸다. "나는 압니다. 이 모든 돌이 고통의 땀을 흘리고 있다는 사실을요. 나는 돌들을 볼 때마다 불안하지 않은 적이 없어요. 하지만 마음 속 깊은 곳에서부터 나는 알고 있어요. 당신들 중에 가장 불쌍한 자들도 돌의 어둠 속에서 하느님의 얼굴이 솟아 나오는 걸 봤다는 걸요. 당신한테 보라고 요구하는 건 바로 그 얼굴입니다."

나는 조금 흥분했다. 나는 몇 달 전부터 이 벽들을 봐 왔다고 말했다. 세상의 어떤 물건이나 사람보다 그걸 잘 안다고. 아주 오래전에 나는 거기서 어떤 얼굴을 찾아보긴 한 것 같다. 그 얼굴은 햇빛의 색깔과 욕정의 불꽃을 가진 마리의 얼굴이었다. 그걸 찾아봤지만 실패했다. 지금은 끝난 일이다. 그리고 어떤 경우든 나는 돌의 땀 같은 게 솟아나는 건 전혀 본 적이 없었다.

부속 신부는 슬픔이 어린 표정으로 나를 바라봤다. 나는 이제 완전히 등을 벽에 대고 있었다. 내 이마 위로 날빛이 흐르고 있었다. 그가 몇 마디를 했는데 내 귀에는 들어오지 않았다. 그리고 그는 나를 포옹해도 되냐고 아주 빠르게 물었다. 나는 "안 됩니다" 하고 답했다. 그는 몸을 돌렸다. 그리고 벽 쪽으로 걸어가서는 손으로 천천히 벽을 쓰다듬었다. 그가 중얼거렸다. "그러니까 당신은 이 지상을 그 정도로 사랑하나요?" 나는 아무 대답도 하지 않았다.

그는 몸을 돌린 채 꽤 오랫동안 가만히 있었다. 나는 그가 있는 게 부담스럽고 성가셨다. 그에게 가라고, 나를 놔두라고 말하려는데, 그때 갑자기 그가 내 쪽으로 몸을 돌리며 폭발하듯 소리를 질렀다. "아니오, 난 당신의 말을 믿을 수 없어요. 또 다른 인생을 소망했던 일이 당신한테도 있었다고 나는 확신합니다." 그래서 나는 대답했다. 그건 자연스러운 일이라고, 하지만 그런 일은 부자가 되기를 바라거나 수영을 잘하거나 입이 더 잘

생겼으면 하고 바라는 것보다 더 중요할 게 없다고, 그리고 그
건 같은 차원의 것이라고. 그러자 그는 내 말을 가로막았다. 그
는 내가 생각하는 또 다른 인생이 어떤 건지 알고 싶다고 했다.
그래서 나는 그에게 "바로 이 인생을 내가 회상할 수 있는 인생"
이라고 큰 소리로 말했다.' 그리고 바로 이젠 그만하자고 말했
다. 그는 여전히 하느님에 대해 말하고 싶어 했지만, 나는 그를
향해 나아가 내겐 남은 시간이 얼마 없다고 마지막으로 그에게
설명하려 했다. 나는 하느님 때문에 그 시간을 허비하고 싶지
않았다. 그는 어째서 내가 자기를 "아버지"라 부르지 않고 "선
생님"이라 부르냐고 물으면서 주제를 바꿔 보려 했다. 그 말에
나는 신경질이 났다. 나는 그에게 당신은 나의 아버지가 아니라
고 대답했다. 당신은 다른 사람들의 신부라고.'

  내 어깨에 손을 얹으면서 그가 말했다. "그렇지 않아요, 나의
아들이여, 나는 당신과 함께 있습니다. 하지만 당신은 마음의
눈이 멀었기 때문에 그걸 알 수 없는 겁니다. 당신을 위해 기도
하겠습니다."

  그때, 왜인지는 모르겠는데 내 안에서 무언가가 터져 버렸
다. 나는 목이 터져라 소리 지르기 시작했다. 나는 신부에게 욕
을 하고 기도하지 말라고 말했다. 나는 사제복의 목깃을 쥐었
다. 기쁨과 분노가 뒤섞여 심장이 두근거리는 가운데 마음속에
있는 모든 걸 그에게 퍼붓고 있었다. 당신의 표정은 아주 확신
에 차 있네요, 아닌가요? 하지만 당신이 확신하는 것 중에 그 어
떤 것도 여자의 머리칼 한 올의 가치가 있는 게 없어요. 게다가

당신은 죽은 사람처럼 살고 있어서 살아 있다는 것조차 확신하지 못하고 있어요.ˇ 나, 나는 두 손은 텅 빈 모습을 하고 있죠. 하지만 나는 나라는 자아를 확신하고 모든 걸 확신해요. 당신보다 더 확신해요. 내 삶과 장차 다가올 죽음을 확신해요. 그래요, 난 그것밖에 없어요. 하지만 적어도 나는 이 진실이 나를 붙잡고 있는 만큼 나도 그 진실을 붙잡고 있어요. 나는 이성을 갖고 있었고, 아직도 이성을 갖고 있고, 언제나 이성을 갖고 있어요.ˇ 나는 그런 방식으로 살아왔고, 또 다른 방식으로 살 수도 있었어요. 이런 건 했고 저런 건 안 했어요. 어떤 건 했는데 다른 건 안 했어요. 그래서 어떻게 됐냐고요? 그건 마치 내가 언제나 이 순간을, 내가 정당화될 이 새벽을 기다려 왔다는 것과 같은 거예요. 아무것도, 중요한 건 아무것도 없어요. 그리고 나는 그 이유를 잘 알고 있어요. 당신도 그 이유를 알고 있어요. 내가 이끌어 온 이 부조리한 인생 동안 내내, 나의 미래 깊은 곳에서 한 줄기 어두운 바람이 아직 도래하지 않은 세월을 가로지르며 나를 향해 올라오고 있어요.ˇ 그리고 흘러가는 그 바람은 내가 살고 있는 더 없이 현실적인 세월 속에서 주어지는 모든 걸 평등하게 만들고 있어요. 타인의 죽음이, 어머니의 죽음이 나한테 뭐가 중요해요? 당신의 하느님이나 사람들이 선택하는 인생, 그들이 고르는 운명이 나한테 뭐가 중요해요? 단 하나의 운명만이 나 자신을 선택하게 되어 있고, 또 나와 더불어 당신처럼 내 형제라고 자칭하는 수천만의 특권자를 선택하게 되어 있으니 말이에요.ˇ 그러니 당신은 이해하세요? 이해하시냐고요? 모든 사람이 특별해요. 특별한 사람들밖에 없어요. 그 타인들도 언젠가는 난죄를 당할 거예요. 당신도 단죄를 받을 거예요. 살인 피고인인 당신이 어머니의 장례식에서 울지 않았다는 이유로 사형 집행을 당한들 뭐가 중요해요? 살라마노의 개는 그의 아내만큼 가치가 있어요. 그 자동인형 같은 작은 여자도 마송이 결혼한 파리 여자나 내가 결혼해 주길 바라는 마리와 마찬가지로 죄인이에요. 레몽이 그보다 더 가치 있는 인간인 셀레스트와 마찬가지로 내 단짝 친구라는 게 뭐가 중요해요? 마리가 오늘 다른 뫼르소에게 제 입술을 내준들 뭐가 중요해요?' 그러니 이 선고받은 자여, 당신은 이해하나요? 내 미래의 깊은 곳으로부터…… 이 모든 말을 외치느라 나는 숨이 막혔다. 그런데 벌써 간수들이 부속 신부를 내 손에서 떼어 내며 나를 위협했다. 하지만 부속 신부는 그들을 진정시키고는 한참이나 말없이 나를 바라봤다. 그의 눈에 눈물이 가득했다. 그는 몸을 돌리고는 가 버렸다.

그가 떠나자 나는 평온을 되찾았다. 나는 기진맥진해서 침상 위로 몸을 던졌다. 잠이 들었던 것 같다. 다시 깨었을 때 얼굴 위로 별들이 보였기 때문이다. 들판의 소리들이 내가 있는 곳까지 올라오고 있었다. 밤과 대지와 소금의 냄새들이 내 관자놀이를 시원하게 했다. 잠든 여름날의 그 기적 같은 평화가 물결처럼 나의 내면으로 밀려들고 있었다. 그 순간, 그 밤의 끝에서 사이렌 소리들이 요란하게 울렸다. 그 소리들은 이제는 영영 나와 무관한 어떤 세상으로의 출발들을 알리고 있었다. 아주 오랜만에 처음으로 엄마 생각이 났다. 나는 엄마가 무엇 때문에 한 생애의 끝에 가서 '약혼자'를 만들었는지, 무엇 때문에 다시 시작하는 놀이를 했는지 이해할 것 같았다. 거기, 목숨들이 꺼져 가는 그 양로원 주변, 거기서도 마찬가지로 저녁은 우울한 휴식과 같았다. 죽음에 임박해 있던 엄마는 거기서 분명 해방감을 느꼈고 모든 걸 다시 살아갈 준비가 되었음을 느꼈다. 아무도, 아무도 엄마에 대해 눈물을 흘릴 권한이 없다. 그리고 나 역시, 나도 모든 걸 다시 살아갈 준비가 되었다고 느꼈다.˙ 마치 신호와 별로 가득한 이 밤 앞에서 이 엄청난 분노가 내 고통을 정화하고 희망을 비워 내기나 한 것처럼, 나는 처음으로 세상의 다정한 무관심에 마음을 열고 있었다. 세상이 나와 아주 닮았음을, 결국 형제 같음을 경험함으로써 나는 내가 행복했었음을, 그리고 여전히 행복함을 느꼈다.˙ 모든 게 완성되도록, 내가 외로움을 덜 느끼도록 하려면, 내게 남은 일은 나의 사형 집행일에 구경꾼이 많이 와 주기를 바라는 것, 그들이 증오의 함성으로 나를 맞이해 주기를 바라는 것뿐이었다.˙

9 **양로원은 알제에서 80킬로미터 떨어진 마랭고에 있다** 알제와 마랭고는
북아프리카 알제리의 도시들이다. 이 소설의 무대는 알베르 카뮈
가 나고 자란 알제리의 알제와 그 근방을 중심으로 한다. 마랭고는
알제의 서쪽 내륙에 있으며, 해변 쪽으로는 카뮈가 사랑했던 티파
자에 가깝다. 알제리는 일찍이 1830년부터 프랑스의 식민지였다
가 1950년 중엽부터 독립 전쟁을 벌여 1962년에 독립했다. 식민
지 기간이 길었던 만큼 알제리 독립 전쟁은 프랑스 내부에서도 여
러 논쟁을 일으켰다. 특히 알제리 태생인 카뮈는 알제리의 독립과
전쟁에 대해 많은 고민을 드러냈다. 아무튼 『이방인』이 쓰이고 발
표된 1940년대의 알제리는 프랑스의 굳건한 식민지로서 프랑스
어를 쓰는 지역과 아랍 토착민들의 세계가 분리된 채 공존하고 있
었다.

10 **나는 여느 때처럼 셀레스트네 식당에서 식사를 했다** 이 소설에서는 문장
의 시제가 과거에서 현재로, 또는 현재에서 과거로 아무런 표지 없
이 바뀌는 곳이 많다. 그런데 연속적으로 나열된 과거형 문장들이
사건 순서와 역으로 나타난 경우는 매우 드물다. 주인공은 2시 버
스를 타기에 앞서 셀레스트네 식당에서 식사를 했는데, 문장은 버

스를 탔다는 말을 먼저 쓰고 있어서 조금 어색하게 되어 있다. 특히 서두의 몇 문단은 이처럼 시제들이 조금 혼란스럽게 교차되는데, 아마도 엄마가 세상을 떠났다는 말을 듣고 나서 허둥대는 뫼르소의 심경을 반영한 것으로 보인다. 마치 대칭 구조처럼 2부의 마지막 5장의 서두에서 다시 이렇게 시제들이 뒤섞인다.

10 **레지옹 도뇌르 훈장** 프랑스 국가 훈장인데, 양로원장이 이것을 달고 있었다는 것은 그가 프랑스 국가 이념에 충실한 보수적인 인물임을 나타낸다.

11 **여봐요 젊은이** 원어인 "mon cher enfant"은 문화적인 차이로 인하여 한국어로 번역하기 쉽지 않다. 직역하면 '내 고운 아이야' 정도인데, 노인이 아주 친근하게 젊은이나 어린이를 대하며 쓰는 말이다. 주목할 것은 양로원장이 여기서 상대에 대한 존칭어법에 이 말을 섞어서 쓰고 있다는 점이다. 그만큼 양로원장의 뫼르소에 대한 태도는 정중하면서도 권위적이다.

집에 있을 때 엄마는 ~ 시간을 보냈다 『이방인』에서 작가의 전기적 흔적을 찾으려는 연구자들은 이 장면에서 귀머거리여서 말이 어눌한 탓에 종종 침묵에 잠기던 카뮈의 어머니의 모습을 떠올리기도 한다. 카뮈는 알제의 가난한 동네의 극빈층 출신이었다. 제1차 세계 대전에서 전사한 아버지는 기억에 없고, 전쟁미망인이 되어 남의 집 허드렛일을 하며 엄한 친정어머니에게 의탁하여 살아야 했던 카뮈의 어머니는 침묵 속에서 자애로웠다. 어머니는 카뮈에게 가난과 사랑이라는 모순된 결합을 행복의 가치로 가르쳤던 인물이다. 카뮈의 초기 에세이 『안과 겉』에는 이 시절에 대한 강렬한 인식들이 잘 나타나 있다. 그리고 그의 마지막 미완의 글이 된 『최초의 인간』에서 이 시절의 모습들이 다시 그려진다.

12 **뫼르소 씨** 소설에서 주인공의 명칭은 뫼르소(Meursault)라는 성이 등장할 뿐 이름은 나와 있지 않다. 주인공은 '뫼르소 씨', 엄마는 '뫼르소 부인'으로 나올 뿐이다. 이 소설에서 등장인물들은 토마 페

레즈, 마리 카르도나, 레몽 생테스와 같이 이름과 성이 모두 나오는 경우와 에마뉘엘, 셀레스트처럼 이름만 나오는 경우, 수위, 양로원장, 간호사, 경찰관, 판사, 검사, 신부처럼 직위만 나오는 경우, 아랍인으로 통칭되는 경우로 나눌 수 있다. 마리 카르도나와 레몽 생테스가 나중에 마리와 레몽이라는 이름만으로 불리는 것처럼 인물들의 호칭은 주인공과의 친밀도를 보여 준다.

13   **선명한 원색의 히잡**   아랍인 간호사의 복장에서 머리에 쓴 머플러를 단지 하나의 장식으로서의 머릿수건 정도로 생각하면 오해가 생긴다. 맥락상 아랍인 간호사가 쓴 것은 밝은색의 히잡이다. 히잡은 종류가 여러 가지인데, 머리만 가리는 히잡에는 밝은색이 많다.

14   **수위**   1부 1장에서 중요한 역할을 하는 이 관리인을 가리키는 프랑스어 단어는 concierge인데, 사실 이 단어는 의미가 넓다. 비단 공동 건물의 출입을 감시하는 수위 역할을 가리킬 뿐 아니라 건물 관리의 간단한 업무나 보조를 담당하는 역할을 통칭해 호텔이나 기업에서도 쓰인다. 물론 이 책에서 concierge는 그 사회적 위상이 높은 것을 가리키지는 않지만 '문지기' 정도로 이해하면 역할에 오해가 생긴다. 그렇다고 '관리인'이라고 옮기기에도 너무 광범위해서 '수위'로 옮기고자 한다. 한편 사회적 역할이나 업무의 단순성 탓에 대체로 concierge는 말이 많다는 사회적 통념에 기인해 이 단어를 여성형으로 쓴 'C'est une vraie concierge'라는 표현은 '수다쟁이'라는 뜻이다.

15   **그러자 수위는 내게 카페오레를 ~ 블랙커피를 가지러 가야겠네요**   여기 두 종류의 커피가 나온다. 하나는 우유를 넣은 커피로 카페오레고, 노인들에게 잠을 피하도록 준비하는 것은 '카페 누아르', 즉 아무것도 안 넣은 블랙커피다. 커피의 번역과 관련하여 예전에는 응당 영어식 번역을 써서 카페오레는 '밀크커피'로, 카페 누아르는 '블랙커피'로 옮겼었다. 그런데 이런 기호품의 번역어에 대한 감각도 세대마다 달라서 2000년대 이후의 세대는 이런 영어식 표현을 쓰

지 않는다. 밀크커피나 블랙커피라는 표현은 그들에게는 거리의 자동판매기에 쓰이는 용어로 간주된다. 요즘의 용어로는 각각 '카페 라테'와 '아메리카노'가 될 것이다. 아무튼 본문에서 보는 바와 같이 우유를 넣은 커피는 간단히 허기를 달랠 수도 있는 것으로 간주되고, 아무것도 넣지 않은 블랙커피는 졸음을 쫓는 용도에 맞는 것처럼 나온다.

18 **하지만 지금 생각해 보면 그건 잘못된 인상이었다** 이 문장에서 "지금"은 주인공이 겪어 나가는 소설의 내용 전체를 회상하는 시점이다. 이 소설에서 시제는 현재와 과거가 혼재된 양상으로 나타난다. 특히 1부는 각 장마다 하루하루의 생활을 일기처럼 쓴 것 같은 인상을 준다. 그러나 정확히 일기라고 말하기 어려운 서술들도 종종 뒤섞인다. 특히 이 문장은 소설의 모든 서사가 종료된 뒤에 모든 것을 회상하는 시점으로 나타나 있다. 그러니까 이 소설에는 이야기 속의 과거와 현재, 그리고 이야기 전체를 회상하는 현재 등 세 개의 시간 층이 겹쳐 있다.

딱 한 사람은 예외였는데 ~ 나를 바라보고 있었다 이 소설에는 이처럼 이름 없는 어떤 이가 뫼르소를 바라보는 장면이 있다. 2부의 재판 장면에 나오는 젊은 기자가 그렇고, 1부에 나왔다가 다시 2부에 나오는 자동인형 같은 여자도 있다. 이런 인물들은 우리 주변 어디에나 있을 수 있는 인물이지만, 소설에서 구태여 몇 번이나 이런 묘사를 하는 것은 아무래도 주인공이 무의식적으로는 타인의 시선을 의식하거나 스스로 자신을 검열하고 있음을 보여 준다.

19 **마랭고** 지명으로 나오는 마랭고(Marengo)는 프랑스어 보통명사로는 '짙은 적갈색'을 뜻한다. 카뮈는 양로원이 있는 곳의 지명을 마랭고로 정할 때 죽음을 맞이하는 노인들이 사는 곳에 대한 인상으로 짙은 적갈색을 연상한 것 같다. 삶의 행복이 느껴지는 바닷가와 죽음을 기다리는 양로원은 언덕으로 분리되어 있다.

20 **피작** 이 이름은 정황상 수위의 이름으로 짐작되지만, 'Figeac'이라

는 그 철자 조어나 소리로 볼 때 경박한 느낌을 준다. 원장의 지위에서 아무렇게나 대해도 될 만한 인물이라는 인상을 준다.

페레즈 엄마의 친구로 등장하는 이 인물의 이름은 Thomas Pérez다. 서양의 성씨로 보면 Pérez는 스페인계 성씨다. 이런 경우에는 앞의 이름을 프랑스식으로 '토마'라고 읽어도 성은 '페레즈'로 읽는 게 맞다. 사실 이 소설에는 프랑스의 중심을 나타내는 파리 사람들보다는 알제리에 사는 여러 인물이 등장하는데, 이들은 프랑스계, 스페인계, 익명의 아랍인들 등으로 혼재되어 있다. 나중에 나오는 노인 살라마노나 애인 마리 카르도나의 경우도 스페인계 성씨다. 레몽의 정부는 무어인인데 이름은 나오지 않는다.

21   **나의 아들** 서양 가톨릭교회의 관례에서 신부(神父)는 신도를 '(나의) 아들'이라고 호칭한다. 그리고 신자는 신부를 '(나의) 아버지'라고 부르게 되어 있다. 마랭고의 주임 신부는 여기서 관례에 따라 주인공을 "나의 아들"이라고 불렀다. 그런데 원서에서는 이 부분을 괄호로 표시하여 주목하고 있다. 이 호칭은 나중에 2부 5장에서 감옥으로 찾아온 부속 신부와의 언쟁에서 문제가 된다. 거기서 주인공은 신부에 대해 '아버지'라고 부르기를 거부하고 그냥 '선생님' 정도로 부른다. 이에 대해 신부가 문제를 제기하자 주인공은 "당신은 나의 아버지가 아니"라고 말하게 된다. 즉 기독교 문화를 거부하는 것이다.

23   **나는 주변의 들판을 바라보고 ~ 우울한 휴식과 같았을 것이었다** 저녁 풍경을 통해 엄마를 이해한다는 표현은 2부 5장 소설의 말미에서 다시 나온다. 밤이 오기 전의 저녁은 죽음이 오기 전 그것을 의식하는 마음의 풍경에 비유된다. 뫼르소는 어둠이 내리기 전의 저녁 풍경에서 지극한 삶의 행복을 느낀다. 그것은 삶과 죽음 사이에서 극단적인 선택을 강요하는 정오의 태양과는 다르다.

24   **운구 마차** 이 장례식 장면에서 운구차가 자동차인지 마차인지 처음에는 명확치 않다. 앞서 그것의 모양에 대한 묘사에서 연필통을

닮았다고 했을 때에는 자동차인 것 같지만, 나중에 마부와 말똥이 나오면서 그것이 마차임을 짐작할 수 있다. 그럼에도 말에 대한 언급은 전혀 없다. 뫼르소는 단지 자신이 관심을 두는 대상만 언급한다. 아니 어쩌면 카뮈는 운구차의 성격을 명확히 묘사하지 않은 것 같다.

27 **나는 잠에서 깨면서 ~ 휴일을 가졌을 것이다** 프랑스 노동자의 노동권은 20세기에 들어 급격히 개선되었는데, 이미 1936년부터 주 5일제가 시행되었다. 한국은 2003년에야 주 5일제로 법이 개정되었다. 『이방인』이 탈고된 1940년은 주 5일째가 시행된 지 4년쯤 뒤의 시점이었다. 널리 알려진 프랑스의 여름 바캉스가 유행한 것도 이즈음인데, 아직은 휴가에 대해 일부가 불만스러워했음을 사장의 태도를 통해 알 수 있다.

28 **마리 카르도나** 이 이름에는 '마리'라는 프랑스식 이름과 '카르도나'라는 스페인계 성씨가 결합되어 있다. 그런데 카뮈의 가계도를 보면 어린 시절 함께 살았던 외할머니의 이름은 카트린 마리 카르도나, 외할아버지의 이름은 에티엔 생테스, 어머니의 이름은 카트린 생테스다. 결국 이 소설에서 주인공 뫼르소와 가장 긴밀한 사건을 엮어 가는 마리 카르도나와 레몽 생테스의 성씨는 작가가 외가 쪽에서 차용한 것이다.

욕망 뫼르소가 삶에 대한 욕망을 느낄 때 구사하는 단어에 미리 주목할 필요가 있다. 이 텍스트에서는 삶에 대한 갈망을 나타낼 때에는 프랑스어 단어 envie를, 성적 욕망에는 désir를, 단순한 욕구에는 besoin을 쓰고 있다. envie는 부러움이나 질투라는 의미와 일반적인 욕망, 이성에 대한 욕정 등 모든 의미를 담고 있다. 하지만 뫼르소가 이 말을 구사할 때에는 이 단어의 파자(破字)를 염두에 둔 듯, '살아 있음'이라는 뜻의 en+vie를 암시해 삶에 대한 욕망의 의미로 구사하는 것으로 보인다. 그러므로 여기서 뫼르소가 마리에게 품은 욕망이 신체적·감각적 욕망이기는 하지만 그것을 성욕으로 한정할 필요는 없을 것이다.

페르낭델이 나오는 영화를 보고 싶다고 말했다   페르낭델(Fernand Joseph Désiré Contandin, 1903~1971)은 프랑스의 배우이자 가수, 영화감독이다. 제2차 세계 대전을 전후한 시대의 프랑스 최고 희극 배우로 꼽히며 수많은 영화에 출연했다. 그러니까 페르낭델이 출연하는 영화를 본다는 것은 가벼운 희극 영화를 본다는 뜻이다.

29 **이모**   서구어의 번역에서 친척 관계와 관련된 번역은 문화적 맥락이 관련되어 까다롭다. 여기서 tante(영어로는 aunt)는 숙모, 이모, 고모를 통칭하는 말이라서 정확히 누구를 지칭하는지 알기 어렵다. 다만 일상적으로는 모계 혈연에 대해 친근감을 갖는 경우가 많아 여기서는 이모로 보았다. 이모는 엄마의 자매이기 때문이다. 이모한테 가야 한다며 떠난 마리에 대한 언급은 무의미하고 사소한 것 같지만, 사실은 마리에게도 엄마가 없다는 걸 살짝 암시하는 것 같다. 하지만 그게 아닐 수도 있고, 이후 이 상황이 큰 의미를 갖지도 않는다. 그러니 숙모라 옮겨도 안 될 것은 없다.

나는 계란 프라이를 ~ 사러 내려가고 싶지 않았기 때문이다   이 문장은 아주 사소해 보이지만 일상에 의욕을 잃고 모든 일이 귀찮아진 뫼르소의 심리와 동작을 잘 전하고 있다. 원문에는 그 느낌이 뚜렷이 나타나지만 번역으로 옮기기는 쉽지 않아서 번역문은 다양하다. 원문은 다음처럼 하나로 이어진 복합문이다. "Je me suis fait cuire des œufs et je les ai mangés à même le plat, sans pain parce que je n'en avais plus et que je ne voulais pas descendre pour en acheter." 먼저 첫 문장에 쓰인 프랑스어 사역 동사 구문 'se faire + 동사원형'의 느낌은 스스로 하는 일임에도 마지못해 한다는 느낌을 담고 있다. 그다음 "cuire des œufs"는 계란 요리를 했다는 말인데, 정확히 그것이 '달걀을 삶은 것', '달걀을 익힌 것', '계란 프라이를 한 것' 어느 하나로 특정하기는 쉽지 않지만 '계란 프라이를 했다'는 게 정황상 어울린다. 그다음 "à même le plat"의 '접시째로'라는 표현은 포크를 쓰지 않고 먹었다는 의미로 보인다. 혼자 사는 젊은이가 의욕을 잃고 단지 허기를 채우기 위해 동작을 단순화하고 있으므로 포크 하나라도 설거지 하지 않으려고 그냥 계란 프라이를 접시에 올려놓은 채 입 쪽으로 기울여 흘려서 먹었다는 것 같다. 한편 원문에는 이처럼 계란을 먹었다는 문장 뒤에 '빵 없이'라고 덧붙이고 있다. 여기서 빵은 프랑스식 식사로 보면 당연히 바게트일 텐데, 빵에 계란 프라이만으로도 간단한 식사는 되기 때문이다. (한국어 표기에서 '달걀 프라이', '계란 후라이' 등의 표기에 대한 고려는 제쳐 두고) 원문에는 '빵 없이'라는 말을 뒤에 추가하고 그 이유를 두 가지로 대고 있다. 첫째 이유는 단지 남은 빵이 없어서, 두 번째는 그렇다고 빵을 사러 내려가고 싶지도 않은 심리적 이유 때문이다. 그러니까 이 복합문 속에는 뫼르소의 복잡 미묘한 심정이 드러나 있다.

30 조금 뒤에 나는 ~ 재미있는 것들을 거기에 붙인다 뫼르소는 낡은 신문을 찾아 읽는 버릇이 있다. 2부에서는 감옥 안에서 비슷한 일을 반복한다. 물론 그는 어떤 진지한 내용에 관심을 두는 것은 아니고 가볍고 재밌는 것을 선호한다. 여기서 크뤼셴 소금(sels Kruschen) 광고를 붙이는 행동도 그렇다. 크뤼셴 소금은 1920·1930년대에 프랑스에서 아주 인기가 있던 소금인데 특히 코믹한 표정의 남자 얼굴이 그려진 광고로 흥미를 끌었다. 그 삽화의 얼굴은 희극 배우 페르낭델의 모습과 다소 비슷하다.

31 방금까지 사람들로 가득 찼던 ~ 비로 쓸고 있었다 카페 종업원이 손님이 없자 바닥을 비로 쓸고 있는 장면이다. 원문에 '톱밥'이라는 말이 나와서 '비로 톱밥을 쓸었다'는 표현도 가능하기는 하다. 그것은 가는 먼지가 날리지 않도록 톱밥을 뿌려서 굴려 뭉쳐 내는 청소법이기는 한데, 『이방인』에서는 구태여 그런 청소법을 말하려는 것 같지는 않다. 다만 여기서 '톱밥'이라는 단어는 눈에 띄는 굵은 부스러기를 가리키고, 종업원은 카페 바닥에 보이는 부스러기를

쓸고 있는 것으로 보인다.

35   **우리는 땀에 흠뻑 젖어서 ~ 집으로 돌아왔다**   여기까지 보면 뫼르소는 셀레스트네 식당이 있는 같은 건물 2층에 살고 있다. 사무실 동료 에마뉘엘과 레몽도 같은 건물에 산다. 보통 점심은 셀레스트네 식당에서 먹는다.

36   **리옹**   프랑스 중남부의 대도시 이름이다. 프랑스 식민지의 도로와 거리에도 프랑스식 지명이나 인명을 붙인 곳이 많았다.

38   **침대 위쪽으로 하얀색과 ~ 누드 사진이 붙어 있었다**   이 소박한 벽 장식만으로 레몽의 됨됨이가 짐작된다. 성모상이나 예수상이 아니라 천사상을 두고 있다는 데서 종교와는 조금 거리가 있음을 알 수 있고, 권투 챔피언 사진들을 우상으로 붙여 놓고 있는 데서 그의 성향을 알 수 있다. 후자는 조금 앞에서 그의 코가 권투 선수의 코를 닮았다는 점과도 연결된다. 그 곁에 여자의 누드 사진을 붙여 놓은 것으로 보아 그가 혼자 사는 젊은이임을 알 수 있다.

    이 정도로 하는 게 ~ 묵사발을 만들어 주마   번역문을 통해 드러내기는 쉽지 않지만, 이 소설에서 레몽은 거칠고 투박한 인물이다. 그의 말투는 알제리식 은어다. 프랑스어로 'cagayou(카가유)'라고 하는 이 알제리식 프랑스어 표현들은 카뮈의 소설에서 종종 문제가 된다. 여기서도 레몽은 상대방을 두고 "푹 익혀 버리겠다(Je vais te mûrir)"는 표현을 쓰는데 정통 프랑스어 사전에는 없는 어법이다. 프랑스어 동사 mûrir는 '익은 과일처럼 물렁물렁하게 만들어 버린다'는 뜻이기 때문에, 이를 한국어로 투박하게 바꾸면 '묵사발을 만들다' 정도가 된다.

39   **단짝 친구**   레몽이 뫼르소에게 서로 친구가 되자며 제시하는 프랑스어 단어는 copain인데, 이는 보통 친구를 뜻하는 ami와는 다르다. 어원으로 보면 copain은 라틴어 cum panem에서 왔는데 '빵을 함께 나눈다'는 의미다. 이 라틴어에서 조금 더 격조 있는 compagnon(동료, 친구)이라는 단어와 copain이라는 통속적인 구

어가 만들어졌다. copain은 결국 '함께하다'라는 접두어 co-에 빵이라는 단어 pain이 결합된 말이다. 즉 copain은 '빵을 함께 나누어 먹는 아주 친한 친구 사이'라는 뜻이다. 본문에서 레몽이 집으로 뫼르소를 초대한 뒤 자신에 대한 이야기를 하다가 자기를 도와주면 copain이 되는 거라고 말하고 순대와 포도주를 나누어 먹는 이유가 거기에 숨어 있다. 한국어로는 '단짝 친구'의 의미다. 레몽은 2부의 재판에서 증인으로 나섰을 때에도 자신은 뫼르소의 "copain"이라고 특정해서 말한다.

40 **내가 너한테 주는 행복을 ~ 뭔지 알게 될 거야** 이 소설의 곳곳에 많은 도덕적 격언이 삽입되어 있다. 인생에 대해 도덕적 담론들을 설파하는 사람을 서양에서는 '모럴리스트'라고 한다. 카뮈는 철학자라기보다는 모럴리스트로 간주되는 경우가 많다. 이 대목에서 레몽이 하는 말은 물론 일상적으로 흔히 하는 말이다. 하지만 이 소설에서는 일상적인 많은 담론이 철학적·도덕적 차원에서 다시 음미되는데, 레몽의 이 말은 나중에 뫼르소 자신이 다시 발견하는 삶의 진실이 된다. 레몽이 이 말을 강조하는 데는 그만큼의 암시가 담겨 있다.

42 **나는 그 여자가 무어인임을 알아챘다** 무어인은 북서 아프리카(마그레브)의 이슬람교도를 가리킨다. 특히 베르베르족이나 아랍화한 베르베르족을 가리키는 경우가 많다. 하지만 『이방인』에서는 베르베르에 대한 언급은 없고, 무어인은 아랍계 혼혈을 가리키는 것 같다. 뫼르소는 이름만으로 레몽의 정부가 무어인임을 짐작하는데, 그녀의 오라비는 단지 아랍인이라고 부른다. 그러니까 남자들은 아랍인으로, 여자들은 무어인으로 부르고 있는데, 그 이유는 분명하지 않다

45 **마리는 빨간 줄무늬와 ~ 예쁜 원피스를 입고** 의도적이든 무의식적이든 비슷한 형상들은 반복된다. 이 색상의 연결은 앞 장에서 레몽의 방에 놓여 있던 천사상의 색상과 같다. 뫼르소가 마리에게 강렬한 열

정을 품거나 그녀를 우상화하는 것은 아니지만, 마리의 위상은 지상에 사는 순진무구한 천사의 모습처럼 묘사되는 것 같다.

47 넌 나를 갖고 ~ 놀라고 가르쳐 줄게 여기서 레몽이 쓰는 어투도 알제리식 카가유다. 원문에 나오는 프랑스어 "manquer à"의 사전적 의미만으로는 이 거친 말투가 번역되지 않는다.

3층 한국에서 세는 방식으로는 4층이다.

49 그 경찰관이 따귀를 ~ 어떤 것도 기대하지 않는다고 다시 뫼르소의 이중적인 어법이 나온다. 즉 뫼르소는 어떤 것을 '기대한다', 혹은 '기다린다'는 말을 일상적인 의미에서 벗어나 더 근본적인 의미에서 반추한다. 그는 미래에 대해 아무것도 기대하지 않으며 주어진 현재의 감각과 상황에 충실하고자 한다. 하지만 이처럼 일상적인 어법을 벗어나는 뫼르소의 말은 상대에게는 조금 엉뚱한 말이 된다.

나는 아슬아슬하게 졌다 뫼르소는 어머니나 마리에게 무관심하고 공감하지 못하는 듯 보이지만 남자들의 심리는 잘 읽는 것 같다. 사장의 태도를 잘 이해한 것처럼 레몽에 대해서도 매우 섬세하게 반응한다. 앞서 레몽이 여자와 싸움을 일으킨 뒤에 경찰에게 따귀를 맞고 상황이 정리된 후 뫼르소를 찾아왔을 때, 뫼르소는 침대에 누운 채로 그를 맞는다. 여기서 남성다움을 드러내다가 모욕을 당해 위축된 레몽과 이에 대해 심리적 우위에 선 뫼르소의 태도가 선명하게 드러난다. 하지만 뫼르소가 증인으로 레몽을 돕겠다고 약속하고 술을 한잔 대접받고 나서 당구를 쳤을 때에는 아슬아슬하게 졌다고 나오는데, 이것 역시 전후를 살펴보면 게임에 슬쩍 져 줌으로써 레몽의 자존심을 살려 주는 행위임을 짐작할 수 있다. 하지만 이런 모든 감정의 굴곡에 대해 뫼르소는 아무런 설명도 하지 않는다. 물론 독자가 그의 심리 변화를 읽지 못하는 것은 아니다.

50 여느 때처럼 녀석을 ~ 결코 생각해 본 적도 없을 거요 살라마노 노인이 개를 데리고 산책을 나갔다가 거리 공연으로 「탈주의 왕」을 보려고 했다는 말은 의미심장하다. 2부에서 살인죄로 감옥에 갇힌 뫼

르소는 사형 집행 전에 탈주할 가능성에 대해 집요하게 생각해 보기 때문이다. 아무 흔적 없이 사라진 살라마노 노인의 개는 이미 그런 탈주를 예시하고 있다. 그리고 앞서 노인이 개를 데리고 산책을 나갔던 노점상이 있는 동네 이름은 샹드마뇌브르(Champ de Manoeuvres)인데, 이곳은 식민지 시절 군인들이 주둔했던 '연병장'이다. 즉, 탈영을 연상할 수 있는 공간이다.

51   **딱지가 앉은 두 손은 떨고 있었다** 살라마노라는 성씨는 프랑스어 'sale main'을 변형시킨 것으로 '더러운 손'이라는 의미로 유추할 수 있다. 발음은 스페인식이다. 그것은 주인공의 성씨 Meursault(뫼르소)를 '죽음과 태양'의 결합인 'meurt + soleil'로 짐작하는 것과 유사하다. 소설에서는 주인공의 이름에 그 성격을 짐작할 수 있는 흔적을 덧붙이는 경우가 많다[프랑스 본느(Beaune) 지방에서 나오는 포도주 이름도 뫼르소이기는 하다].

"저녁 잘 보내요" 하고 내게 인사를 했다 앞장에서 처음으로 살라마노 노인에 대해 서술한 장면에서는, 뫼르소가 노인에게 저녁 인사를 건넸을 때 노인은 그를 무시하고 대답을 하지 않았다. 같은 저녁 인사지만 거기서는 "안녕하세요"로 옮겼다.

53   **작은 별장** 여기서 쓰인 단어 cabanon은 지중해 지역에서는 작은 별장을 뜻한다. 대개 부엌과 생활 공간이 하나로 된 작은 건축물이다. 유명 건축가 르코르뷔지에가 지중해 해변에 세웠던 4평짜리 오두막의 이름도 'cabanon'이었다. 다른 지역에서는 연장을 넣어 두는 헛간이나 창고의 뜻으로 쓰인다.

56   **거긴 더러워 ~ 피부가 하얗고** 『이방인』이 발표된 20세기 전반기의 알제리는 프랑스의 식민지였다. 뫼르소는 프랑스 본토의 수도 파리에 대해 부정적인 감정을 드러낸다. 사실 이 소설에서는 파리로 상징되는 프랑스 본국의 생활 방식과 법률, 종교에 대한 뫼르소의 이의 제기가 중요한 동기를 이루고 있다. 파리의 비둘기와 어두운 안마당은 알제 근처 바닷가의 밝은 공간과 대비된다. 또한 파리 사람

들의 하얀 피부는 햇볕에 그을리는 뫼르소의 주변인들과 대조된다. 도시 문명의 병적인 공간과 자연 세계의 건강한 육체가 대비되는 것이다. 프랑스어 원문에서 '비둘기들과 캄캄한 안마당'이라고 나열되는 부분은 문장의 리듬으로 보면 '시커먼 비둘기들과 시커먼 안마당'으로 보인다.

57 **봉사료를 더한 ~ 꺼내 앞에 놓았다** 프랑스의 일반 식당에서는 대체로 팁과 함께 음식 값을 식사하는 식탁 위에 올려놓거나 먼저 계산서가 놓여 있는 작은 접시 위에 올려둔다.

나는 셀레스트네 식당에서 ~ 금세 그녀를 잊었다 일상적인 뫼르소의 점심 식사에 느닷없이 동석한 이 이상한 여자는 우리가 통상적으로 정상인의 행동에 비추어 이상하다고 할 만한 독특한 행동을 보인다. 그녀에 대해서는 뫼르소마저 이상하다고 생각할 정도다. 이 여인은 2부의 뫼르소 재판 때에는 방청석에 등장한다. 사실상 현실 세계에는 이처럼 이상한 행동을 하는 사람도 많은데, 대개 특이하다고 치부되기는 하지만 단죄의 대상으로 여겨지지는 않는다.

58 **그는 아내가 죽은 뒤에 그 개를 얻었다고 말했다** 이 소설은 사실 뫼르소의 개인적인 의식에 대해서만 그려 나가는 것 같지만 일상에 대한 것은 결국 관계의 문제다. 여기서 살라마노의 개는 그의 부인에 대한 대체물이다. 그러고 보면 뫼르소와 엄마의 관계에서는 마리가 엄마의 대체물일 수 있다. 레몽과 정부의 관계, 엄마와 페레즈 노인과의 관계도 그렇다. 이런 결합 관계를 상징적으로는 '결혼'이라는 개념으로 확대해 볼 수도 있을 것이다. 세계와 관계를 맺는 방식의 다른 말을 결혼이라고 표현할 수 있다면 그렇다.

59 **개한테 일어난 일은 걱정된다** 이 소설에서 단어들의 단순성과 반복성은 그 단어들이 가진 다의성 때문에 의미의 빈곤이 아니라 미세한 차이로 인한 중의성의 효과를 야기한다. 언제나 두 개의 의미 작용이 동시에 이루어지는 느낌이다. 여기서 뫼르소는 살라마노의 개에 대해 '걱정이 된다(ennuyé)'고 말한다. 하지만 바로 앞에서 그

는 이 노인이 자기 방에 찾아든 상황을 '지겹다(ennuyer)'고 말한다. 같은 단어들이 반복과 파생을 거듭하지만 의미들이 언제나 동일한 것은 아니다.

59 그는 엄마가 자기 개를 아주 좋아했다고 말했다 이 문장 역시 어디서나 가능할 것 같지만, 사실은 살라마노가 자기의 개를 마치 부인 대하듯이 했음을 말해 주기도 한다. 그래서 뫼르소 엄마의 부재는 살라마노에게는 개의 부재와 동일한 계열에 놓이게 된다. 그리고 보면 페레즈 노인이나 살라마노 노인은 부재하는 뫼르소 아버지 자리에 있다. 그들은 뫼르소가 재판을 받을 때 증인으로 나서도 별 도움이 되지 못한다.

61 초상 치른 얼굴 프랑스어로 '초상 치른 얼굴을 하고 있다'는 뜻의 관용구 'avoir une tête d'enterrement'가 있다. 이 말은 굉장히 슬프거나 넋이 나간 것 같은 모습을 빗댄 표현인데 한국어 표현으로도 쓰일 때가 있다. 뫼르소의 애인이 된 마리는 이 대목에서 별 생각 없이, 즉 뫼르소가 엄마의 상을 치른 것을 상기하려는 의도 없이 이 표현을 쓴 것인데, 뫼르소로서는 이 어구가 비유가 아니라 사실을 거론하는 것이기도 해서 구태여 이 표현에 괄호를 넣어 주목한다. 물론 뫼르소는 마리가 단지 자신의 외모를 보고 놀리는 것이지 모친상을 당한 것을 비난하는 것은 아님을 이해한다.

64 수선화 이 소설에서는 동일한 사물에 대해 약한 변화를 주어 달리 부르는 경우가 있다. 1장에서 장례식에 동행하는 출장 간호사를 일러 "infirmière de service"와 "infirmière déléguée"로 부른 것처럼, 이곳에서는 바닷가의 수선화를 "asphodèle"라고 한 뒤에 "iris de roche"라고 부르고 있다. iris de roche(바위 붓꽃)이라는 명칭은 정식 학명이나 표준어가 아니다.

나는 그가 꺼내는 말마다 ~ 습관을 가지고 있음에 주목했다 이 소설에 등장하는 인물들은 저마다의 말투를 가지고 있다. 셀레스트는 "그건 불행한 일이야" 식으로 온정어린 말투를, 마송은 "더 말하자면" 하는 식으로 뭔가 유식하게 추가 설명을 할 수 있다는 식이다. 레몽은 알제리식 프랑스어인 카가유를 섞어 쓸 때가 있다. 이들의 말투는 2부에서 재판의 증인 신문 과정에서 다시 뚜렷하게 나타난다.

66　**그녀에 대한 욕정이 솟았다**　이 소설에서 카뮈는 욕망을 나타내는 단어로는 일관되게 envie를 쓰고 있지만, 성적 욕구를 나타낸 이 문장에서는 désirer를 동사로 썼다.

67　**내 아내는 점심 먹는 ~ 그건 아내의 권리예요**　마송의 부인은 키가 작은 파리지엔이다. 그런데 그녀는 스페인이나 이탈리아 같은 지중해 연안 주민들의 식후 습관인 낮잠 '씨에스타'를 즐긴다. 여기에는 문화적 혼성이 스며 있다. 마송은 그녀의 권리라며 그 습관을 인정한다.

햇빛은 모래 위로 ~ 숨을 쉬기 힘들었다　이제 문제의 '지중해의 정오'가 다가오고 있다. 지중해 바다의 푸른색, 잔잔함, 투명함과 그 바다 위로 내리쬐는 백열의 태양에 대해서는 강렬한 묘사가 필요하다. 파란 하늘을 배경으로 부서지는 지중해의 그 햇살은 사계절을 가리지 않는다. 그런데 카뮈는 그것의 정점인 지중해의 여름을 배경으로 삼는다. 지중해의 하늘과 태양, 그리고 바다는 자연적 풍경의 아름다움을 넘어 극한의 관념에 가닿는 정신적 공간이 된다.

나는 맨머리 위로 ~ 떠오르지 않았다　이 소설에 등장하는 남자 인물들은 독특한 모자를 쓰고 있는 경우가 많다. 모자는 중요한 의상의 소품이자 인물의 특징을 보여 주는 역할을 한다. 다만 뫼르소는 모자를 쓰지 않는다. 그러니까 그는 햇빛에 정면으로 맞선 셈이다.

72　**하늘에서 내리는 눈멀게 하는 비**　전반적으로 『이방인』은 건조한 서술로만 이루어졌다고 평가받는다. 그러나 인간 세상에서의 사건이나 행동에 대한 서술과 다르게 자연에 대한 묘사에서는 매우 서정적이고, 간혹 어색할 정도로 시적인 수식이 구사되기도 한다. 이것은 사실상 뫼르소가 가지고 있는 양면성과 관련된다. 뫼르소는 겉보기에는 매우 건조하고 무심한 성격으로 보이지만 자신만의 욕

망이나 감각적 체험에는 매우 민감해서 그 경험을 섬세하게 묘사할 줄 안다. 잠시 뒤에는 "불의 비"라는 표현이 다시 나온다. 이후 작열하는 태양 아래서 아랍인과 대결하는 바닷가 장면도 서정적인 묘사로 가득하다.

75 태양은 똑같이 벌겋게 ~ 노크 소리와도 같았다 이 소설에서 가장 결정적인 사건이 벌어지는 바닷가의 살인 장면의 몇 페이지는 감각적 묘사와 서정적 표현으로 가득하다. 사실 1인칭 화자인 뫼르소가 주인공인 이 소설에서 주된 음성은 세상사에 무관심한 권태로움에 젖어 있다. 하지만 전면에 제시된 시선과 음성에만 주목하면, 그런 양상과 전혀 반대의 모습으로 드러나는 자연과 육체에 대한 강렬한 묘사와 희열을 과소평가하기 쉽다. 뫼르소는 관례나 관습에 이의를 제기하고 현재의 순간에서 삶의 감각과 가치를 발견하고자 한다. 다만 강렬한 삶이면서 동시에 죽음을 직시해야 하는 정오의 태양은 이겨 내지 못한다. '정오의 사상'이라고 이름 붙은 '인간적 한계 안에서의 현세적 삶에 대한 강렬한 사랑'은 다른 말로 '지중해 정신'이라고도 한다. 그것의 가장 인상적인 표현은 카뮈보다 앞 세대의 시인인 폴 발레리가 강조했는데, 이와 관련해서는 그의 장시 「해변의 묘지」가 잘 알려져 있다. 카뮈의 스승인 장 그르니에는 자신의 산문집의 제목을 발레리의 에세이 제목에서 따와 "지중해의 영감"이라고 하기도 했다. 카뮈는 직간접적으로 폴 발레리의 지중해 정신에서 영향을 받았다. 『반항하는 인간』의 한 대목은 제목이 "정오의 사상"이다. 그런데 그들의 사상은 더 거슬러 가면 니체에 가닿는다. 니체는 『짜라투스트라는 이렇게 말했다』에서 정오의 사상에 대해 말한다.

79 예심 판사 프랑스 사법 제도에 있는 예심 판사(juge d'instruction)는 경찰 지휘, 사건 수사, 구속 영장 발부 및 기소권을 가지고 있다. 나폴레옹 시대인 1808년에 도입되어 2백 년이 넘게 유지되고 있다.

법원 법원을 가리키는 프랑스어 단어는 justice, 즉 '정의'이기도 하다. justice의 의미는 '정의', '공정'에서 정의를 판단하는 '사법권', '재판'으로, 또 그 재판이 행해지는 '사법 기관', '법원'으로 확장된다. j를 대문자로 쓰면 법무부를 가리킨다.

80 **내게는 매우 이성적인 사람으로 보였다** 법의 세계는 이성적 질서에 근거한다. 예심 판사에 대한 묘사에 쓰인 이성적이라는 표현은 이후 재판 과정에서 검사, 판사, 변호사 모두에게 해당된다. 소설의 1부가 자연의 세계에서 펼쳐졌다면 2부는 사법 질서라는 이성의 세계에서 펼쳐진다. 문제는 풍부하고 모호한 삶의 세계를 이성과 법으로 올바르게 판단할 수 있는가 하는 것이다.

81 **나는 나 자신에게 질문하는 ~ 알려 주기가 어렵다고 답했다** 이 문장은 이제까지의 뫼르소의 자의식을 잘 보여 주는 문장이다. 뫼르소는 대학을 중퇴한 이후로 삶에 대한 허무 의식에 빠져 자신의 삶을 성찰하는 습관을 잃는다. 그리고 그런대로 일상을 잘 살아간다. 하지만 우연치 않게 살인을 저지르면서 자신의 사상, 태도, 습관, 종교 등 모든 것을 검토하고 성찰해야 하는 처지에 놓인다.

82 **나는 다른 모든 사람과 ~ 싶은 마음이 들었다** 재판 과정에서는 비단 뫼르소뿐 아니라 뫼르소의 지인으로 불려 나온 친구들도 제대로 이해받지 못한다.

83 **불의의 사정으로** 상투적으로 쓰는 문어체를 강조하고 있다. 사법 체계에 속하는 세계의 사람들은 관례적이고 추상적인 용어들을 사용한다. 법과 이성, 지식은 문자의 세계로 구축된다. 근본적으로 언어를 불신하는 뫼르소에게 추상적인 용어들은 무의미하다. 언어에 대한 뫼르소의 불신은 바로 소설의 서두에서 시작한다. 우체국에서 온 전보는 불투명한 문자 체계다.

84 **그가 당황해하더니 ~ 돌려야 했기 때문이다** 타자를 다시 뒤로 돌린다는 표현은 수동식 타자기에서 오타가 생겼을 때 줄을 바꾸기 위해 타자하는 부분을 다시 앞으로 돌려 줄을 맞춘다는 의미다. 1980년

대부터 개인용 컴퓨터가 생기면서 1990년대 중반쯤부터 타자기는 거의 쓰이지 않게 되었다.

이어서 판사는 권총으로 ~ 입을 다물고 있었다 앞으로 전개되는 예심 재판에서 흥미로운 점은 뫼르소가 자신의 행위에 대해 선택적으로 말을 한다는 것이다. 소설의 화자인 뫼르소는 1부에서는 대체로 솔직하게 자신의 행동과 감정을 서술해 나간 데 비해, 2부에 이르면 종종 아무런 해명 없이 침묵해 버리는 모습을 보인다. 특히 무엇 때문에 첫 번째 발사 후에 뜸을 들인 후 계속 총을 쏘았는가 하는 점에 대해서는 소설이 끝나도록 아무런 해명이 없다. 이것은 독자로서는 조금 당혹스러운 일인데, 이 소설이 가진 근본적인 모호성 중 하나다.

갑자기 그가 일어나 ~ 조금 무서웠기 때문이다 1부와 2부로 나뉜 이 소설은 매우 대칭적이다. 1부의 자연스런 일상에서 일어났던 일들과 유사한 장면이나 묘사가 2부의 어딘가에서 반복된다. 예심 판사의 취조실에서 벌어지는 이 장면은 1부 1장의 영안실 장면과 겹쳐지는 면이 있다. 폐쇄된 실내, 날아다니는 말벌 혹은 파리, 권위적인 양로원장 혹은 예심 판사.

동시에 나는 그 생각이 ~ 범죄자는 나였기 때문이다 뫼르소의 가장 강력한 문제 제기 중 하나는 사회적 범죄와 종교적 원죄를 구분하는 것이다.

나, 난 기독교인이야 ~ 반말을 하고 있음을 바로 알아챘다 1부 3장에서 이웃집 사람 레몽이 우연히 간단한 저녁 식사에 뫼르소를 초대해 정부에게 쓸 편지를 부탁하는 장면에서, 레몽은 어느 순간 뫼르소에게 너라는 반말을 한다. 프랑스어로는 이를 'tutoyer'라고 하는데, '당신이라고 말하는(vouvoyer)' 정중한 어법과 다르게 이런 반말투는 가족이나 친구끼리, 편한 동료끼리 쓰는 말이지만 이렇게 화가 날 때 쓰이기도 한다. 예심 판사가 지금 쓰는 반말은 그야말로 존중이 없는 반말이다.

87　**나 역시 그들과 같은 ~ 적응할 수 없는 관념이었다**　뫼르소는 자연적 욕망에 충실한 삶을 사는 것 같지만, 사실 그의 의식은 그의 육체와 따로 논다. 그는 자신이 저지른 일이나 타인과의 관계에 특별한 감정도 의미도 갖지 못한다. 사회 심리학적 관점에서 보면 그는 반사회적 성격 장애의 일면도 갖고 있다. 그런 이유로 그는 자신의 손에 우연히 죽어 간 아랍인에 대해서는 끝까지 아무런 관심을 보이지 않는다. 그는 자신의 삶에만 관심을 갖는다.

90　**내 옆으로는 여남은 명의 구속자가 ~ 큰 소리로 말하고 있었다**　면회실은 북아프리카 불어권인 알제리, 모로코, 튀지니를 통칭하는 마그레브 지역의 문화적 혼종성을 잘 보여 준다. 무어인은 북아프리카의 회교도인을 가리키는데, 이 장면에서는 아랍인과 동일한 호칭으로 보인다. 하지만 여인이 입은 검은 옷은 북아프리카 회교도 여성의 전형적인 복장은 아니다. 카뮈의 어린 시절에 대한 회상에서는 외할머니도 검은 옷을 즐겨 입었다는 언급이 나온다. 실제로 무슬림의 영향으로 스페인계 여성도 검은 옷을 있는 습관이 있었다.

92　**그녀 곁의 뚱뚱한 여자는 ~ 잔느는 걔를 맡고 싶지 않대**　면회실에 온 사람 중에 곁에 있는 몇 사람에게 주목하는 장면이다. 이 장면은 "눈매가 서글서글하고 키가 큰 금발의 남자"가, 즉 으레 여자들에게 인기가 있을 법한 남자가 부인을 두고 다른 여자와 외도를 한 뒤에 애가 생겼는데, 그 여자가 애를 키우지 않겠다고 한다는 말을 뚱뚱한 부인이 전하는 장면이다. 그런데 이 장면 역시 1부 2장에서 교외에 사는 어느 가족이 나들이에 나서는 장면과 유사하다. 물론 내용은 조금 다르지만, 해당 장면에서도 뚱뚱한 애 엄마가 아이들을 데리고 한껏 멋을 부린 남편과 외출을 한다.

93　**유일한 침묵의 섬은 ~ 조그마한 손짓을 보냈다**　면회실에서 뫼르소와 마리를 둘러싼 양편의 면회객들의 모습은 의미심장하다. 특히 침묵의 대화가 이어지는 노파와 아들의 면회는 뫼르소와 엄마의 대화를 암시하는 것 같다. 말이 없는 면회가 이어진 뒤에 헤어지는 장

면에서 유일하게 들린 말은 아들의 "또 봐요, 엄마"다. 여전히 창살 사이로 손길을 내미는 노파는 말이 없다. 뫼르소와 엄마의 이별과 겹쳐지면서 애틋한 느낌을 주는 장면이다.

94 **얼마 지나지 않아 마리로부터 ~ 싶지 않았던 일들이 시작되었다** 편지의 모티브 역시 대칭적으로 나타난다. 1부에서는 레몽과 정부 사이의 관계를 조정하는 게 편지였고, 여기서는 뫼르소와 마리 사이에서 마리의 편지가 관계를 변화시키는 동기로 쓰인다.

하늘의 꽃 인간사에 무관심하고 냉정한 태도를 보이는 뫼르소는 자연 세계에는 예민하고 적극적으로 반응한다. 때로는 "하늘의 꽃"(꽃피는 하늘)처럼 '불투명한' 묘사가 나오기도 한다.

95 **나는 여자에 대한 욕정 때문에 괴로웠다** 여기서는 여자에 대한 욕정을 나타내므로 명확히 "désir"라는 단어를 쓰고 있다.

98 **사실 나는 건초 매트와 ~ 수천 번 읽었다** 이 잡보 기사는 이야기 속의 이야기다. 나중에 『오해』라는 희곡 작품으로 이어진다.

감옥에서는 결국 시간 개념을 ~ 어떤 의미를 간직하고 있었다 이 소설이 회상의 시점으로 쓰였기 때문에 독자는 뫼르소가 처음부터 일관된 생각을 가지고 있었다고 오해할 수도 있다. 하지만 뫼르소의 생각은 몇 번에 걸쳐 변한다. 1부에서 나타나듯이 젊은 날의 그의 태도는 그가 대학을 중퇴하면서 결정되었다. 그때 그는 무슨 이유에서인지 삶에 대한 야망을 잃고, 인생의 변화에 관심을 두지 않게 된다. 즉 그 누구도 삶을 바꿀 수는 없으며, 이런 삶이나 저런 삶이나 똑같은 가치를 갖는다는 생각을 갖게 된다. 삶에 대한 깊은 회의에 빠지면서 그의 삶은 니힐리즘 속에서 이어진다. 그런데 그는 우연히 살인을 저질러 감옥에 갇힌 후로는 어쩔 수 없이 삶의 새로운 진실에 직면한다.

99 **그 시간은 내가 말하고 ~ 계단을 밟고 올라오는 시간이었다** 이 장의 처음부터 뫼르소는 "말하고 싶지 않은 일들"을 경험했다고 말한다. 그리고 그런 말을 네 번이나 거듭 강조한다. 하지만 도대체 그 말하

고 싶지 않은 일들이 정확히 무엇인지는 다소 불명확하다. 이처럼 결정적인 대목에 이르러 뫼르소가 "내가 말하고 싶지 않은 이름 없는 시간, 침묵의 행렬 속에서 저녁의 소음들이 감옥의 모든 계단을 밟고 올라오는 시간"이라는 서정적인 묘사를 제시하고 있기 때문이다.

나는 그 목소리가 벌써 ~ 혼잣말을 해 왔음을 깨달았다 감옥에서의 명상을 정리한 이 대목은 소설 전체에서 가장 중요한 전환점으로 보인다. 뫼르소는 감옥에 갇힌 후에도 자유인이라는 생각 속에 살다가 마리와의 관계가 단절된 후에야 비로소 자신에게 집중한다. 그는 자신의 육체적 욕망에 기인한 괴로움이 결국 습관의 문제임을 깨닫고는, 자신을 성찰하는 내면의 자아가 육체적 자아로부터 소외되는 것을 경험한다. 자연적 시간에서 벗어나 감옥에 갇힌 것과 같은 상황에서 실존적 자아의식을 발견해 삶을 진정으로 의식하는 것이다. 이 모든 전환은 "감옥에서의 저녁 시간"이라는 현실이 상징적 이미지로 전환될 때 명확해진다.

어느 누구도 감옥에서의 ~ 상상할 수 없을 것이다 뫼르소에게 감옥은 단지 사회와 분리된 물리적 공간일 뿐 아니라 상징적으로 외부 세계와 단절되어 의식의 시간과 내면적 자아를 발견하는 내적 공간이다. 뫼르소는 감옥에서 형이상학적 존재와 대면하게 되는데, 문제는 그것이 타인과의 갈등을 통해 발견되는 것이 아니라 단절을 통해, 그리고 오로지 자기만의 순수한 시간 속에서 성찰을 통해 이루어진다는 것이다. 뫼르소는 마리의 면회 후, 그리고 마리의 편지가 끊긴 후 "말하고 싶지 않은 일들"이 벌어졌다고 밝히는데, 실상 그것은 어떤 외부와의 접촉이 단절된 내적 경험이다. 그 발견의 계기들은 욕망과 습관, 시간에 대한 성찰이다. 이 장의 후반부는 그래서 소설이 아닌 에세이에 더 가깝다.

100　**내 사건은 중죄 법원의 최종 회기에 등록되었는데** 프랑스의 형사 재판을 관할하는 중죄 법원(Cour d'assises)은 중대한 범죄 사건, 즉 10년

이상의 감옥형이나 무기 징역을 재판하는 곳이다. 일부 지역의 고등 법원에 설치되며, 재판장 1인을 포함한 3인의 재판관단과 시민 배심원단으로 구성된다. 재판 기일(succession) 혹은 회기(session)는 보통 2주고, 집중 심리 방식으로 회기마다 몇 건이 배정된다. 그런데 사법 제도는 시대에 따라 변하고, 실제로 그동안 많은 개정이 이루어졌다. 카뮈는 1940년을 전후한 시기의 프랑스 사법 제도 틀 안에서 뫼르소 사건의 재판을 묘사하고 있다.

101 나는 전차 좌석을 마주하고 ~ 염탐을 하고 있다는 것이었다 이런 상황은 이미 1부 1장의 영안실 장면에서 뫼르소가 어머니의 관을 두고 마주 앉아 있던 노인들에게 느꼈던 감정과 일치한다. 그때 뫼르소는 그 노인들이 자신을 재판하기 위해 앉아 있다는 이상한 느낌을 받는다. 그러니까 이런 감정은 뫼르소가 익명의 대중에게 느끼는 강박적 감정이기도 하지만, 앞의 장면은 이야기 전개상 하나의 복선이자 암시라고 볼 수 있다.

102 그 순간 나는 모든 사람이 ~ 기이한 인상이 드는 걸 이해했다 법정 안의 세계 역시 하나의 사교계처럼 친근한 사회적 관계로 이루어져 있음을 발견한 뫼르소는 자신만이 그 세계에서 소외된 잉여적 존재라는 생각을 하게 된다. 그런데 『이방인』에 앞서 실존주의 소설의 대표작으로 알려진 장폴 사르트르의 『구토』에는 실존적 의식의 잉여적 성격에 대한 사유가 여러 번 나온다. 사르트르의 『구토』와 카뮈의 『이방인』은 실존주의 문학의 쌍생아와 같은 특징을 갖고 있다. 다만 『구토』의 주인공 로캉탱은 철학적 의식으로 실존적 자아를 해명하려고 하는 반면, 『이방인』의 주인공 뫼르소는 사회적 관계로부터의 소외와 몰이해를 통해 잉여적 존재로서의 실존 의식을 제시한다.

103 그는 자신이 방금 떠나온 ~ 파리의 어느 신문 특파원이라고 했다 카뮈는 파리 중심의 프랑스 본토의 인물과 문화에 대해서는 거의 부정적인 묘사로 일관하고 있다.

104 **신문 기자들은 벌써 손에 ~ 나를 바라본다는 기이한 인상을 받았다** 이 소설에서 신문과 신문 기자는 독특한 위상을 차지하고 있다. 뫼르소의 주변인들은 사실 어떤 지적 세계나 교양과는 거리가 있는 소박한 식민지 사람들이다. 그런데 뫼르소는 대학 중퇴자로 선박 회사의 선하 증권을 처리할 줄 하는 업무 능력을 인정받았고, 비록 재밌는 기사만 골라 읽는다고 해도 신문을 즐겨 읽는다. 꽤나 지적인 면모를 갖추고 있는 셈이다. 한편 카뮈는 소설이나 에세이를 쓰던 시기에 연극 활동도 했지만, 상당 기간 동안 알제리 지방 신문의 기자로도 일을 했다. 2부의 재판 장면에는 신문 기자들이 취재를 나와서 변호사와 이야기를 나누는 대목들이 나오는데, 특히 재판의 전개 장면을 명료하게 서술해 가는 장면에서는 마치 신문 기자와 같은 날카로운 시선이 느껴지기도 한다. 더욱이 자신의 분신처럼 느껴졌다는 이 젊은 기자에 대한 대목은 카뮈 자신의 기자 경험을 그린 것이라고 보는 연구자들도 있다. 그러나 그보다 더 중요한 점은 뫼르소가 점차 자기 자신을 이중으로 분리된 존재로 명확하게 의식하기 시작했다는 것이다. 2부 2장에서 뫼르소는 반합에 비친 자신의 모습을 통해 외부에서 보이는 자신과 내면의 자아가 분리되는 것을 먼저 경험했고, 이제 법정이라는 공간에 나오면서 그 분열은 더욱 명확해진다. 이로써 사회에서 판단하는 자아와 내면의 자아 사이에는 건널 수 없는 거리가 생긴다.

105 **어떤 사람을 다른 사람으로 ~ 심각한 일일 것이기 때문이었다** 이 문장은 매우 암시적이다. 사실 『이방인』에서 가장 큰 쟁점은 한 인간을 어떻게 이해하고 재판·판단할 것인가의 문제다. 뫼르소는 감옥에 수감된 이후 자연인에서 수인(囚人)으로 바뀌는데, 이런 변화를 통해 사회적 자아와 내면적 자아의 분리를 경험하고 이 괴리는 점차 심화된다. 그를 둘러싼 재판 과정에서 그는 점점 사람들이 자신을 다른 사람으로 판단하고 있다는 생각을 하게 된다.

107 **그 젊은 기자와 키 작은 여자는 계속 거기에 있었다** 뫼르소가 사형 선고

를 받을 때까지 재판정에서 뫼르소에 주목하는 이 두 사람 중 젊은 신문 기자에 대해서는 뫼르소의 분신이거나 관찰자라는 해석이 가능하다. 하지만 1부에서 셀레스트네 식당에서 점심시간에 같은 식탁에 합석했던 키 작은 자동인형 같은 여자의 존재 의미는 끝까지 명확하지 않다. 인물들의 배치나 역할로 보면 이 여인은 자신을 지켜보는 죽은 엄마의 분신으로 기능한다고 볼 수도 있을 것이고, 그만큼 뫼르소의 무의식에서 엄마에 대한 죄의식의 흔적을 볼 수도 있을 것이다. 뫼르소가 사형 선고를 받았을 때 젊은 신문 기자는 뫼르소를 외면하지만, 이 자동인형 같은 여인에 대해서는 따로 언급이 없다.

108 **나는 엄마를 보고 싶어 ~ 장례 뒤에 바로 떠났다고 말했다** 『이방인』의 가장 두드러진 문체론적 특징은 바로 자유 간접 화법이다. 1인칭 소설에서 남의 말을 직접 인용하는 방식과 간접 인용하는 방식을 해체하여 섞은 이 독특한 전달 방식은 형식적으로 이 소설을 20세기 프랑스 소설에서 가장 뛰어난 문체론적 효과를 제시한 소설로 주목하게 했다. 이 대목의 경우 3인칭의 양로원장이 뫼르소에 대해 하는 말을 1인칭 화자인 주인공이 직접 자신의 인칭으로 바꿔 놓음으로써 '그는 엄마를 보고 싶어 하지 않았습니다'가 "나는 엄마를 보고 싶어 하지 않았다"로 바뀐다. 이런 화법은 그것이 단지 양로원장의 증언이 아니라 나 자신의 생각도 그러했다는 이중적인 느낌을 자아낸다.

109 **카페오레** 뫼르소가 카페오레를 마신 게 무슨 문제인 것처럼 지적되는 이유는, 앞서 영안실 장면에서 나왔듯이 단지 졸음을 쫓기 위해 블랙커피를 마신 것과 달리 취향에 따른 선택을 한 것이기 때문이다. 한국 풍속에서나 서양 풍속에서나 어머니의 죽음은 가장 큰 슬픔 중 하나기 때문에 흡연, 커피 골라 마시기, 수면 등 일상적인 행동을 상중에 하는 것은 감정적으로 아무런 슬픔이 없음을 나타낸다.

증인의 말이 맞는다는 것 『이방인』에서 매우 중요하면서도 번역의 문제를 제기하는 프랑스어 단어 중 하나가 raison이다. '이성', '이치'를 뜻하는 이 단어는 프랑스뿐 아니라 서구의 사상에서 가장 중요한 단어다. 특히 프랑스에서는 17세기 철학자 르네 데카르트가 '참과 거짓을 구별하고 판단하는 능력'으로 확고하게 정의한 후, '이치가 있다(avoir raison)'는 말은 '옳다'는 뜻이 된다. 게다가 이성은 자연과 대비되는 개념으로도 확립되어 고전주의의 이성과 낭만주의의 자연이 대립되기도 한다. 『이방인』에서는 이 단어에 독특한 가치가 부여되어 쓰이는 것으로 보이는데, 한국어로는 문맥에 따라 달리 옮길 수밖에 없기에 이 단어가 만들어 내는 형태적 가치는 가려질 수밖에 없다.

낯선 사람 『이방인』의 프랑스어 제목은 "L'Étranger"다. 이 단어는 '낯선 이', '이방인', '외국인' 등의 뜻을 갖고 있다. 이 소설 제목의 번역과 관련하여 영어 번역본에서는 "The Stranger"로 옮긴 것도 있고 "The Outsider"라는 제목도 있다. 영어 단어 stranger는 프랑스어 단어 étranger와 동일한 어원으로 옮긴 것이고 outsider는 뜻을 심화한 것인데, 사실 영어 번역이 원제보다 '이질감'이나 '생소함'의 뜻의 더 강하다. 하지만 한국어 번역의 한자어 '이방인(異邦人)'은 '다른 지역에서 온 낯선 사람'의 의미로, 국적이 다른 외국인만을 뜻하는 것은 아니다. 한국어에서도 이방인은 한 사회의 풍속을 모르거나 따르지 않는 이를 일컬어 비유적으로도 빈번히 사용되기에 프랑스어 étranger의 가장 적절한 번역으로 보인다. 한 가지 흥미로운 사실은, 소설에서는 이 단어가 주인공 뫼르소가 아닌 양로원 수위를 가리키는 상황에서 단 한 번 나온다는 것이다. 그리고 형용사의 용법으로는 '무관하다'는 의미로 한 번 쓰인다.

113 **자기는 생각과 반대로 말하고 있다고** 증인 신문에서 변호인 측으로 나선 뫼르소의 친구들은 하나같이 말주변이 부족해서 자신의 의사를 분명하게 드러내지 못한다. 말에 대한 불신은 뫼르소뿐 아니라

자연의 편에 서 있는 그의 친구들 모두에게 해당된다. 그들은 말이 아니라 오히려 감각과 침묵 속에서 의사소통을 더 잘한다.

113 **자기는 나를 잘 알고 있으며** 이 대목에서 마리와 뫼르소의 관계를 규정하는 프랑스어 단어는 동사 connaître인데, 이 단어에는 '지식 인식하기', '사람의 안면 알기'라는 의미 외에 '육체관계 맺기'라는 의미도 있다. 적어도 마리와 뫼르소의 관계에서 서로를 안다는 것은 머리로만 이해하는 게 아니라 신체 감각으로 경험하는 것이다.

115 **나는 그의 공모자이자 친구라고** 뫼르소라는 인물은 사실 본성과 이성의 양극단에 걸쳐 있는 인물이다. 본성 쪽에 가장 가까운 인물은 레몽이다. 레몽은 뫼르소보다 더 단순하고 감각적이며 본능에 더 충실하다. 뫼르소는 그의 모든 것에 동의하지는 않아도 충분히 공감한다. 1부에서 정부에게 쓰는 편지를 뫼르소가 대신 써 주는 장면에서도 두 사람은 침묵을 공유한다. 여자관계, 편지의 모티브에서도 둘은 일치한다.

그렇습니다. 제 단짝입니다 1부에서 뫼르소가 레몽의 편지 쓰기를 돕고 함께 음식을 나누어 먹을 때, 레몽은 뫼르소에게 단짝 친구(copain)가 되자고 했다. copain은 '빵을 같이 나누어 먹는 사이'라는 의미인데, 그래서 서양에서는 '빵을 함께 나누어 먹지 않은 사람과는 우정을 말할 수 없다'는 표현도 있다.

검사 원문에서 재판 장면 중 검사에 대한 지칭은 일반 명사 "procureur"로 제시되는데, 때로는 "avocat général"이라는 표현도 쓰인다. avocat général은 프랑스의 사법 제도에 고유한 직책으로서 일반 검사와는 다르게 중죄 재판에서 논고를 맡는 검사를 가리킨다. 뫼르소 재판은 중죄 재판이기 때문에 이 재판의 검사는 avocat général이다. 한불사전에 간혹 이를 '차장 검사'라고 제시하는 경우가 있으나 이런 직함과는 무관하다. 소설의 본문에는 "procureur"와 "avocat général"이 혼용되거나 대치되어 혼란스럽게 보이기도 하는데, 한국어 번역에서는 '검사'로 통칭하는 것이 혼란을 줄인다. 그렇지 않으면 자칫 두 명의 검사가 나오는 것 같은 착각을 일으킬 수 있다.

116 그제야 검사는 자리에 ~ 흘러가지 않고 있음을 알아챘다 공판 과정에 대한 묘사에서 알 수 있는 것은, 재판이라는 것이 과연 진실에 대한 판단인지 아니면 단지 청중을 설득하는 수사(修辭)의 힘인지 하는 의구심이다. 말에 의한 논리, 즉 로고스는 자연과 침묵의 세계를 이기고 선과 악, 죄의 유무를 판단한다.

굴러가는 내 감옥 호송차를 가리킨다.

호송차에 타기 위해 법원 ~ 만족감을 느끼던 바로 그런 시간이었다 주인공 뫼르소는 세상사에 별 관심이 없고 과묵하며 무감동의 인간으로 그려진다. 엄마의 죽음이나 마리와의 심드렁한 관계, 새로운 세상이나 미래의 꿈에 대한 무관심 등으로 인해 이 독백체 소설의 주인공은 감정 없는 냉소주의자로 오인될 수 있다. 하지만 뫼르소는 육체의 욕망이나 외부 자연의 세계에 대해서는 오히려 민감하고 감성적인 반응을 계속 보인다. 그는 사유가 아닌 감각을 통해 삶을 되찾는다. 이 대목에서는 여름 저녁의 향기와 색깔, 소리를 다시 만남으로써 법정 안 인간들의 세계와는 다른 행복한 자연의 시간을 되찾고 있다. 이런 이유로 카뮈는 20세기의 마지막 낭만주의자로 일컬어지기도 한다. 감각의 가치를 통해 행복한 삶을 발견하는 것은 18세기의 장자크 루소, 19세기 시인 샤를 보들레르, 20세기 소설가 마르셀 프루스트와 이어진다.

119 곰곰이 생각해 보면, 나는 할 말이 전혀 없었다 『이방인』은 꽤나 이해하기 어려운 소설이다. 물론 주인공 뫼르소가 자신의 일상에 대해 적어 나가는 일들은 단순하고 명쾌하다. 그러나 1인칭 주인공은 결국 자기가 하고 싶은 말만 하기 때문에 사실의 많은 것이 가려진다. 게다가 뫼르소는 과묵한 인물이고, 일기인 것 같은 회상체의 독백으로 이루어진 이 서사물에서는 현재와 과거에 대한 기술에 그 모든 것에 대한 성찰이 추가되기도 한다. 일차적인 사건의 주

인공으로서 뫼르소는 어떤 대단한 사상이나 철학을 말하는 인물은 아니지만 자기 나름의 일정한 태도와 가치를 보여 주는 인물이라는 점은 명확하다. 그런데 그렇게 별 문제 없이 세상을 살아가던 뫼르소는 우연히 살인을 저지르게 되고, 이후 예심 판사의 취조, 감옥 생활, 면회 등을 겪어 가면서 존재의 이중성을 명확히 의식하게 된다. 그런데 이 폐쇄적인 인물은 실상 인간적 관계에 특별한 감정을 느끼지 못하는 것이 분명하다. 그의 관심은 타인을 향해 있지 않고 오로지 자기 자신에 집중된다. 여기서도 그는 검사와 변호사가 자신의 죄에 대해 변론할 때 사회적 존재로서 자신이 저지른 죄를 의식하지 못한 채 마치 살인을 저지른 자신은 내면의 자신과 아무런 관련이 없는 것처럼 생각한다. 사실 뫼르소의 비극은 여기에 있다. 그리고 이 출구 없는 삶, 선택의 여지가 없는 삶, 감옥 생활에서 그 삶의 주체인 나, 이 피고인, 이 고발된 자는 어떻게 살아야 할 것인가 하는 물음이 그의 근본적인 물음이다.

120 **유죄 증거** 카뮈가 이 소설에서 활용하는 단어의 다의성 중에 "charges"의 경우는 그동안 번역에서 조금 혼동이 있었다. 먼저 2부 1장의 말미에서 예심 판사와 변호사가 뫼르소는 안중에 두지 않은 채 선행 진술을 검토하거나 유죄 증거를 가지고 다투는 대목에서 이 단어가 쓰였다. 실제로 charges는 법률 용법상 피의자에 대한 '유죄 증거'를 뜻하지만, 전혀 다른 뜻으로 이해되어 마치 판사와 변호사가 농담 삼아 이야기하는 '수임료'로 보는 경우가 있다. 이 대목에서 charges가 다시 나오는데, 명백히 '유죄 증거'라는 의미로 쓰일 뿐 아니라 같은 문단에 나오는 단어 "accabler"와도 연결된다. 그런데 accabler도 법률적 의미인 '유죄를 입증하다' 대신 '욕설을 퍼붓다'로 오해하면, 마치 공판 중에 검사가 피고에게 욕설을 한다는 이상한 뜻이 된다.

121 **나는 언제나 장차 ~ 내일에 사로잡혀 있었다** 여기서 뫼르소가 가진 의식의 초상이 그려진다. 과거를 돌아보지 않는 사람, 현재와 미래에

만 관심을 두는 사람. 하지만 이처럼 현재만을 의식하는 존재론은 감옥에서의 시간을 인식한 이후의 태도다. 1부에서 뫼르소는 미래에 대해 아무것도 기대하거나 기다리지 않는다고 말했었다. 그런데 현실의 인간이 자신의 형이상학적 정체성을 주장할 때 얼마나 설득력을 가질 수 있을까. 현재의 실존만을 의식하기 때문에 과거를 돌아보지 않는다는 주장이 살인에 대한 변명이 될 수 있을까. 『이방인』을 카뮈의 부조리 철학의 구현물로 보고 해석하는 입장에서는 이에 대한 참조 틀로 『시시포스 신화』를 내세운다. 그렇다고 해도 소설 속 뫼르소가 처음부터 자신의 존재를 명확히 인식한 철학자인 것은 아니다. 뫼르소는 살인 사건과 소송을 겪어 나가면서 점차 자신의 존재를 의식한다. 하지만 인간적 감정에 대한 둔감함이나 사회적 무책임성에 대한 비난은 여전히 피하기 어려울 것이다. 누가 보더라도 뫼르소가 하는 말은 일상적인 언어의 논리를 벗어난 동문서답에 가깝다.

122 **여러분, 바로 이 법정에서는 ~ 가증스러운 범행을 심판하게 됩니다** 친부 살해 사건은 뫼르소의 아랍인 살인 재판에 이어 같은 법정에서 이루어지는 재판 건으로 언급된다. 그러면 왜 친부 살인 사건일까. 정신분석학적 접근에서 보면 친부 살인은 작가 카뮈가 아버지의 죽음에 대한 죄의식을 갖고 있었다는 한 증거가 된다. 소설 속에서 잠시 언급된 것과 유사하게 카뮈는 생전에 아버지를 보지 못했다. 젊은 나이에 전쟁에 나가 총상으로 사망한 아버지의 부재는 그의 유년에 깊은 그늘을 드리웠고, 아버지 찾기는 평생의 과제가 되어 그의 마지막 소설이 된 『최초의 인간』에서 중요한 테마를 이룬다. 그러고 보면 검사 논고의 이 부분에서 친부 살해, 아랍인 살해, 엄마의 죽음에 대한 일종의 가치 평가를 확인할 수도 있다. 검사의 논고에도 작가의 견해가 들어 있다고 본다면, 카뮈는 아랍인 살인에 앞서 아버지와 어머니에 대한 죄의식을 묻고 있다고 볼 수 있다.

123 그의 말에 따르면, 그 끔찍한 ~ 처벌받아 마땅합니다   카뮈는 『이방인』 영어판 서문에서 "우리 사회는 엄마의 장례식에서 울지 않는 자는 사형 선고를 당할 위험이 있다"고 썼다. 사회적 관례가 개인의 감정을 억압하고 도덕적으로 재단하는 행태를 야유한 것이다. 이 말은 이 대목에서 검사의 논고를 반박하는 동시에 뫼르소 재판의 부조리한 양상을 드러낸다.

적어도 검사가 말을 멈추고 ~ 느껴 본 적이 없기 때문입니다   법에 따라 범죄를 평가하고 형량을 정하는 법정의 세계는 이성과 논리에 따른 세계로 간주된다. 그러나 과연 재판은 엄정한 이성의 논리에 따라 진행될까? 이 재판에서 매우 냉철하고 합리적인 인물로 등장하는 검사의 논고의 실상은 피고인의 도덕성에 대한 판단을 선입견 삼아 범죄를 해석하는 것이다. 그런데 그것이 배심원, 방청객 들에게 설득력을 갖는 것은 그의 논변이 긴 문장을 통해 지성을 과시하면서 합리적인 듯 보이는 수사학을 띠고 있기 때문이다. 검사의 논변은 수사학적 궤변에 가깝지만 배심원들은 논리적 판단이 아니라 감정적 설득에 더 영향을 받는다. 뫼르소는 그래서 법정 수사학이 난무하는 재판이 너무도 많은 자의성에 좌우되고 있다고 생각한다.

124 나는 다급하게, 조금 두서없이 ~ 법정 안 여기저기서 웃음소리가 났다   이 소설의 근본적인 갈등은 뫼르소의 아랍인 살해다. 그런데 그 살인의 이유는 무엇일까? 특히 어째서 뫼르소는 최초의 한 발을 쏜 후에 다시 쏘았을까? 재판에서 예심 판사와 검사, 재판장까지도 그 살인의 동기를 뫼르소의 도덕성에서 찾으려고 한다. 그래서 엄마의 장례식이 소환되고 그의 이후 행적이 다시 추적된다. 하지만 그런 추론은 뫼르소 자신이 보기에는 터무니없는 판단이다. 그러면 뫼르소 자신은 살인의 이유를 알고 있을까? 문제는 뫼르소 본인도 그 이유를 말하기 어렵다는 것이다. 그는 그저 강렬한 햇빛 속에서 이성적 판단을 할 수 없었기 때문이다. 그도 그렇게 말하는 것이

말이 안 된다는 것은 알면서도 햇빛 때문이었다고 말할 수밖에 없다. 삶의 근본적인 부조리란 바로 그런 것이다. 인간은 삶 속에서 종종 출구 없는 선택의 상황에 놓인다는 것이 문제다. 영안실 전기 시설이 전부 켜거나 끄거나 할 수밖에 없게 되어 있는 것처럼, 출장 간호사의 말처럼 햇빛에 일사병이 나거나 오한이 나거나 할 수밖에 없는 것처럼, 뫼르소가 바닷가 별장 앞 계단에서 레몬을 들여보낸 후에 머물 것인가 떠날 것인가 고민하다가 떠난 것처럼, 인생은 선악이나 옳고 그름의 판단에 앞서 선택을 내릴 수밖에 없는 것이다. 사실 이때 뫼르소, 아니 인간은 햄릿과 같은 상황, 즉 삶이냐 죽음이냐(to be or not to be)의 운명적 선택 앞에 놓이게 된다. 삶은 현재에 주어지는 미래를 미리 판단할 수 없고 다만 선택하는 것이다. 그래서 부조리는 논리적 결론이 아니라 출발에 있다. 삶은 부조리한 상황 속에서 선택하는 것이다. 반면에 법이나 도덕은 이미 이루어진 선택을 사후에 판단할 뿐이다.

나는 그것이 나를 다시 사건으로부터 ~ 멀리 떨어져 있던 것 같다   일견 단순해 보이던 1인칭 주인공 시점의 소설은 이 대목에 이르러 더욱 진지한 언어 문제를 제기한다. 2부에서 예심과 심리가 진행될 때 주인공은 사회적 자아와 개인적 자아 사이에서 심각한 괴리를 느끼기 시작한다. 심지어 2부 2장에 이르면 그것이 아무에게도 말하고 싶지 않을 만큼 매순간 죽음을 직시하는 현재 의식으로서의 자아의식에 도달해, 주인공은 오래전부터 들려오던 자기만의 음성을 인식하게 된다. 이후 이런 분열은 점차 심해지는데, 이 대목에 이르면 일상 언어에서 쓰이는 1인칭 주어 대명사 '나는'이라는 표현도 심지어 타인이 소유하고 있는, 누구나 쓸 수 있는 도구임이 드러난다. 여기서 변호사가 지칭하는 '나'는 도대체 누구인가 하는 의문이 드는 것이다. 그 '나는'이라는 주어는 '나라는 자아'를 무화하고 대체해 버리는데, 그때 진정한 나는 완전히 소외된다. 이 소외된 나는 관찰자로서의 나로서 겉으로 드러나지 않는 내면의 자아다.

125 **마지막에 내게 떠오른 건 ~ 마리의 웃음소리와 원피스들이었다**   앞서 지적했듯이 이 소설에서 가장 행복한 순간들은 뫼르소가 자연의 감각을 회복할 때 찾아온다. 이 장에서 그 사실은 더욱 명확해진다. 뫼르소는 변호사의 지루한 변론이 계속되는 동안 한순간 거리에서 들려온 아이스크림 장수의 나팔소리를 듣게 되는데, 이 소리는 그가 가장 큰 쾌감을 느끼던 삶의 추억을 되살리는 계기가 된다. 여기서 아이스크림 장수의 나팔소리는 마르셀 프루스트의 『잃어버린 시간을 찾아서』에서 추억을 되살리는 쾌감의 한 계기가 되는 마들렌 과자를 넣은 차의 맛과 같다.

126 **그녀를 잊은 건 ~ 할 일이 너무 많았다**   일상에서 뫼르소는 악인도 선인도 아니다. 재판 과정에서 뫼르소를 악인으로 몰아붙이는 논리나 그에 맞서 그를 선인으로 옹호하는 논리 모두 실상은 뫼르소에게 정확히 들어맞는다고 할 수는 없다. 물론 1인칭 소설의 효과로 인해 독자는 주인공의 관점과 감정에 동조하기 쉽다. 그런데 사실 뫼르소는 종종 자신을 변명하고 핑계를 대고 선택적으로 반응하기도 한다. 이 대목에서 뫼르소가 마리의 존재를 잊지는 않았으나 할 일이 너무 많았다고 말하는 것은 진실한 이유라기보다는 변명에 가깝다. 뫼르소에게는 정신적 사랑이나 사랑한다는 말은 무의미하다. 그에게 사랑은 육체의 욕구나 감각의 쾌락을 주는 대상과의 관계일 뿐이다.

127 **그 점은 내가 보기에도 ~ 아주 자연스러웠다**   뫼르소의 단어 선택과 발언을 따라가다 보면 그가 이성과 자연의 일치를 지향하고 있음을 알 수 있다. 사실 일상적인 수준, 상식(sens commun)에서는 이성과 자연이 조화되는 경우가 많다. 문제는 그것이 근본적인 데서 갈등을 일으킨다는 것이다.

128 **공공 광장에서 내 머리가 참수될 것**   프랑스에서 사형 집행은 오랫동안 공공장소에서 참수형으로 이루어졌다. 기요틴으로 불린 단두대는 1789년에 일어난 대혁명이 이어지던 와중인 1792년부터 쓰

였다. 기억할 것은 이 기계가 단지 대혁명 기간의 공포 정치 시대에나 쓰인 물건이 아니라 20세기까지 쓰였다는 점이다. 단두대 처형은 카뮈가 살던 시대를 넘어 1977년까지 행해졌고, 사형제가 폐지된 1981년 이후 사라졌다.

129   나는 부속 신부의 면회를 세 번째 거절했다   뫼르소는 재판에서 형법에 따라 사형 선고를 받는다. 그런데 여전히 종교적으로 누가, 그리고 무엇이 죄인가 하는 문제는 남아 있다. 5장은 기독교적 관습과 신학에 대한 무신론적 반항의 장이다. 부속 신부의 면회에 대한 세 번의 거절은 성경에서 예수의 제자 베드로가 예수를 세 번 부인한 장면을 암시했다고 볼 수 있다.

이 순간 내 관심을 끄는 건 ~ 출구가 있을 수 있는지 아는 것이다   이 문장은 다시 암시적이다. 단두대라는 기계는 사형 집행 도구인데 사형 선고를 받은 뫼르소가 이 기계를 피할 가능성을 찾는다는 말은 무엇인가. 여기서 단두대는 인간의 필멸성(mortalité)을 상징하고, 그에 대한 출구를 찾는다는 것은 필멸하는 존재로서의 인간의 숙명을 거부할 수 있는지 성찰한다는 의미다.

그런 의문들에 항상 ~ 결코 알 수 없는 법이다   이 대목의 시제는 전적으로 현재 진행형이다. 이 소설에서 시제는 현재와 과거가 혼재하는데, 과거는 때로는 먼 과거처럼, 때로는 근접 과거처럼 쓰이다가 이 모든 현재의 서술이 하나의 회상이라는 틀 속에 있는 것처럼 서술되기도 한다. 그런데 이러한 전환의 표시가 뚜렷이 나타나지 않기 때문에 독자는 어쩔 수 없이 화자의 의식의 흐름에 끌려갈 수밖에 없다.

130   중요한 건 탈주 가능성 ~ 길모퉁이에서 거꾸러지는 것이었다   『이방인』이 현대의 고전이 된 이유는 형식적으로 고전적인 틀을 갖고 있기도 하지만 그 내용에 있어서 현대인의 개인주의를 잘 보여 주기 때문이다. 젊은 뫼르소는 사회의 관례나 풍습, 도덕, 기독교적 가치에 반항한다. 그는 사회적 책임이나 의무에는 관심이 없고 다만 자기

자신의 개인적인 욕구와 욕망, 현재에 주어진 삶의 만족감을 중요시한다. 그는 자신이 살인을 저질렀다는 것을 부인하지는 않지만, 그것이 악의 없이 우연히 벌어진 일이기 때문에 그에 대한 처벌에서 사회적 책무나 도덕성이 거론되는 것을 이해하지 못한다. 심지어 엄마의 죽음에 대한 심정을 무덤덤하게 적어 나가는 서두부터 그는 가족 관계에 연연하지 않는 개인으로서의 현대인의 감정을 아주 강하게 드러낸다. 특히 사회적 의례를 벗어나 탈주하려는 욕망은 그를 사회에 대한 국외자로 규정짓게 만든다.

131 **엄마가 아버지에 대해** 『이방인』의 첫 구절, "오늘 엄마가 죽었다. 아니 어쩌면 어제일지도 모르겠다"는 20세기 소설사의 불멸의 문장으로 남아 있다. 그런데 이 문장에 나오는 "엄마", 프랑스어로 "maman"의 쓰임을 두고 여러 논의가 있어 왔다. 이 단어가 기본적으로 구어체 유아어에 속하고, 그 쓰임을 성인에게까지 확대하더라도 심리적으로 어머니와 자식의 관계를 유아기의 비분리 상태로 환원하는 특징을 갖고 있기 때문이다. 이 소설에서 뫼르소는 어머니의 죽음에 대해 특별한 감정을 느끼지 못하는 것 같지만 그렇다고 냉정한 거리를 두고 있다고 말할 수는 없다. 그가 시종일관 '엄마'라는 호칭을 사용함으로써 자신이 여전히 성인이 되지 못한 어린이라는 느낌을 드러내기 때문이다. 따라서 얼굴을 본 적이 없는 아버지에 대해서는 '아빠'라고 쓰지 않는 것은 자연스럽다. 한편 maman의 번역을 두고 한국어에서는 '엄마'라는 적당한 말이 있지만 영어에는 적합한 말이 없는 것 같다. 번역자 매튜 워드(Matthew Ward)의 경우 프랑스어 단어를 그대로 활용해 영어의 대문자만 살려서 'Maman'이라고 쓰고 있다. 예) At times like this I remembered a story Maman used to tell me about my father. (*The Stranger*, Vintage international, 110쪽)

그런 순간마다 나는 엄마가 ~ 지극히 자연스러운 일이었다 이 소설에서 아버지에 대한 모티브는 세 가지다. 먼저 가장 명확한 것은 여기

언급된 것처럼 뫼르소가 얼굴을 본 적이 없는 아버지다. 작가 자신의 삶과 마찬가지로 뫼르소는 아버지의 얼굴을 본 적이 없다. 소설에서는 그 이유에 대한 언급은 없다. 두 번째는 바로 앞선 재판에서 나온 것처럼 어느 살인자의 친부 살해 사건이다. 그 사건은 뫼르소 재판과 관련이 없는 것 같지만, 사실은 어머니에 대한 도덕적 살인의 죄와 비교되면서 병치된다. 세 번째는 바로 "나의 아버지"라는 이름으로 주어지는 가톨릭 신부에 대한 종교적 관계다. 뫼르소가 얼굴을 본 적이 없는 아버지에 대한 유일한 에피소드는 그가 사형 집행을 보러 갔다는 것, 그래서 죽음의 장면을 직시하고자 했다는 것이다. 뫼르소의 부재하는 아버지는 존재의 죽음을 이미 의식하고자 했던 셈이다. 그리고 놓치지 말아야 할 것은, 사형 집행을 관찰한 뒤에 아버지가 보인 반응에 대해 뫼르소가 "지금은 이해한다"고 말한 것이다. 죽은 아버지의 죽음에 대한 태도를 통해 아버지의 삶을 이해한다는 뫼르소의 사유에 주목해야 한다. 그것은 소설 말미에서 어머니의 삶을 이해하는 방식이기도 하다. 한편 친부 살해 사건은 그야말로 자기 자신의 아버지를 부정한 극악한 범죄인데, 이 소설에서는 나중에 신부에 대한 거부, 즉 신에 대한 부정과 상징적으로 이어진다.

132 **그것은 이성적인 생각이 ~ 부딪쳤는데 멈출 수 없었다** 자아의 존재론적 분열을 의식하는 뫼르소는 마침내 이 대목에 이르러서 한 인간에게 가장 중요한 것은 사형 집행, 즉 죽음을 직시하는 것이라는 생각에 도달한다. 특히 사형수란 존재론적으로 죽음 앞에 선 인간이다. 죽음은 일반적인 죽음이 아니라 바로 나 자신의 죽음이 문제가 된다. 그러고 보면 사람은 타인의 죽음에 대해서는 무관심하다. 타인의 죽음만으로는 죽음을 의식하기 어렵다. 뫼르소가 엄마의 죽음이나 아랍인의 죽음에 대해 아직까지 큰 관심이 없었던 이유가 여기 있었다. 그런데 바로 자기 자신이 사형수가 되면서 그는 죽음의 문제에 직면한다. 죽음을 직시할 때 인간의 의식은 죽어 가는

존재인 동시에 그 죽음을 바라보는 관찰자로 살아가는 존재가 된다. 이 분열은 모순적이다. 자신의 죽음을 의식할 때 살아 있는 육체는 두려움에 움츠러든다. 하지만 이 앞부분의 서술에서 나타나듯 뫼르소는 완전히 반사회적 인간처럼 자신의 실존적 의식에만 관심을 집중한다. 타인의 죽음이나 살인, 사회적 부채에는 관심이 없다. 자신의 자유와 삶만이 관심사다. 이 소설이 고독한 뫼르소의 시선을 통해 과연 무엇을 말하려고 하는지 애매해지는 대목이다. 뫼르소는 아직 타자의 발견이나 사회적 연대에 대한 인식을 보여주지 않는다. 그가 아랍인 살해에 대해 아무런 반성도 보이지 않는 탓에 이 소설은 식민주의적 시선을 벗어나지 못한 것으로 비판을 받기도 한다. 뫼르소는 아직 이기적 개인에 가깝다. 하지만 바로 이 자리에서 그는 삶에 주어진 의식과 그것의 한계로서의 죽음을 동시에 의식하는 존재로 깨어난다.

132 본성적으로 우리는 항상 이성적일 수는 없다   여기서는 자연(nature)과 이성(raison)이 대립한다. 서구 사상의 유구한 전통이란 사실 이 두 개념의 갈등이다. 그런데 뫼르소는 자연의 아들이다. 뫼르소는 인간의 일상사에 관심이 없고 합리적 사유에 이의를 제기한다. 그는 이성적 사유가 아니라 육체의 욕망이나 본성을 따른다. 특히 본성 혹은 자연을 나타내는 단어들인 nature, naturel, naturellement은 매우 중요한데, 한국어 번역에서는 이 단어들에 본성과 자연이라는 개념이 일치되도록 옮기기 어려운 경우가 많다. 특히 '자연스럽다'는 말을 '당연하다'로 옮기게 되는 경우가 많지만, 이때 그 역순은 성립하지 않는다는 게 문제다. 소설에서 '당연하다'나 '당연히'로 옮길 수밖에 없는 말들은 사실 각각 'naturel'과 'naturellement'의 번역어로서 그 안에 자연이나 본성의 의미를 담고 있음을 염두에 두어야 한다. 특히 이 대목의 문장은 하나의 도덕적 격언처럼 제시되고 있다. 본성적으로 인간은 항상 이성적일 수는 없다.

나는 수형자라는 말을 생각했다 사형수는 사형의 확정 판결을 받은 자이기 때문에 다른 선택의 여지가 없다. 그래서 뫼르소는 사형수(死刑囚, condamné)가 아니라 수형자(受刑者, patient)라는 말을 떠올린다. 수형자는 형벌을 받는 자이기는 하지만 십분의 일의 기회로 삶의 가능성을 가진 자다. 그러니까 그에게는 반드시 죽는다는 필멸성이 사라지며 삶에 대한 희망이 여전히 가능하다. 이 patient 이라는 단어에는 '환자'라는 뜻도 있는데, 그가 비록 병에 걸렸어도 삶의 가능성을 가진 자임을 의미한다.

133 **오랫동안 나는 ~ 그 모든 것 때문이라는 말이다** 일반적으로 기요틴은 프랑스 혁명을, 특히 루이 16세와 마리 앙투아네트의 처형을 떠오르게 한다. 루이 16세와 마리 앙투아네트의 처형 때 사용된 단두대는 높은 단상 위에 설치되어 민중들이 처형 장면을 볼 수 있도록 했다.

기계 단두대에 '기계'라는 표현이 붙은 이유는, 프랑스 혁명 때까지만 해도 갖가지 방식으로 실행되던 전근대적인 사형 방식을 모든 사람에게 평등한 '기계를 이용한' 방식으로 바꾸자고 주장한 외과의사 조제프이냐스 기요탱(Joseph-Ignace Guillotin, 1738~1814)이 주창했던 법률에 따른 것이다. 오늘날의 관점에서는 매우 야만스러워 보이지만, 이 공개 참수형에는 모든 사람의 사형은 신분의 고하 여부에 관계없이 동일한 방식으로 가장 고통이 짧도록 해야 한다는 근대적 평등·인권의 개념이 반영되었다고 볼 수 있다.

134 **또한 내가 항상 숙고하던 게 ~ 않는 거라고 생각하기에 이르렀다** 주인공 뫼르소, 혹은 카뮈의 존재론이 가장 자연스럽게 제시된 의미심장한 대목이다. 뫼르소는 성찰한다. 이성적으로 사유한다. 그리고 사유하지 않으려 한다. 사유의 흐름을 바꾸어 심장에 귀를 기울인다. 살아 있는 한 삶의 종말을 상상하기 어렵다. 이런 성찰은 뫼르소가 데카르트식 합리주의, 즉 '나는 생각한다, 고로 존재한다(cogito ergo sum)'라는 존재론적 명제를 인정하지 못함을 의미한다. 심장

의 두근거림이 머릿속까지 연장되지 않는 순수한 존재의 사유의 순간을 뫼르소는 표상해 내지 못한다. 그는 오히려 감각에서 존재의 확실성을 발견한다. 그래서 "가장 합리적인 건 자신을 억압하지 않는 것이다." 즉 뫼르소에게는 자연적인 것이 합리적이다. 앞서 뫼르소는 이렇게 말했었다. "본성적으로 우리는 항상 이성적일 수는 없다."

134 **내게 무슨 일이 일어날 때 그 현장에 있는 걸 더 좋아한다** 의미심장한 문장이다. 나는 내게 어떤 일이 일어날 때 거기에 항상 의식적으로 현전할 수 있는가. 즉 나라는 존재에게 벌어지는 사건을 의식적으로 관조할 수 있는가. 혹은 반성적 의식으로 나 자신을 바라볼 수 있는가. 이른바 현상학적 존재론과 연관되는 현존재에 대한 반성적 의식의 견지가 뫼르소의 태도를 규정한다.

135 **인생은 애써 살 만한 가치는 없다** 삶에 대한 뫼르소의 태도를 대중에게 가장 잘 각인시키는 문장이다. 하지만 이 문장이 뫼르소나 작가가 사유한 결론이라고 오해하면 안 된다. 문제는 이 허무를 직시하되 허무주의에 빠지지 않는 것이다. 니힐리즘은 삶에 대한 낙관이나 종교를 통한 위안으로 극복할 수 없다. 니힐리즘은 삶에 대한 온갖 허상을 깨부순다. 하지만 그것은 현재 이 순간 살아 있음을 직시하도록 하고 그 삶을 수락하게 만든다. 카뮈는 『시시포스 신화』의 서두에서 "인생이 살 만한 가치가 있느냐 없느냐를 판단하는 것이야말로 철학의 근본 문제에 답하는 것"이라고 썼다. 허무의 직시는 자살에 대한 옹호가 될 수도 없고 삶에 대한 방관도 될 수 없다.

136 **사람이 죽는 이상 언제 어떻게 ~ 항소의 기각을 받아들여야만 했다** 5장에서 뫼르소는 데카르트식 성찰을 계속한다. 데카르트의 『성찰』에서 가장 중요한 것은 "명확하고 확실한" 진리를 찾는 것인데, 그것의 가장 중요한 추론이 '코기토' 명제다. 뫼르소는 여기서 데카르트가 추론한 방법들을 음미한다. 데카르트는 코기토 명제를 통해

영혼과 육체의 분리, 영혼의 불멸성을 추론한다. 즉 육체는 소멸해도 사유하는 정신은 소멸하지 않는다는 것이다. 하지만 뫼르소는 언젠가 나(자아)는 소멸한다고 추론한다. 아무튼 인간은 죽는다는 것, 살인을 저질렀는가 여부와 무관하게 인간은 사형 선고를 받은 존재라는 것, 따라서 항소를 한다고 해도 기껏해야 목숨을 얼마간 연장하는 것에 불과하다는 것, 결론은 바뀌지 않는다는 것이다. 하지만 동시에 그는 살아 있는 동안 느끼는 도약에 주목한다. 육체를 통해 느끼는 삶의 충동, 비약이라는 개념은 니체나 베르그송의 철학과도 이어진다.

바로 그 순간, 오로지 ~ 고려해야 할 일이었다 이런 저런 주제에 대한 뫼르소의 고찰에 대해서는 소설의 서사에서 이탈하는 추상적 사변이라는 비판도 있다. 사회적 규범에 대한 거부, 탈주의 가능성, 사형 제도의 결함, 이성의 이름으로 기계적 처리를 강제하는 사회 조직에 대한 비판 등은 흥미롭기는 하지만 육체와 본능에 몸을 맡기는 현재적 존재로서의 뫼르소의 초상과는 거리가 멀기 때문이다. 이제 철학자로서의 뫼르소의 모습이 완연히 드러나기 시작한다. 문제는 '항소 없는 사면'을 이해하는 것이다. 인생이 애써 살 만한 가치가 없으니 사형 선고에 대한 항소가 기각되더라도 담담하게 받아들여야 하는 것과 마찬가지로, 사면을 받는다고 해도 흥분할 필요는 없다. 죽음의 공포에 육체가 반응하는 것이 불합리한 것처럼, 사면되었다고 느끼는 삶의 희열도 불합리하다. 결국 육체와 감정 자체에 실려 가는 삶이 아니라 그 삶을 동시에 의식하는 삶이 그에게는 진정한 삶이기 때문이다.

그와 비슷한 때에 나는 부속 신부의 ~ 막 항소를 거부한 참이었다 부속 신부에 대한 면회 거부는 원죄에 대한 속죄의 거부로서 항소의 거부와 일치한다. 뫼르소는 종교적 구원도, 형법적 사면도 결국 거부하고 우연과 모순으로 점철된 부조리한 인간의 운명을 짊어진다.

138 정확히 바로 그 순간 부속 신부가 ~ 그것에는 흥미가 없다고 부속 신부는

이 부분에서 처음으로 소설에 등장하는데도 어느 정도 친숙한 느낌을 준다. 이 부분의 대화가 앞서 있었던 예심 판사와의 대화를 이어 가기 때문이다. 예심 판사는 신문 과정에서 법률적 판단과 무관하게 기독교를 당연한 가치로 제시하고 뫼르소에게 종교적 회개를 요구하다가 거절당하자 결국 그를 반기독교인으로 불렀는데, 여기서 부속 신부의 면회는 기독교에 대한 논란을 다시 연장하고 있다. 서구 문명에서는 모든 삶의 바탕에 기독교의 의례와 가치가 깊게 뿌리내리고 있었고, 그것은 20세기 전반기까지도 마찬가지였다. 이 소설에서 뫼르소의 범죄는 사회적 가치와 종교적 가치 양면에서 모두 위배되어 재판의 대상이 되고 있다. 그런데 뫼르소는 그런 가치에는 관심이 없고 삶의 의미에 대해 철학적 탐구를 하는 것으로 보인다. 앞서 뫼르소의 코기토는 데카르트의 코기토와 달리 사유하는 존재가 아니라 육체로 현재를 사는 존재로 규정되었다. 그런데 데카르트는 사유하는 자아의 존재적 확실성에 대한 근거로 신의 현존을 추론한다. 뫼르소의 존재론적 탐색도 신의 존재나 신앙과의 관련성에 대한 문제를 피할 수 없다.

140 **이 좁은 감방에서는 그가 ~ 아니면 서 있어야 했다** 인생에서는 불가피한 선택을 해야 하는 상황이 온다. 이것이 뫼르소의 생각이다. 그 선택에서 선과 악을 예측하기는 어렵다. 주인공이 우연히 아랍인을 살해하기에 앞서 오두막 앞 계단에서 바다로 갈 것인가 말 것인가를 선택하는 일이 우연이었던 것과 같다. 이러한 선택이 주어지는 상황은 운명이라고 해야 한다. 그때 뫼르소는 말한다. "그렇다, 출구는 없다."

141 **당신은 이 지상을 그 정도로 사랑하나요** 뫼르소는 기독교에서 말하는 천상의 삶을 거부한다. 천상의 삶에 대비되는 것이 지상의 삶이다. 니체가 신의 죽음을 말한 뒤로 이 대지에 대한 사랑과 인간 운명에 대한 직면은 20세기의 인간학으로 자리 잡았다. 카뮈는 니체와 앙드레 지드, 폴 발레리의 후예다. 그것은 서구 문명사에서 보면 헤

브라이즘에 대비되는 헬레니즘의 계보를 잇는 것이다. 영원과 초월을 거부하며 인간적 한계에서 최선을 다하는 삶, 그것을 '그리스 정신'이라고도 하고 '정오의 사상'이라고도 한다. 또 다른 말로는 '지중해적 정신'이다.

142 **나는 그에게 "바로 이 인생을 ~ 인생"이라고 큰 소리로 말했다**　뫼르소의 이 말은 충분히 음미되어야 한다. 4장의 재판 장면에서 뫼르소는 자신이 과거를 정말로 한 번도 후회한 적이 없다고, 자신은 언제나 장차 일어날 일에, 오늘이나 내일에 사로잡혀 있었다고 말했다. 그런데 지금은 그런 관점이 조금 변해 있다. 그가 바라는 삶은 과거로 시선을 두지 않고 오로지 현재에 집중하고 미래에 투신하는 삶이 아니라, 그와 동시에 그것을 넘어선 삶이다. 하지만 그런 초월적 시선은 단지 이성적 사유로서의 형이상학적 초월도 아니고, 신의 구원을 통한 초월도 아니다. 그것은 현재와 미래에 대한 기획[projet(기획)란 말의 어원은 'pro-(앞으로)+jeter(던짐)'다]으로서의 삶을 살아가는 동시에 그것에 대한 성찰적 의식을 견지하는 삶이다. 그가 바라는 삶은 이 인생을 회상할 수 있는 인생이다. 뫼르소는 그래서 이 삶을 다시 살아보고픈 희망을 품게 된다.

그는 어째서 내가 자기를 "아버지"라 ~ 다른 사람들의 신부라고　1부 1장에서 나왔듯이, 서구의 가톨릭 전통에서 신부(神父)에 대한 호칭은 '나의 아버지'이고 신자의 경우는 '나의 아들'이다. 어머니의 장례식에서 볼 수 있는 것처럼, 뫼르소는 일상의 종교적 관례에 큰 관심을 두지 않는다. 하지만 재판이 진행되면서 자신의 삶이 기독교의 가치와 관례에 따라 재단되자 여기에 반발한다. 그리고 신부에 대한 이 종교적 거부에는 조금 더 깊은 의미가 있다. 얼굴을 본 적 없는 아버지가 사형 집행을 목격하고 심하게 아팠다는 이야기, 친부 살해 사건의 재판, "나의 아버지"라는 신부 호칭에 대한 거부는, 정신분석학적 상징으로 해석하자면 정신적 아버지로서의 신에 대한 거부다.

143 **게다가 당신은 죽은 사람처럼 ~ 확신하지 못하고 있어요** 이 문장의 프랑스어 원문은 "Il n'était même pas sûr d'être en vie puisqu'il vivait comme un mort"다. 여기서 "살아 있다"는 표현은 프랑스어로 "être en vie"다. 그런데 이 텍스트에서 뫼르소는 삶에 대한 '욕망'을 프랑스어로 'avoir envie'로 쓰고 있다. 그러니까 '욕망 (envie)'이라는 표현은 '살아 있음(en vie)'을 가리키는 셈이다.

나는 이성을 갖고 있었고 ~ 언제나 이성을 갖고 있어요 프랑스어에서 '이성을 가지고 있다(avoir raison)'는 표현은 '참된 인식을 가지고 있다'는 의미다. 이성을 갖고 있다는 말은 합리적으로 사유한다는 뜻이고, 따라서 진리를 인식한다는 뜻이기 때문이다. 그래서 일상적인 어법으로 'avoir raison'은 단순하게 '옳다'는 뜻인데, 그 어원을 고려하여 한국어로 옮기기는 쉽지 않다.

내가 이끌어 온 이 부조리한 ~ 나를 향해 올라오고 있어요 세상사에 무심한 뫼르소는 자연의 이미지, 특히 한여름의 저녁 하늘을 사랑하며 거리의 소음과 냄새를 좋아한다. 자연의 이미지를 묘사할 때 그는 매우 열정적인 시인의 감수성을 드러낸다. 그런데 여기서 신부에게 하는 말들은 너무도 시적인 이미지를 구사하고 있어서 도대체 신부가 이 말을 알아들을 것 같지가 않다. 미래로부터 불어오는 한 줄기 바람이 도대체 무엇인가? 카뮈가 젊은 날 작품으로 접했던 시인들 중에는 지중해 정신으로 잘 알려진 폴 발레리가 있다. 그의 대표작 「해변의 묘지」에는 이와 비슷한 시구가 있다. "나는 여기서 미래의 내 연기를 들이마시고 / 하늘은 웅성거리는 해변의 변화를 / 불타 버린 영혼에게 노래한다."

단 하나의 운명만이 나 자신을 ~ 선택하게 되어 있으니 말이에요 카뮈는 그리스 사상의 전통에서 운명론을 받아들이지만, 그것을 운명에 대한 수동성이 아니라 적극적 수용으로 전환하고자 한다. 그는 『시시포스 신화』에서 "행복한 시시포스를 상상해야 한다"고 말을 맺는다. 카뮈는 니힐리즘에서 운명애(amor fati)로 전환하는 니체의 사상을 자기 나름의 방식으로 소화하고 있다.

144 **살인 피고인인 당신이 ~ 제 입술을 내준들 뭐가 중요해요** 부속 신부에 대한 뫼르소의 항변은 자유 간접 화법으로 처리되어 있다. 번역에서는 이 말을 직접 화법으로 옮겨야 느낌이 더 생생해진다. 그런데 신부에 대해 뫼르소가 항의하는 화법이 어느 순간 작가가 소설의 내용을 두고 독자에게 말하는 화법으로 변하는 대목이 있다. 신부가 알고 있다고 말할 수는 없지만 독자는 확실히 알고 있는 대목을 삽입함으로써, 글쓴이는 독자에게 직접 자신의 생각을 전한다. 일부 연구자는 작가가 개입한 이 부분을 작가의 실수라고 보기도 하지만, 그것은 이 소설이 갖는 복수의 시선, 복수의 목소리가 갖는 특징을 오해한 것이다. 글을 쓰는 작가가 개입한 이 대목을 통해 이제 독자는 텍스트에 분명한 거리를 두게 된다. 결국 독자는 소설의 주인공인 뫼르소의 1인칭을 넘어 텍스트를 쓰는 작가의 목소리를 듣게 됨으로써 소설의 인물을 객관화해 바라볼 수 있게 된다.

145 **나 역시, 나도 모든 걸 다시 살아갈 준비가 되었다고 느꼈다** 뫼르소에게 진정으로 사는 것은 다시 사는 것이다. 프랑스어로는 'Vivre, c'est revivre'다. 무슨 말인가 하면, 삶의 실상으로서의 현재성과 육체성을 소멸시키는 죽음을 의식하는 동시에 살아 낸다는 것이다. 미래로부터 불어오는 한 줄기 죽음의 바람을 맞는다는 것은 임박한 죽음을 의식하는 것이다. 엄마는 분명 자신의 죽음을 의식하면서 오히려 현재의 삶을 자유롭게 바라보고 해방감을 느꼈을 것이며, 이 현재의 삶과 새로운 관계를 설정하고자 했으리라. 엄마가 토마페레즈와 약혼 관계를 맺은 것은 달리 말하면 현세의 삶에 뜨거운 애정을 느꼈음을 의미한다. 발레리는 「해변의 묘지」에서 이러한 현재적 삶의 양상을 "언제나 다시 시작하는 바다"에 비유한다. 현재하는 감각적 삶의 풍요와 행복을 카뮈는 에세이 『결혼·여름』에서 다채롭게 묘사했다.

마치 신호와 별로 가득한 이 밤 ~ 그리고 여전히 행복함을 느꼈다 소설의 말미에 이르러 뫼르소는 삶을 깨달은 모습을 보인다. 그는 세계의 다정한 무관심에 마음을 열었다고 고백한다. 그러나 그 말이 타자의 세계에 대한 개방이나 이질성의 수용을 뜻하지는 않는다. 그는 여전히 세계와 자아의 유사성, 우호 관계에서 만족감을 느낀다. 그러니 아랍인의 죽음에 대한 성찰이 끼어들 여지는 없다. 개인의 삶과 사회적 삶은 평행선으로 끝난다. 카뮈가 이 소설을 발표한 것은 스물아홉 살 때였다. 그가 아무리 조숙했다고 해도 아직은 자기 동일성의 한계에 머물던 시기였다. 개인의 삶과 감정에 대한 옹호와 사회적 몰이해에 대한 분개, 이러한 기본 정조는 앞서 18세기에 장자크 루소가 『고백록』을 비롯한 여러 저술에서 드러낸 바 있다. 사르트르는 「『이방인』 해설」에서 카뮈가 가진 모럴리스트의 면모를 강조하며 볼테르를 언급했지만, 뫼르소의 정서는 차라리 루소와 닮았다고 할 수 있다.

145 모든 게 완성되도록, 내가 외로움을 ~ 주기를 바라는 것뿐이었다 5장의 첫 문장처럼 이 마지막 문장은 다시 성서 구절을 환기한다. "모든 게 완성되도록"이라는 이 구절은 예수가 십자가에서 마지막으로 한 말인 "모든 것이 이루어졌다"를 인유한다. 더 나아가 사형 집행일에 대중이 자신을 증오의 함성으로 맞는 광경에 대한 상상 역시 십자가에 못 박힌 예수의 최후를 연상시킨다. 하지만 이런 인유에는 아이러니가 있다. '모든 것이 이루어진다'는 프랑스어 동사 consommer는 '범죄를 저지르다', '법적 권리를 행사하다'라는 뜻으로도 쓰인다. 뫼르소는 지상에서 저지른 죄에 대해 천상의 구원 없이 부조리한 삶의 운명을 껴안는 인간의 영웅인 프로메테우스의 삶을 받아들인다. 그것이 그가 상상하는 행복한 시시포스의 운명이다. 그러나 이 마지막 문장에는 개인에 대한 사회적 몰이해를 향한 야유와 자학의 정서가 깔려 있기도 해서, 한편으로는 범죄자의 기이한 자기변호로도 호도될 수 있다. 그가 끝내 말하지 않은 것들이 남아 있기 때문이다. 하지만 그가 적어도 아랍인 살해에 대

해 침묵하는 것은 매우 의도적으로 보인다. 그가 말하고자 하는 바는 사회보다 개인이 우선하고 타인의 삶보다 나의 삶이 우선한다는 것이다. 이것을 강조하려는 의도 때문에 이 소설에 나오는 여러 죽음은 모두 부차적인 것으로 밀려나 있다. 뫼르소가 결국 철학자인 것은 바로 이 지점에 있다. 인간의 삶에서 중요한 것은 사회의 도덕이나 풍속, 법에 앞서 한 개인으로서의 나의 삶이 무엇이며 삶아간다는 것은 어떤 가치가 있는지 문제를 제기한다는 데 있는 것이다. 문제는 주어진 인생을, 운명을 사랑하는 것이며, 그 삶 속에서 겪어 나가는 법적 단죄나 도덕적 판단들은 부차적인 삶의 과정일 뿐이다. 삶에서 법이나 도덕이 중요하지 않다는 것이 아니라 그보다 더 중요한 것이 있다는 항변, 그것이 뫼르소의 외침이다. 이 외침에는 자신의 의도가 왜곡되고 있다고 울음을 터뜨린 마리의 항변도 들어 있다고 볼 수 있다. 카뮈에 따르면 뫼르소는 정직을 고백한 순교자다.

부조리한 인생 뜨겁게 사랑하기

김진하(서울대학교 불어교육과 교수)

1. 알베르 카뮈의 삶과 글

프랑스 현대 문학사에서 1960년은 특별한 전환점으로서 20세기를 풍미한 실존주의 문학이 뜻하지 않은 종지부를 찍은 해다. 그해 1월에 지난 20년 동안 실존주의와 부조리 문학의 한 현상을 보여 주었던 알베르 카뮈(Albert Camus, 1913~1960)가, 자신의 모든 작품을 출간했던 갈리마르 출판사의 편집인 미셸 갈리마르(Michel Gallimard) 가족과 동승하여 자동차를 탔다가 교통사고로 세상을 떠났기 때문이다. 오랫동안 20세기 프랑스 문학사 서술은 1960년에서, 즉 알베르 카뮈가 사망한 시점까지 서술하는 것으로 마무리되곤 했다. 그전에 태동한 누보로망(nouveau roman)에 대한 서술이란 것도 사실은 작가들에 대한 간단한 소개와 형식적 실험에 대한 소개에 그쳐 아직은 역사적 평가를 내리기 힘든 당대의 문학 운동으로 간주되곤 했다. 알베르 카뮈가 생전에 이미 세계적인 작가로서 명망을 얻고 그의 작품들이 열독의 대상이 되었던 점에 비추어 보면, 누보로망 현상은 아직은 소수 작가의 전위적인 실험으로 간주되는 듯했다. 그만큼 알베르 카뮈는 1942년 『이방인(*L'Étranger*)』이 나오고 이듬해 『시시포스 신화(*Le Mythe de Sisyphe*)』가 잇달아 나온 이후로 한 걸음씩 내디딜 때마다 문학사의 사건을 보여 주는 것으로 간주되었다. 그보다 앞선 세대로서 실존주의 문학을 주도한 장폴 사르트르(Jean-Paul Sartre, 1905~1980)와 더불어 카뮈는 새로운 논쟁을 이끈 작가이자 지식인의 표상이었기 때문이다.

알베르 카뮈가 현대의 고전이 된 『이방인』을 갈리마르 출판사에서 간행한 것은 그의 나이 스물아홉 살 때의 일이다. 이때는 전 세계가 전쟁의 소용돌이에 휘말려 있던 시대였고, 프랑스는 국토의 절반 이상이 독일 히틀러 정권의 점령 아래에 있었다. 프랑스의 비시 정권은 독일과의 전면전을 피하는 대신 파리를 비롯한 프랑스의 북부를 독일에게 내주었다. 이에 반대해 반정부·반독일 항전을 펼치던 이른바 '저항파'인 레지스탕스 조직은 남부 프랑스를 중심으로 여러 활동을 펼치고 있었고, 양심적인 수많은 작가는 레지스탕스에 가담하고 있었다. 프랑스의 비시 정권 하에서도 유대인에 대한 탄압이 계속되어 다수가 집단으로 학살되거나 수용소에 끌려가던 시절이었기 때문에, 이 세대의 혼란과 불안은 모든 작가가 공유하고 있었다고 볼 수 있다. 하지만 작가들에게는 청년기에 어떤 현실 문제에 직면했는가보다 유년기의 어떤 경험과 조건들이 작가로서의 정체성에 영향을 주었는가를 묻는 것이 더 의미 있다. 사실 제2차 세계 대전을 청년기에 맞이한 작가들은 제1차 세계 대전을 전후한 시기에 태어나서 이미 유년기에 전쟁을 경험한 세대들이었다.

잘 알려져 있다시피 알베르 카뮈는 프랑스 본토가 아니라 프랑스 식민지였던 알제리에서 1913년에 태어났다. 아버지는 프랑스 보르도 지방에서 이민한 가문 출신이고, 어머니는 스페인 발레아제스 제도에서 이민한 가문 출신이었다. 아버지는 1914년에 1차 대전에 참전해 마른강 전투에서 총상을 입고 후송되어 치료를 받다가 사망했다. 그의 유골은 알제로 돌아오지 못한 채 노르망디의 어느 묘역에 묻혔다. 카뮈에게 아버지는 기억할 수 없는 존재였다. 어머니는 청각 장애 탓에 의사소통이 자유롭지 못한 데다 남편을 일찍 여의는 바람에 정신적 외상까지 입었는데, 그 상태로 두 아들을 데리고 친정으로 돌아가서 성격이 드센 어머니를 비롯한 친정 형제들과 살아야 했다. 억세게 생활을 개척하던 외할머니에게 딸의 아이들은 뗄 수 없는 혹처럼 짐스런 존재이면서 껴안고 살아야 할 운명이었다. 여러 조건으로 힘든 처지에 놓인 귀머거리 엄마는 늘 고통과 고독에 잠겨 있으면서도 침묵과 애정으로 아이들을 보살폈다. 유년 시절의 고난에 대해서는 카뮈 자신이 첫 에세이집인 『안과 겉(*L'Envers et l'Endroit*)』에서 여러 방식으로 드러내고 있는데, 특히 일견 모순적으로 보이는 가난과 사랑의 밀접한 상호 관계를 깊이 성찰한다. 카뮈의 가난은 삶에 대한 태도를 형성한 결정적인 조건이었다. 1957년 노벨 문학상을 받는 수상 연설에서도 그는 유년 시절 가난한 처지의 자신에게서 재능을 발견하고 학업을 격려한 초등학교 선생님 루이 제르맹(Louis Germain) 선생에게 헌사를 바쳤다.

알베르 카뮈가 작가가 될 수 있었던 데에는 극빈층에 속한 처지의 아이에게서 재능을 발견하고 그것을 격려해 준 선생들의 힘이 컸다. 특히 카뮈는 제르맹 선생에 대해 여러 서한과 회고를 통해 감사의 마음을 드러냈고, 그의 초등학교 시절 경험과 중학교 진학 과정은 마지막 작품이 된『최초의 인간(*Le Premier Homme*)』에서도 잘 나타난다. 게다가 대학 시절 그의 철학적·문학적 탐색에 큰 영향을 끼친 철학자이자 작가 장 그르니에(Jean Grenier, 1898~1971)는 학문의 스승이자 친구로서 그와 평생 교류를 이어 갔다.

사실 가난이 카뮈의 삶에 큰 주제였다는 사실은 역설적이게도 그를 현대 프랑스 교육 제도의 가장 큰 성공 사례로 공인하게 만들었다. 앞서 1차 대전에 참전해 생을 마감한 애국주의 시인 샤를 페기(Charles Péguy, 1873~1914)와 함께 카뮈는 1870년 이후 프랑스 제3공화국에서 시행된 무상 보통 교육의 성공 사례였다. 그는 프랑스 본토가 아니라 식민지인 알제리에서 연극 활동, 기자 활동 등을 하면서 철저히 변방에서 문학적 글쓰기를 준비했다. 그럼에도 그의 실질적인 첫 작품인『이방인』이 몇몇 작가로부터 평가를 받은 후 독일 치하의 파리에 위치한 문학 출판사 갈리마르에서 출간 허가를 받은 과정도 프랑스 지성계의 문화적 개방성을 잘 보여 주는 사례다. 게다가『이방인』에 이어『시시포스 신화』가 나왔을 때, 당대 지성계의 주목을 받던 장폴 사르트르가 정교하면서도 통찰력 있는 해설을 내놓는다. 그렇게 파리의 지성계가 카뮈를 실존주의 문학의 또 하나의 주목할 작가로 지명함으로써, 카뮈는 전시의 문화적 곤경 속에 떠오른 프랑스 문학의 샛별이 된다.

그러나 프랑스 본토가 아니라 불어권 식민지에서 태어나고 1차 대전 때에 부친을 잃었다는 점, 그리고 편모슬하에서 가난한 유년기를 겪었다는 점은 카뮈만의 고난이 아니라 그 세대의 여러 작가가 공유했던 경험이다. 러시아 제국령 리투아니아에서 미혼모의 아들로 성장하고 프랑스로 이주해 작가가 된 로맹 가리(Romain Gary, 1914~1980)는『새벽의 약속(*La Promesse de l'aube*)』의 한 대목을 통해 갈리마르 사무실에서 카뮈를 스치듯 조우한 적이 있다고 썼다. 2차 대전 이후의 프랑스 비평계에서 가장 중요한 흐름을 이끈 비평가 롤랑 바르트(Roland Barthes, 1915~1980) 역시 어린 시절에 부친을 잃고 어머니와 힘든 시절을 보냈을 뿐 아니라 결핵 때문에 학업에 차질을 빚으며 문학계에 간신히 들어섰다. 그리고 이 혜안의 젊은 비평가는 첫 비평서인『글쓰기의 영도(*Le Degré zéro de l'écriture*)』에서『이방인』의 새로운 스타일을 눈여겨봤다. 마찬가지로 철학자인 폴 리쾨르(Paul Ricœur, 1913~2005)도 카뮈와 같은 해인 1913년에 태어났고, 그의 부친이 1차 대전 중인 1915년에 카뮈의 아버지처럼 마른 전투에서 사망함에 따라 힘든 어린 시절을 보냈다. 특히 그는 2차 대전에 참전했다가 포로가 되어 종전이 이루어진 1945년까지 폴란드의 한 수용소에 갇혀 있었다. 이처럼 카뮈의 가난과 고난은 한 세대의 공통된 것이었다.

또 하나, 프랑스에서 1870년에 제3공화국이 시작되고 1871년에 보불전쟁이 끝난 뒤부터 1차 대전이 발발한 1914년까지의 시기는, 사회가 안정되고 근대 문화가 꽃피운 이른바 '벨에포크(belle époque)'라는 호시절이었다. 이 시대에 태어나 20세기 전반기 프랑스 문학을 수놓은 작가들이 바로 앙드레 지드(André Gide), 폴 발레리(Paul Valéry), 마르셀 프루스트(Marcel Proust), 폴 클로델(Paul Claudel) 같은 문호들이었다. 그다음 세대는 이런 호시절에 태어났으나 1차 대전을 청소년기에 겪은 세대들로, 세계에 대한 불안한 의식을 실험적인 시로 그리고자 했다. 이들이 바로 초현실주의 세대다. 이어서 20세기가 시작되면서 태어난 작가들은 유년기에 1차 대전을 겪으면서 인간 실존에 대한 불안한 의식을 탐구했지만, 그 접근 방법은 다양하게 나뉘어 실존주의, 정신 분석, 구조주의라는 새로운 학문의 조류를 이끌었다. 그런데 1910년대에 태어난 '알베르 카뮈 세대'는 1차 대전 중에 아버지를 전쟁에 바친 상처 받은 세대다. 더욱이 그들 중 일부가 프랑스의 제도 교육 틀에서 벗어난 이방인으로서 프랑스 문학에 새로운 활력을 불어넣었음을 주목해야 한다. 카뮈는 알제리 출신으로, 로맹 가리는 러시아 출신으로, 마르그리트 뒤라스(Marguerite Duras, 1914~1996)는 인도차이나 출신으로 프랑스 문학에 새로운 자양을 주었으니, 이들의 문학은 문화적으로나 언어적으로 새로울 수밖에 없었다. 그것은 2차 대전 이후 문학 활동을 전개한 누보로망 작가들이 다시 인생에 대한 탐구가 아닌 형식에 대한 탐구에 몰두한 것과 대비된다.

카뮈 세대의 작가들은 인생의 의미를 탐구했다. 특히 카뮈는 『이방인』과 짝을 이루는 에세이집 『시시포스 신화』의 서두를 삶의 의미를 탐구하는 것으로 시작한다. 여기서 카뮈는 "진정으로 엄중한 철학적 문제는 오직 하나다. 그것은 바로 자살이다. 인생이 살 만한 가치가 있느냐 없느냐를 판단하는 것이야말로 철학의 근본 문제에 대답하는 것이다"라고 썼다. 카뮈에게 인생의 의미 탐구는 철학의 목표이자 문학의 목표였다. 『이방인』에서 말하고자 하는 것도 인생의 의미 탐구다. 주인공 뫼르소는 삶의 무의미에 빠져 있고, 심지어 "인생은 애써 살 만한 가치가 없다"고 말하는 허무주의적인 태도를 드러낸다. 하지만 그는 엄마의 죽음을 겪고 나서 저지른 우연한 살인에 대해 사형을 선고받음으로써 역설적으로 삶의 의미에 대한 문제에 직면한다.

이 소설은 알제에 사는 젊은 프랑스인이 다른 프랑스인들과 평범하게 어울려 지내다가 어느 날 뜻하지 않게 아랍인을 살해해 재판에 넘겨지는 내용이 전반부를 이루고, 후반부는 그것에 대한 재판으로 이루어진다. 그런데 재판 중 아랍인 살해의 동기를 추궁하는 과정에서 법리보다 더 높은 비중으로 문제가 되는 것은 주인공의 인격에 대한 도덕적·종교적 판단이다. 일견 단순해 보이는 이 사건에 대한 내용이 매우 복잡하고 모호하고 불투명해지는 까닭은, 주인공 뫼르소가 재판 과정에서 자신에게 주어지는 판단들에 거의 동의하지 않고 자신만의 독특한 이유를 내세우기 때문이다. 즉, 이 살인 사건에 대한 사회적 관심은 뫼르소가 아랍인을 살해한 동기가 무엇인가, 그는 평소에 도덕적으로 건전한 사람인가, 전통과 관례를 존중하는가 등의 문제다. 그런데 뫼르소는 이런 문제들에는 별 관심이 없고 그런 평가들의 근거는 무엇인지, 그것은 정당한지를 물을 뿐 아니라 더 근본적으로 세상에서 갖가지 개념으로 이루어지는 가치들이 어떤 의미를 갖는지 묻는다.

카뮈는 젊은 시절에 철학 연구와 문학 공부를 병행했다. 사르트르처럼 그도 철학과 소설을 밀접한 관계로 봤다. 『반항하는 인간(*L'Homme révolté*)』에서 그는 진정한 소설가는 철학자여야 한다고 썼다. 물론 『이방인』은 문학적으로 형상화된 작품이고, 여기서 뫼르소는 철학적 사변이라고 할 만한 것을 길게 논하지 않는다. 이전 시대에 프루스트의 『잃어버린 시간을 찾아서(*À la recherche du temps perdu*)』나 사르트르의 『구토(*La Nausée*)』에서 추상적 사변과 지식이 잔뜩 나오는 것과 비교하면, 『이방인』은 철학적 사변을 거의 투명하게 비워 내고 있다. 무엇보다 주인공인 뫼르소는 언어와 지식을 불신하고 자연과 감각에서 행복을 느끼는 인간이다. 그러나 과묵한 그가 문뜩문뜩 보이는 생각과 태도를 통해 암시되는 것으로부터 삶에 대한 철학이 드러난다. 그것이 언제나 암시적이기 때문에 주의 깊은 공감과 해석이 필요하다. 이 소설의 의미를 『시시포스 신화』에 비추어 이해하는 것은 성급하고 단순한 해석이 되기 쉽다.

카뮈가 애써 구성한 부조리와 반항의 철학은 그의 철학적 시론을 통해 풍부하게 전개된다. 그런데 그의 철학은 삶의 의미를 탐구하는 인생철학이지, 엄밀한 존재론적 분석이나 견고한 형이상학적 구성을 추구하는 인식의 철학이 아니다. 그리고 그의 소설이나 희곡이 그의 철학을 형상화하고는 있지만 담론이 아닌 행동을 통한 형상화이기 때문에, 독자는 문학적 형식과 문체의 기술을 통해 암시된 상징을 해석해야 한다. 이때 독자는 추상적 개념보다 삶의 회의를 극복하는 열정과 사랑을 보게 된다. 카뮈는 언제나 철학을 우회하여 삶으로 돌아갔다.

1942년에 『이방인』이 간행되고 곧이어 『시시포스 신화』가 나온 이후, 이 두 가지 에피소드는 20세기 중엽 이후 현대인의 삶에 대한 상징적 표상이 되어 전 세계 독자들 사이에 열풍을 몰고 왔다. 삶의 시련으로 닥친 우연한 살인 앞에서 햇빛 때문에 총을 쏘았다는 궁색한 변명밖에 내놓을 수 없는 뫼르소의 처지는, 현대의 개인이 합리성을 가장한 억압적인 문명 앞에서 힘겹게 운명에 대응하는 모습으로 공감을 일으켰다. 하루하루의 반복적인 노동 일과에서 벗어날 수 없는 현대 자본주의 사회에서 개인의 삶이란 끝없이 굴러 떨어지는 돌덩이를 언덕 위로 굴러 올려야만 하는 숙명을 짊어진 시시포스의 운명이 아니고 무엇인가? 그리고 『페스트(La Peste)』는 그 제목만으로 전율을 불러일으키며 페스트라는 공포가 하나의 질병을 넘어 이념의 질병일 수도 있음을, 그리고 그 공포에 맞서 인간적 품격을 지켜 나가기 어려움을 생생히 보여 준다. 여기에는 오로지 집단의 이념에 순응하지 않고 저항하는 『반항하는 인간』의 메시지가 녹아 있다. 하지만 이런 모든 철학적·문학적 탐구의 근원에는 알제리 빈민가 출신의 한 소년이 개인적으로 짊어지고 개척해 나가야 했던 삶의 수수께끼들이 있다.

한 개인이 사회 속에서 겪게 되는 고난의 숙명은 종교와 이념을 초월한다. 카뮈가 살았던 시대는 자본주의와 공산주의의 대립이 첨예했던 혼돈의 시대였다. 당대의 많은 문인이 한때는 공산주의에 가담하기도 했다. 20세기 전반기에 최고의 명성을 누린 앙드레 지드와 그다음 세대에 실존주의 열풍을 일으킨 사르트르 모두 공산주의에 가담했다. 카뮈도 젊은 시절 한때는 그의 스승 장 그르니에와 마찬가지로 공산주의에 투신했다. 하지만 그는 집단이나 이념보다는 개개인의 삶의 진실에 더 큰 가치를 둔다. 작가가 된 이후에도 그의 가장 큰 어려움은 공산주의나 사회주의 편에 선 작가들과 이념 논쟁을 이끌어 가는 것이었다. 그것은 알제리 전쟁을 둘러싼 논쟁으로 이어졌다. 이런 모든 논쟁에서 카뮈가 견지한 것은 이념에 앞선 개인의 자유였다.

카뮈는 삶의 결말을 말하는 것이 아니라 삶의 시작을 말한다. 모든 삶의 결말은 죽음이다. 그것은 바꿀 수 없다. 따라서 삶의 문제는 그 최초의 질문, 삶이란 무엇이며 어떻게 살 것인가 하는 데에 있다. 카뮈는 특히 부조리 개념으로 삶의 다양한 양상을 조명한다. 그런데 부조리는 철학의 어떤 결말이 아니라 전제다. 인간에게 주어진 조건이 부조리다. 결국 부조리한 삶을 어떻게 살아 나갈 것인가 하는 것이 문제인데, 이에 대한 그의 대답이 반항이다. 기존의 불합리한 체제에 대한 집단적 저항은 혁명의 형태로 나타난다. 1789년 대혁명 이후 근대의 프랑스는 끝없이 이어지는 혁명과 반동을 경험했다. 카뮈가 묻는 것은 혁명은 어째서 성공하지 못하는가 하는 것이다. 그것은 개개인의 지속적인 반항, 의식적인 저항 없이 집단의 이념에 매몰되기 때문이다. 카뮈의 반항이란 개개인이 끊임없이 자신의 한계를 넘어서려는 성찰의 운동을 뜻한다. 그러나 엄밀히 말해『시시포스 신화』나『반항하는 인간』에서 나타난 그의 철학적 사상이란 철학적 엄밀성보다는 개인적 성찰에 기인한 주장에 가깝다. 즉, 거기서 개진되는 사상은 보편적 사유라기보다는 카뮈라는 휴머니스트의 열정과 사색이다. 그가『시시포스 신화』에서 말하는 삶의 철학이나『반항하는 인간』에서 말하는 역사 철학을 사르트르가 크게 평가하지 않는 이유다. 그의 철학적 시론에서 드러나는 사상에는 생각하는 갈대와 같은 파스칼적 인간, 그리고 삶의 부조리와 불안을 열정과 반항으로 극복해 나가는 니체의 초상이 어른거린다. 카뮈의 모든 글에는 그의 육성이 뜨겁게 배어 있다. 그것이 그의 매력이다.

카뮈의 문학적 생애는 채 20년에 미치지 못했다. 그는 이미 마흔 다섯의 나이에 노벨 문학상을 받았지만 새로운 작업을 불안해했다. 그에게는 언제나 유년기 문제들이 남아 있었다. 그것은 아버지의 부재와 엄마의 침묵, 가난과 사랑, 고독과 연대라는 모순적인 요소들로 이루어진 자신의 삶을 이해하는 것이었다. 그 모든 것의 바탕에 인간의 운명과 자연의 축복이라는 지중해적 사상이 있었다. 카뮈는 『안과 겉』에서 시도했던 개인적 삶에 대한 사색부터 다시 시작해 ― 마치 『이방인』의 말미에서 뫼르소가 "이 인생을 내가 회상할 수 있는 인생"을 살고 싶다고 한 것처럼 ― 자신의 일생을 재구성하는 자전적인 작업을 구상했다. 그것이 미완성의 원고로 남은 『최초의 인간』이다. 작가가 죽은 지 한참이 지난 1994년에야 세상에 나온 이 원고는 여러 문학 작품과 회고의 글에 산재해 있던 유년기 삶의 모습들을 다시 모아 보여 준다. 여기에 나오는 회상에는 개인의 숨결이 느껴진다. 따라서 이 원고는 그의 여러 작품에 나오는 이미지들을 만든 원체험의 공간을 보여 주는 비밀 창고와 같다.

그러나 이것은 어디까지나 작품이 아니라 초고다. 이 자서전적 글쓰기가 결국 하나의 작품으로 어떤 모습을 띠게 되었을지는 아무도 알 수 없다. 섣부른 독자나 연구자에게 이것은 카뮈의 개인적 경험의 흔적을 찾아볼 수 있는 원재료다. 하지만 『이방인』에 앞선 습작 『행복한 죽음(La Mort heureuse)』이 『이방인』과 몇 가지 공통점을 띠고 있음에도 이야기의 구성에서나 완성도에서 현격한 차이가 있는 것처럼, 『최초의 인간』이 하나의 작품이 되었을 때에는 분명 다른 모습이었을 것이다. 그럼에도 끝끝내 남아 있는 진실은 바로 카뮈가 『최초의 인간』을 쓰면서 무엇을 모색하고 있었는가 하는 것이다. 다른 제목으로 바뀔 수도 있었을 이 작품은 인간적 근원을 탐구하는 작업이다. 가장 명시적으로 그것은 아버지를 찾아 가는 작업이고, 자기의 과거로 잃어버린 시간을 찾아 가는 작업이며, 영원히 변치 않는 침묵하는 어머니의 사랑을 찾아 가는 작업이지만, 결국 모든 인간에게 주어진 1차적인 삶이 오로지 회상과 글쓰기를 통해 형식화될 때에만 의미를 갖게 됨을 확인하려는 문학적 작업으로 보인다. 최초의 인간이란 태초의 인간이자 부재와 죽음에서 태어난 존재로, 다시 그 부재와 죽음을 의식하며 자연 속에 주어진 존재의 의미를 그려 나가는 인간이다. 카뮈는 『시시포스 신화』의 마지막 문장에서 "행복한 시시포스를 상상해야 한다"는 정언을 제시한다. 『이방인』의 마지막에서 뫼르소는 세계의 다정한 무관심에 마음을 열 때 삶의 행복을 발견할 수 있다고 이야기한다.

카뮈는 문학과 삶에 뜨거운 열정을 갖고 자기 고백적인 글을 썼지만, 결국 예술가로서의 작가다. 아무리 삶에 대한 철학의 중요성을 외치고 탐구했다고 해도 예술은 오로지 형식에서 완성됨을 잊지 않았다. 그래서 그의 글에서는 문체이자 양식으로서의 스타일이 중요했다. 사실 『이방인』의 성공은 그 스타일에 있다고 해도 과언이 아니다. 그가 『이방인』을 쓸 때 미국 소설의 하드보일드 문체를 차용했다는 점은 매우 중요하다. 장식적 묘사와 감정 표현을 배제한 뫼르소의 투박하고 덤덤한 문체는 매우 의식적인 선택의 결과다. 하지만 여기서 문체는 단지 1인칭 시점이나 자유 간접 화법의 서술만을 의미하지 않는다. 문체는 내용과 주제를 담는 것이 아니라 역으로 형식을 통해 내용과 주제를 예시한다. 그는 『타락(*La Chute*)』(예전의 번역은 '전락')에서는 매우 현란한 수사와 요설을 선택하고, 『페스트』에서는 또 다른 형식을 쓴다. 또한 그는 소설과 철학 에세이를 쓰는 동시에 희곡을 쓰고 연출하며 거기에 출연한다. 이처럼 그는 상이한 장르의 문학 형식에 맞는 스타일을 선택하고 그에 따른 효과를 항상 염두에 두었다. 그가 『최초의 인간』에서 택한 자전적 글쓰기가 결국 어떤 방식으로 완성되었을지 궁금해지는 이유가 여기에 있다. 그의 파리 문단 데뷔작인 『이방인』이 불후의 명작으로 인정받는 이유도 바로 형식적 매력에 있다. 『이방인』에서 명시적으로 이야기된 것은 얼마 되지 않는다. 그러나 뫼르소가 넌지시 암시하는 인생에 대한 태도와 그가 자연과 나눈 행복한 교감을 카뮈가 서정적 필치로 묘사할 때, 거기서 드러나는 풍부한 은유에서 그의 사상이 갖는 방향이 나타난다. 그것을 해석해 나가는 것은 독자의 몫이다.

2. 철학적 탐구와 문학적 형상화

『이방인』은 갈리마르 출판사의 폴리오판 단행본으로 채 2백 페이지가 안 된다. 그만큼 분량이 적지만 1·2부로 나뉘어 있고 각각 6장과 5장으로 구성되어 연극처럼 상이한 장면으로 이어지는 장편소설이다. 주인공 뫼르소의 활동 영역을 중심으로 사건과 장면이 전개되는 1부, 그리고 감옥과 재판정이라는 폐쇄된 공간에서 서사가 전개되는 2부는 완벽에 가까운 대칭 구조를 이룬다. 각 부의 지면 수는 폴리오 판으로 각각 85·87쪽으로 거의 정확히 양분되어 있다. 게다가 1부에서 묘사된 장면들과 유사한 구조를 이루는 인물 관계나 감정, 표현 들이 2부에서 자주 반복되어 나온다. 결국 반복과 대칭은 『이방인』의 소설적 구조를 결정하는 셈이다.

더 나아가 이야기가 전개되는 시공간의 폭은 꽤나 넓다. 시간상으로는 어느 여름에 일어난 어머니의 죽음과 장례식, 이후 며칠 동안의 일상, 그리고 애인, 친구들과 갔던 해변에서 일어난 아랍인 살해가 1부를 이루고, 체포되어 구금된 상태로 예비 조사를 받고 독방에 투옥되었다가 재판을 받는 과정이 2부를 이루는데, 본격적인 심리가 이루어지는 재판은 1년 뒤 여름에 열린다. 공간의 경우 어머니의 장례식이 진행되는 요양원, 주인공이 애인이 된 마리와 몇 번에 걸쳐 해수욕을 즐긴 바닷가, 그가 일상을 보내는 자기 방과 부둣가에 위치한 선박 화물 회사, 그리고 레몽과 살라마노 노인과 함께 사는 건물 등 여러 장소가 1부를 채운다. 그리고 체포 이후의 사건들이 전개되는 2부에서는 예심 판사의 취조실, 면회실, 여러 상념이 펼쳐지는 독방, 3·4장에 걸쳐 이어지는 재판정 등이 나타난다. 특히 2부는 재판 과정에서의 증인 신문과 변호사·검사의 심리, 사형을 선고받은 후 삶의 가능한 양상과 태도에 대한 주인공의 성찰과 부속 사제와 벌인 언쟁, 그리고 상대적인 세상의 가치관을 거부하고 등가성의 삶을 긍정하며 세상을 향해 자신을 개방하는 마지막 고백으로 이어지는 긴 과정을 보여 준다.

그러나 외부 자연으로 개방된 1부의 생활 세계와 감옥·재판정에 갇힌 2부의 대조는 단순한 대립이 아니다. 2부는 1부에서 전개된 삶에 대한 전면적인 검증과 심판으로 이루어진다. 우연히 벌어진 아랍인 살해에 대한 재판은 단지 그 사건의 우발성에 대한 재판이 아니라 뫼르소의 종교관, 친교 관계, 어머니에 대한 애정과 의무 등 그의 가치관과 도덕 전체에 대한 심판으로 변질된다. 더욱이 뫼르소는 그 우발적인 살인의 이유에 대해 법과 도덕의 명분으로 합리적인 이유를 제시하지 못함에 따라 악인이라는 평가를 받는다. 그러나 뫼르소가 보기에 인간의 삶에는 이성으로 설명할 수 없는 일들과 불명확한 감정, 예기치 못한 감각들이 언제든 끼어들 수 있다. 이성이 삶을 설명할 수 있는 수단이기는 하지만, 그렇다고 이성만으로 삶을 다 설명할 수는 없다. 삶은 부조리하기 때문이다.

사실 뫼르소의 편에 선 친구들은 뫼르소의 생각을 다 이해하지는 못하지만 그래도 크게 문제 삼지는 않는다. 일상의 삶과 자연 속에 주어진 삶은 모든 게 합리적으로 설명되거나 언어로 표현되지 않더라도 침묵의 공유를 통해 무리 없이 이어지기 때문이다. 그러나 문명의 이름으로 주어진 이성의 질서는 법과 기독교 신앙과 결합해 모든 것에 대해 합리적 언어로 정당화될 것을 요구한다. 뫼르소는 시간상 단속적이고 공간상 단절된 순간으로서의 현재에 실존하는 것으로 삶을 실감하지만, 사회적 관점에서 한 개인의 삶은 가족, 친구, 직장 생활, 그리고 결혼과 장례와 같은 의례에서 갖는 태도·가치관에 따라 평가받는다. 그래서 뫼르소가 왜 아랍인에게 총격을 가했는가 하는 물음 못지않게 어째서 어머니의 장례식에서 눈물을 흘리지 않았는가, 어째서 상중에 여자를 만났는가, 왜 도덕적 평판이 나쁜 이웃에게 도움을 주었는가 하는 부수적인 물음들이 재판의 쟁점에서 더 본질적인 것으로 대두되는 것이다. 심리가 진행될수록 재판은 뫼르소의 살인 동기나 생각을 실질적으로 묻는 것이 아니라 그의 품행에 대한 평가로 대체된다. 이처럼 사회의 질서에서 소외될수록 뫼르소의 개인적 삶의 진실은 소통되지 않는 침묵과 독백 속에 갇혀 버린다.

『이방인』은 젊은 시절의 알베르 카뮈가 '인생은 살 만한 가치가 있는가?'를 탐구한 소설이다. 뫼르소는 소설 속에서 "인생은 애써 살 만한 가치가 없다"고 말한다. 서두부터 어머니의 죽음에 대해 심드렁한 태도를 보이는 주인공 뫼르소가 "햇빛 때문에" 총을 쏘았다는 변명은 독자에게도 석연치 않다. 그러나 햇빛에 대한 강렬한 묘사 장면에 심정적 공감이 가지 않는 것은 아니다. 아랍인을 살해하는 범죄를 저지르고 난 이후의 재판을 다루는 2부의 줄거리는 액면 그대로 취조, 심리, 증언이 잇따르는 소란스런 논쟁으로 이루어진다. 그런데 정작 뫼르소는 이런 이야기 전개에 별 관심이 없다. 어차피 그런 담론들이 자신과 무관하게 흘러가고 있어서, 자신이 마치 관찰자나 구경꾼의 처지에 놓이기 때문이다. 뫼르소의 관심은 다른 곳에 있다. 뫼르소는 도대체 이 땅 위에서 산다는 것이 무슨 의미가 있는지에 대해 심각한 회의와 허무에 빠져 있다.

그런데 뫼르소는 지적인 태도로 인생의 문제들을 진지하게 탐구하지는 않는다. 일상을 순간순간 살아가면서 가끔씩 내뱉는 투박한 말을 통해, 혹은 자신만의 독백을 통해 생각의 일말을 드러낼 뿐이다. 그리고 그는 "과묵하고 폐쇄적"이며 감정에 무딘 것 같지만, 사실은 직접적인 표현을 잘 하지 않을 뿐 육체적 욕구에는 빠르게 반응하고 자연 감각에 예민하며 인간관계에서는 상대를 배려할 줄 안다. 그의 삶과 사상의 많은 면은 오해 속에 묻혀 있다. 그렇다고 그가 자기 자신을 잘 아는 것은 아니다. 결정적으로 그는 왜 아랍인에게 권총으로 첫 발을 쏘고 나서 잠시 뒤에 네 발을 더 쏘았는지에 대해서는 끝까지 함구한다. 그리고 자기 내면의 성찰로도 그 고민을 드러내지 않는다. 그 점은 본인도 해명할 수 없는 지점이다. 다만 그는 그런 범행을 저지른 점에 대해서는 벌을 달게 받을 것을 받아들인다. 사람은 살다 보면 과오를 저지를 수도 있기 때문이다. 그러니까 정작 그의 관심은 다른 데 있다. 그는 자신의 범죄가 아니라 필멸의 존재로서의 인간의 삶은 애써 살 만한 가치가 있는가 하는 근본적인 물음에 관심이 있다. 바보를 가장한 현자처럼, 그는 살인의 죄를 지은 철학자다.

『이방인』에서는 세 가지 죽음이 문제가 된다. 어머니의 죽음, 아랍인 살해, 그리고 뫼르소의 사형 선고가 그것이다. 먼저 1부 1장에서 전개된 양로원에서의 어머니 장례에 대한 서술은 하나의 완결된 이야기를 이룬다. 그런데 이 사건이 완결되어 일상으로 돌아오고 다시 시작된 삶의 끝에서 아랍인 살해가 벌어진다. 이어지는 2부에서는 살인을 저지른 뫼르소의 삶 전체에 대한 도덕적 평가를 통해 사형 선고가 내려진다. 이 소설에서 죽음을 결말로 하는 서사는 서두의 1장이 완결된 다음 1부 전체로 확장되고, 더 나아가 2부의 사형 선고에 이르러 소설 전체로 확장된다. 하지만 죽음의 주제는 여기에만 있는 게 아니다. 어머니의 죽음 전에 아버지가 부재했고, 살라마노 노인은 아내와 사별한 뒤로 함께 지내던 개를 잃어버린다. 2부에서는 오해에서 기인한 가족 살해 사건에 대한 잡보 기사가 하나의 일화로 언급되며, 또 뫼르소 건을 다루는 중죄 재판에 앞서 다뤄지는 것은 친부 살해 건이다. 결국 이 소설에서는 노쇠에 따른 사망, 우연한 살인, 오해에 따른 살인, 친부 살인 등 여러 가지 죽음이 언급되고 있다.

그런데 이야기의 배경에 이처럼 여러 죽음이 자리하지만, 뫼르소는 죽음이 아닌 현재의 삶 자체에 집중한다. 문제는 그가 현재 살고 있는 삶에 그다지 큰 가치를 부여하지 않는다는 것, 그리고 세상 사람들이 중요한 가치로 여기는 출세나 사랑, 결혼에서 어떤 의미나 중요성을 찾지 못한다는 것이다. 한 시민이 갖추고 있어야 할 것으로 기대되는 사회의 도덕적 가치와 종교에도 의미를 부여하지 않음으로써, 그는 반사회적이고 반도덕적 인간으로 규정된다. 하지만 카뮈가 말하고자 하는 점은 영어판 서문에서 밝힌 바와 같이 사회적 관례를 추종하면서 사는 삶이 아니라 한 개인으로서 인생의 참된 가치를 추구하며 자신의 생각을 정직하게 말하는 것이다. 결국 뫼르소는 사회적으로는 비도덕적 인간으로 단죄를 받지만, 정작 자신은 내면의 진실을 정직하게 말하는 순교자가 되는 셈이다.

그렇다고 이 소설이 가진 애매성이 해소되는 것은 아니다. 뫼르소가 말하고자 하는 진실이 소설 속에서 그 누구에게도 전달되지 않기 때문이다. 그의 진실은 오로지 그 혼자만의 외침과 내면의 고백으로 그친다. 그는 세상 사람들이 외치는 증오의 함성을 들으며 쓸쓸하게 죽어 갈 것이다. 이 불통의 진실을 고독하게 안고 죽어 갈 운명을 수긍하면서도 "세상의 다정한 무관심"에 마음을 여는 뫼르소의 태도에는 처절한 운명애가 자리한다. 그는 죽음 앞에서 삶을 향해 서 있고, 이제 처음으로 돌아가서 이 삶을 가치 있게 살고자 마음먹는다. 이때 그는 엄마가 죽음 앞에서 취한 태도도 비로소 이해하게 된다. 결국 이 땅의 삶을 죽을 때까지 사랑하며 사는 것, 비록 타인들에게 이해받지 못하더라도 세상의 침묵과 무관심을 받아들이는 것, 그것이 카뮈가 말하고자 하는 부조리의 철학이다.

부조리의 철학은 부조리한 인생에서 출발하는 운명에 대한 사랑을 말한다. 카뮈는 집단과 개인, 자연과 문명, 역사와 실존, 사유와 체험 사이의 단절과 모순을 수긍한다. 세상의 삶을 모두 합리적으로 이해할 수 없음을 인정한다. 그래도 살아야 하고 그렇기 때문에 더 살아야 한다. 그의 운명에 대한 사랑은 논리를 뛰어넘는다. 사실 부조리는 근본적으로 애매한 것이다. 문제는 부조리라는 결론이 아니라, 모순으로 가득한 부조리에서 출발해 인생에 대한 사랑이라는 결론에 다가서는 것이다.

뫼르소는 사형에 직면한 상황을 통해 근원적으로 삶이란 죽음을 의식하고 살아가는 것이라는 깨달음을 얻는다. 하지만 살인에 대한 사회적 단죄와 죽음에 대한 존재론적 성찰이 병치된 이 소설에서 사회적 단죄는 야유의 대상이 된 채 새로운 전망을 보여 주지 않는다. 그래서 뫼르소의 목소리와 시선만을 따라가며 이야기를 읽어야 하는 독자는 자칫 그의 '공모자'가 되어 모든 재판이 불합리하고 심지어 뫼르소의 사형이 지나친 판단이라는 생각으로 오도될 수 있다. 이런 오해나 불투명함이 해소되지 않는 이유는 소설에서 주인공이 겪어 나가는 모험에 인간관계의 갈등이 부재하기 때문이다. 뫼르소는 사회적 가치나 도덕관념에서 소통 불가의 단절감을 느낄 뿐 상대에 대한 이해나 자기 변화에 적극적이지 않다. 그의 모든 관계는 일시적이고 파편적이다. 그는 주어진 삶을 홀로 성찰하고 관찰할 뿐이다. 그래서 막판에 부속 신부와 기독교를 둘러싸고 짧은 언쟁을 하다가 격분하여 자신의 삶에 대한 생각을 쏟아 낼 때에도 그는 낭만주의 시인처럼 자신만의 시적인 이미지를 동원한다. 그리고 내세에 대한 기대 없이 현재의 삶 속에서 죽음에 직면하여 살아가는 것을 옹호한다. 이러한 각성의 순간은 그가 자연적 세계를 공감하고 이를 통해 엄마의 죽음을 이해하면서 비로소 확인된다. 이는 소설적 발견이라기보다는 철학적 각성이다. 독자가 여기서 감동을 받는다면, 그것은 신 없이 고독하게 현세의 삶을 살아가야 하는 현대인으로서의 공감이다. 이 고독하고 열정적이며 어느 정도 독단적인 뫼르소의 모습이란 이 소설을 쓰던 20대 중반의 카뮈의 모습이기도 할 것이다.

이 짧은 소설은 카뮈의 부조리 철학, 개성 있는 인물, 독특한 형식과 문체 등을 통해 당대의 손꼽히는 문제작이자 현대의 고전이 되었다. 그동안 이 작품을 둘러싸고 사르트르의 『이방인』 해설(Explication de L'Étranger)」을 비롯한 다양한 분석과 연구가 이루어졌다. 카뮈 사후 10년 동안만 해도 훌륭한 연구가 많이 진행되어 새로운 접근이 무색할 정도였다. 현대 문학에 대한 각종 비평 방법이 발흥한 1960년대를 거쳐 1970년까지 이루어진 다양한 연구를 정리한 브라이언 피치(Brian T. Fitch)는 『알베르 카뮈의 『이방인』(L'Étranger d'Albert Camus)』이라는 개괄서를 통해 그것을 전기적, 정치적, 사회학적, 형이상학적, 실존주의적, 존재론적, 정신분석학적 등 다양한 독서로 정리했다. 또한 브라이언 피치 자신은 『이방인』의 서술 기법 분야에서 굉장한 작업들을 제시하고 있다. 하지만 일반 독자에게 『이방인』은 작가의 삶이나 부조리 사상, 혹은 지중해 태양의 이미지를 따라 정오의 사상에 공감하는 읽기에 편향되어 왔다고 볼 수 있다. 한마디로 텍스트를 자세히 읽기보다는 사상을 해석하는 데 큰 의미를 두어 왔다.

『이방인』은 무뚝뚝한 주인공의 독백이나 일기 같은 형식으로 전개된다. 문장들은 대체로 단문체고 긴 문장도 대개 단문 두 개를 이은 형태에 지나지 않는다. 그리고 어휘는 매우 제한되어 있다. 게다가 주인공 뫼르소는 무심한 관찰자처럼 시각적으로 세계의 모습을 묘사할 뿐 자신의 감정을 거의 드러내지 않으며 타인의 감정에도 무관심하다. 물론 그가 타인의 감정을 아주 읽을 줄 모르는 인간은 아니다. 그는 다만 자기 관심의 시야 안에 갇혀 있다. 그리고 과묵하기는 하지만 사람들과의 관계는 무리 없이 이어 나간다. 게다가 그는 육체의 감각이나 자연 풍경에 매우 민감하게 반응한다. 그것은 비단 아랍인 살인 장면에서 그의 신체가 태양 빛에 민감하게 반응하는 모습에 국한된 것이 아니다. 그는 어머니 장례식을 치르러 가는 들판에서, 마리와 보내는 바닷가의 수영에서, 감옥에서 여름 저녁에 접하는 골목길의 소리와 냄새에서 삶의 행복을 느끼는 인간이다. 그래서 뫼르소는 사실 매우 양면성을 가진 인간이라고 할 수 있다. 그는 반사회적 성격의 일면을 보여 주는 한편 자연 앞에서는 서정적 감수성을 보이기도 한다.

이 소설은 사르트르의 『구토』와 더불어 프랑스 실존주의의 대표작으로 알려져 있다. 그러나 두 작품의 주인공들의 성격은 정반대다. 『구토』의 주인공 로캉탱은 공부하는 인간이다. 그의 생활 공간은 도서관과 카페다. 그는 도서관에서 자료를 찾으며 어떤 인물에 대한 자서전을 준비한다. 그리고 거리를 산책한다. 한마디로 그는 지적인 인물이다. 반면에 뫼르소는 학교 공부를 중간에 그만두었고, 알제리의 수도 알제의 변두리에서 그저 그런 인물들과 어울리며 산다. 그는 권태와 무기력, 무관심 속에서 살아간다. 표현이 서툴고, 어휘도 빈곤하다. 그가 자연과의 관계에서 보이는 서정적 감수성은 타인과의 관계에서는 드러나지 않는다. 그러나 그는 바로 그 감춰진 내면의 감각적인 삶에서 진정한 행복감을 느낀다. 그래서 뫼르소의 낭만적 기질은 소설 속의 다른 인물들뿐 아니라 소설의 독자에게도 간과되기 쉽다. 그가 사회적 관계에서 보이는 무심한 태도가 1인칭 화자의 독백으로 전개되는 상황에서, 독자는 그 1인칭 화자의 목소리를 자신의 것인 양 치환해야 독서를 진행할 수 있다.

그런데 소설을 읽을 때 작가의 의도나 주인공의 사상을 이해하기 위한 독서가 항상 바람직한 것은 아니다. 예술 형식에서 요체는 무엇을 말하고 있는가보다 그것을 어떻게 말하고 있는가에 있기 때문이다. 『이방인』을 읽는 독자는 불투명한 매력에 사로잡히게 된다. 뫼르소라는 주인공의 1인칭 독백체로 이루어진 이 소설은 추상적인 사변을 늘어놓지 않고 구체적인 행위와 감각적인 경험만 늘어놓는다. 사건과 경험에 대한 생각은 짧고 단속적이다. 그래서 독자는 그 1인칭의 목소리를 쉽게 따라갈 수 있다. 더욱이 1인칭 소설 읽기란 언제나 독자와의 내면적 일치를 상정하기 때문에 독자는 작품 속 화자와 쉽게 공감하거나 동일시할 수 있다. 그래서 독자가 뫼르소의 생각을 따라가다 보면 저도 모르게 세상의 언어에 대한 불신과 감각적인 삶에 대한 신뢰, 그리고 사회의 전통적 가치의 위력에 상처받는 억울한 자기변호로부터 영향을 받게 된다. 그리고 이런 텍스트의 1차 서술에 사로잡히면 소설에 대한 이해는 요원해진다. 그것은 작가가 주인공의 삶을 위해 연출해 놓은 시공간이기 때문이다.

무엇보다『이방인』번역본에서는 프랑스어 원문을 모르는 독자들이 사전에 감안해야 할 것들이 있다. 먼저『이방인』은 프랑스 현대 문학에서 새로운 시제, 즉 프랑스 소설 고유의 시제인 단순과거의 문체를 버리고 현재 시제를 기준으로 복합과거와 반과거를 사용한 작품 중 가장 선구적이면서 성공적인 작품으로 인정받고 있다. 물론 20세기에 들어와서 마르셀 프루스트의『잃어버린 시간을 찾아서』, 앙드레 지드의『위폐범들(Les Faux-monnayeurs)』등 새로운 소설 형식으로 현대적 주인공의 자아 탐구를 선보인 작품들이 있었다. 지드와 프루스트의 다음 세대로 그들의 영향을 받은 카뮈는 새로운 시대에 맞는 새로운 문체와 형식을 탐구했고, 그의 첫 소설인『이방인』을 통해 가장 세련되고 효과적인 방식으로 이를 보여 주었다. 특히 자유 간접 화법이라는 서법은 프랑스 소설사에서 형식적 완성도를 높인 귀스타브 플로베르(Gustave Flaubert), 자연주의 소설의 대가 에밀 졸라(Émile Zola) 등이 즐겨 구사했는데, 카뮈는『이방인』에서 이 자유 간접 화법을 능란하게 구사해 타자의 목소리가 화자의 육성에 섞이게 만든다. 이런 기법은 소설에서 시점과 목소리라는 초점을 구성하는 것으로, 번역문에서 그대로 포착해 옮기는 데 어려움이 많기 때문에 독자들에게 일일이 지적해 보일 수는 없다.

한편 이 소설에는 주어진 현재를 매순간 살아가는 뫼르소의 시선에 그 인생 전체를 회상하는 뫼르소의 시선이 겹쳐 있다. 그리고 말미에 가면 자신의 삶 전체를 회상하는 시선에 더하여 소설의 서술에서 이탈해 개입하는 작가의 음성까지 겹친다. 소설의 끝부분, 그러니까 뫼르소가 부속 신부의 말에 분개해 자신의 사상을 토로하는 부분에 이르면 어느 순간 작가가 소설의 내용을 언급하며 독자에게 말을 거는 문장들이 나온다. 혹자는 그것을 작가의 착오로 봤지만, 그것이야말로 이 소설의 중요한 기법이라고 볼 수 있다. 여기서 소설의 시점은 과묵한 허무주의자로 설정된 뫼르소의 시선에서 완전히 벗어나 심오한 철학자의 목소리를 추가하며, 더 나아가 뫼르소의 삶이 하나의 소설, 인생에 대한 하나의 우화임을 드러낸다. 여기에 이르면 독자는 1인칭의 뫼르소에 거리를 두게 되고, 다시 소설의 처음으로 돌아가 뫼르소의 삶과 생각을 읽어야 함을 알게 된다. 뫼르소의 삶과 독백은 모두 1인칭 주인공의 연극 같은 삶이다. 독자는 다시 그 자신의 삶이기도 한 1인칭의 삶에서 관객이 된다. 이때 독자는 뫼르소가 인생에 대한 회의를 넘어 죽음을 의식하면서 현재의 삶을 긍정하고 있음을 깨닫는다.

3. 미문의 유혹과 직역의 불가능성

20세기의 가장 문제적인 소설이면서 현대의 고전이 된 『이방인』은 한국어로도 이미 1950년대에 이휘영 선생의 번역으로 소개되어 1980년대까지 널리 읽혔고, 이후에는 김화영 선생의 '알베르 카뮈 전집 번역' 기획을 통해 새롭게 번역되어 꾸준히 읽히고 있다. 작가의 저작권이 소멸된 2010년 이후로는 몇 종의 번역이 추가되어 독자들의 서가를 채워 가고 있다. 그 밖에도 알베르 카뮈와 그의 작품을 사랑하는 강호의 고수들이 저마다 프랑스어를 익히고 영어 번역본도 검토하면서 번역문에 대한 시비와 해석에 대한 논쟁을 제기하기도 한다. 이제 카뮈와 그의 작품은 완연히 우리 문학의 일부라고 해도 과언이 아니다. 그렇기 때문에 훌륭한 『이방인』 번역이 여럿 있는 터에 또 새로운 번역본을 내는 것은 주저되는 일이다. 사실 쉬운 단어와 간단한 문장, 건삽한 문체로 이루어진 『이방인』의 텍스트는 중급 수준의 프랑스어 실력만으로도 원문의 대체적인 의미를 이해하는 데 무리가 없어서 프랑스어 학습자의 단골 교재가 될 정도다. 그래서 저마다의 독해 능력으로 이해하고 기존 번역에 이의를 제기하는 일이 빈번하다. 다만 분명한 것은 이 소설의 텍스트가 단지 단순한 것이 아니라 프랑스 현대 문학에서 매우 문제적인 텍스트라는 사실이다.

『이방인』은 그 내용에서 여러 논란과 문제를 제기할 뿐 아니라 소설의 서술 형식과 언어 사용에서도 매우 복잡한 질문을 던지는 문제작이다. 쉽게 말해 이 작품은 내용과 형식이 매우 절묘하게 결합된 작품이라 할 수 있다. 그래서 이 작품은 여러 모로 역설적이다. 1인칭 주인공의 단일한 시점에서 서술된 것으로 보이는 이 작품은 의외로 '불투명'하다. 내용에 앞서 화자의 시점이 미세하게 변화해 불투명함을 가중하는데, 화자 어법의 불투명성은 프랑스어로 미세하게 드러나는 차이라서 한국어 번역으로 그 효과를 살려 내기란 거의 불가능하다. 결국 이 소설의 묘미는 프랑스어 원문의 문체를 한국어로 살려 내는 데 있다. 그래서 그것은 애초에 번역자의 문체 선택에 따라 저마다 조금씩 차이가 날 수밖에 없다. 한국어 번역으로 『이방인』을 읽는 것은 이 소설에 대한 상이한 해독을 상정하는 것이다. 이러한 독서는 이 소설을 몇 번 읽어 보았는가 하는 질문과 이어지고, 몇 가지 번역본으로 읽어 보았는가 하는 문제와도 이어진다.

번역에 대한 논의는 보통 소위 '직역'과 '의역'이라는 말로 제기된다. 다시 말해 직역 가능성에 대한 견해 차이에 따라 외국 문학 텍스트에 대한 허다한 논의가 가능하다. 특히 외국어 학습을 원문의 직역을 통한 독해로 이해하는 오랜 교육 전통을 가진 한국에서는 직역의 가능성을 극단까지 밀고 나가는 습성이 있다. 반대로 문학 번역의 특수성을 주장하는 쪽에서는 번역자의 유려한 부연(paraphrase) 솜씨를 특장으로 내세우기도 한다. 그래서 번역을 둘러싸고 서양에서도 이미 '번역은 반역'이라거나 '정조 없는 미인'이라는 말이 일찍부터 있었다. 하지만 번역의 문체와 관련된 논의는 근본적으로 시비를 가리기 어려운 주관적 선택이나 평가의 문제다. 그런 선택은 시대에 따라 유행처럼 변한다.

『이방인』 영역본의 경우, 최초 번역자인 스튜어트 길버트(Stuart Gilbert)의 번역은 원문의 무뚝뚝하고 불친절한 단문들을 이해하기 쉽도록 부연하는 문체를 보여 준다. 오랫동안 번역가의 솜씨는 그런 부연의 기술로 인정받아 왔다. 그러나 그것은

'정조 없는 미인'이라는 표현이 적용되는 경우다. 즉 원문이 무미건조한 문체를 갖고 있는데 그 언어를 번역하지 않고 그 말이 뜻하는 의미, 즉 작가의 의도를 고려해 '유려한 언어'로 바꾸어 놓으면 아름답기는 하지만 원문에 대한 충실함을 잃게 된다. 반대로 직역의 가능성을 순수하게 고집하면 언어 구조적 차이나 어휘 혹은 표현의 이질성에 기인하는 '번역 불가능'의 문장들을 만나게 된다. 그래서 직역과 의역의 문제는 이론적으로는 분류가 가능하지만 번역의 실제에서는 문맥 속에서 의존적일 수밖에 없다.

매슈 워드(Matthew Ward)는 스튜어트 길버트의 영어 번역도 영국식 영어에다가 부연이 풍부한 탓에 『이방인』의 원문과는 스타일이 다름을 지적하면서 작가의 의도가 아니라 작품의 언어를 직역하겠다는 원칙을 내세웠다. 그러나 그의 번역에서도 종종 의역이 나타난다. 예를 들어 1부 1장의 영안실 장면에서 뫼르소가 수위를 두고 '내 뒤에 있는 그의 존재가 신경 쓰였다'는 말을 "내 목덜미에 그의 숨결이 느껴져서 나는 짜증이 나기 시작했다"고 과잉 해석을 덧붙인다. 프랑스어 원문에서는 "내 목덜미에 그의 숨결이 느껴졌다"는 식의 언급이 전혀 없다.

그런데 21세기에는 문학 번역에서 직역과 의역에 대한 논쟁이 다른 차원에서 논의될 수 있을 것이다. 먼저 한국 문학의 경우, 한 세기가 넘게 서양의 사유 방식과 표현에 큰 영향을 받다 보니 우리의 말글살이가 서구적 문법과 구조에 매우 가깝게 변했다. 소위 '번역문투'라는 것이 예전이면 쉽게 시빗거리가 될 수 있었지만 이제는 너나없이 사용하는 하나의 문체가 되었다. 그만큼 서구의 문학 작품이나 역사, 철학에 대한 번역도 직역과 의역을 넘나들게 되었다. 특히 영어 문헌에 대한 번역과 이해의 기술은 이제 기계를 통한 자동 번역으로 초역이 가능할 정도가 되었다. 따라서 문학 작품 번역도 언어나 문체 자체에 대한 시비는 상대적인 것으로 봐야 하고, 번역이란 작품의 이해와 해석의 과정을 포함하는 언어적 구성물임을 인정해야 한다. 이런 말을 구태여 덧붙이는 까닭은 이번에 새로 추가하는 『이방인』 번역이 그런 고려의 결과물이기 때문이다.

『이방인』 번역에서 무엇보다 까다로운 것은 미문의 유혹을 이겨 내는 것이다. 사실 카뮈는 프랑스어 글쓰기에서 매우 뛰어난 문체를 구사한 작가다. 그는 소설가이자 희곡 작가이며 그 전에 신문 기자로도 활약했다. 그만큼 각각의 장르나 주제에 따라 다른 문체를 사용했다. 『이방인』의 경우 삶에 대해 특별한 관심이 없는 심드렁한 인간이 투박하게 자신의 삶을 말하는 목소리를 담은 문체가 특징이다. 따라서 『이방인』 번역의 어려움은 원문의 의도적인 투박함을 유지하는 것, 그리고 '정조 없는 미녀'의 유혹, 즉 원문을 배반하고 유려한 문체로 번역을 제시하고픈 유혹을 이겨 내는 것이다. 기존의 여러 『이방인』 번역은 저마다 번역자의 작품에 대한 이해와 해석, 그리고 그것을 표현하는 문체를 보여 준다. 따라서 지엽적으로 단어나 문장, 혹은 표현의 문제를 두고 논쟁하는 것은 큰 의미가 없다. 문체는 각각의 부분에서 언어적으로 선택되지만, 하나의 문체 양식으로서의 스타일은 결국 작품이라는 전체의 구성물로서만 고유한 음성을 드러내기 때문이다.

『이방인』에 대해서는 수없이 많은 해설이 있고, 여러 가지 관점에서 분석한 논문도 많다. 이 작품은 무엇보다 그 정교한 형식과 문체에 특징이 있기 때문에 언어적 특징이나 목소리, 감정의 변화를 차분히 따라가는 느린 독서가 필요하다. 소설의 서술은 사형수가 죽음에 임박하여 자신의 과거의 삶을 회상하는 시점을 따라간다. 그러므로 이 소설을 전체적으로 이해하려면 필연적으로 최소한 두 번, 즉 소설의 끝에서 다시 처음으로 돌아가 읽어야 한다. 소설의 끝을 모르면 이해할 수 없는 내용들이 앞부분에 나타나기 때문이다. 또한 일상에서 무심코 던지듯 보이는 뫼르소의 말들이 사실은 자기만의 속마음을 담은 암시라는 점도 2차 독서를 통해서만 알 수 있다.

텍스트의 정교한 짜임새 속에서 각 부분이나 계기마다 드러나는 단어나 표현의 특징들에 주목하지 않으면, 독자는 하나의 감정이나 줄거리에 휩쓸려 독서를 끝내기 쉽다. 그러나 『이방인』은 형식과 구조가 단순하지 않고 문체는 매우 미세하며 다채롭다. 반복적인 문장 구조, 한정된 단어 사용, 감정 표현의 부재 등이 두드러져 매우 단순해 보인다. 하지만 특징적인 프랑스어 시제의 사용과 전달 화법의 미세한 변화가 시종일관 주인공의 심리를 반영한다. 또한 뫼르소가 자연으로 관심을 돌리는 순간이나 육체의 감각적 쾌감을 묘사할 때에는 감수성에 빛나는 서정적 묘사가 끼어든다. 요컨대 1인칭 화자인 뫼르소의 목소리는 단일하지 않다. 특히 뫼르소의 과묵함은 침묵에 귀를 기울이는 태도에서 연유하기 때문에 순간마다 차이와 변화가 뚜렷하다. 뫼르소의 목소리는 여럿으로 나뉘었다가 다시 하나로 합쳐지곤 한다. 그래서 이 번역에서 주석의 목표는 어디까지나 문학 텍스트 자체에 대한 자세히 읽기에 있다. 이때 자세히 읽기란 텍스트의 언어 형식 자체, 즉 단어, 문장, 비유를 음미하고 사회문화적 맥락을 고찰하는 것이다. 그래서 역자는 포괄적인 해설이 아니라 뫼르소의 음성과 시선을 따라가며 기회마다 작품 이해에 필요한 주석을 붙이는 방식을 택했다.

번역의 독서는 근본적으로 원문으로의 불가능한 회귀를 지향한다. 그 불가능한 회귀는 외국 문학의 신비한 매혹의 원천인 동시에 자의적인 이해나 오독의 원인이다. 하지만 번역을 통해, 혹은 번역문임을 의식함으로써 독서는 모국어의 한계를 의식하고, 그 언어의 근원적 불투명성을 받아들이며, 동시에 고유의 언어 구성을 시도하게 된다. 번역의 독서는 어차피 해석학적 순환에 참여하는 것이다. 다만 번역자가 할 수 있는 것은 텍스트에 대한 주석을 통해 작가의 언어, 그 문체 구사의 의도를 발견하고 조금 더 세부적으로 이해하는 통로를 제시하는 데 있다. 물론 문체에 대한 과도한 집중 역시 작가의 의도나 사상을 간혹 간과하게 만들기 때문에 경계해야 한다. 그리고 문체의 선택은 필연적으로 의도와 결과 사이에 다리를 놓는 과정으로서, 결국 형식과 의미의 분리 불가능성, 그 문체의 필연성을 지각하는 것을 목표로 한다. 그래서 역자는 본고의 주석을 독서가 단문의 속도에 휩쓸리지 않도록 제어하는 문턱처럼 붙이고자 했다.

　『이방인』의 한국어 번역은 이제 3기에 이른 것 같다. 1950년대에 초역된 이휘영 선생의 번역본 『이방인』을 역자가 처음으로 읽은 것은 1980년대 중학생 시절이었다. 이때 우연히 접한 『이방인』은 문예출판사에서 나온 것이었는데, 당시로서는 꽤나 기이하고 이국적인 분위기를 풍긴 데다 세로쓰기 편집본이어서 세상에 냉소적인 태도를 보이는 주인공의 특이한 성격을 제외하고는 특별히 뭔가를 이해하지 못했다. 대학에서 카뮈를 읽게 되었을 때에는 김화영 선생의 카뮈 전집 번역이 이미 시작되어 있었고, 그전에 에세이집 『결혼·여름(*Noces, suivi de L'été*)』이 매력적인 장정으로 나와 있었다. 그러니까 우리 세대의 카뮈에 대한 독서란 사실상 김화영 선생의 영향 아래 전적으로 놓여 있다고 말할 수 있다. 선생의 맑고 경쾌하고, 때로는 열정적이면서 애상적이기도 한 한글 번역은 애당초 카뮈의 목소리가 그랬으리라고 믿게 만드는 마력이 있다. 그러나 이번에 시도하는 역자의 번역은 독서의 속도감이 아니라 카뮈의 건조한 문체로 오롯이 돌아가서 뫼르소의 어눌함에 담긴 의도들을 침묵 속에 되새기며 읽기 위한 번역이다. 역자로서는 독자들이 정확성 시비가 아니라 문체의 선택과 효과를 음미하는 독서를 통해 『이방인』 번역을 즐기길 바랄 뿐이다.

알베르 카뮈의 주요 작품(* 연대순)

L'Envers et l'Endroit, Alger, Charlot, 1937.

L'Étranger, Paris, Gallimard, 1942.

Le Mythe de Sisyphe, Paris, Gallimard, 1943.

Le Malentendu, suivi de *Caligula*, Paris, Gallimard, 1944.

La Peste, Paris, Gallimard, 1947.

L'Homme révolté, Paris, Gallimard, 1951.

Noces, suivi de *L'été*, Paris, Gallimard, 1959.

Théâtres, Récits, Nouvelles, Préface par Jean Grenier, Textes établis et annotés par Roger Quilliot, Paris, Gallimard, Bibliothèque de la Pléiade, 1962.

Essais, Introduction par Roger Quilliot, Texes établies et annotés par R. Quilliot et L. Faucon, Paris, Gallimard, Bibliothèque de la Pléiade, 1965.

La Mort heureuse, Introduction et notes de Jean Sarocchi, in *Cahiers Albert Camus 1*, Paris, Gallimard, 1971.

Le Premier Homme, in *Cahiers Albert Camus 7*, Paris, Gallimard, 1994.

The Stranger, translated from the French by Matthew Ward, New York, Vintage international, 1989.

Œuvres complètes 1-4, sous la direction de Jacqueline Lévi-Valensi et Raymond Gay-Crosier, Paris, Gallimard, Bibliothèque de la Pléiade, 2006.

『알베르 카뮈 전집 1~20』, 김화영 옮김, 책세상. 1989~2009.

『최초의 인간』, 김화영 옮김, 열린책들. 2009.

참고문헌 (* 연대순)

Sartre, Jean-Paul, « Explication de *l'Étranger* », in *Cahiers* du Sud, 1943.

Barthes, Roland, *Le Degré zéro de l'écriture*, Paris, Seuil, 1953. [롤랑 바르트, 『글쓰기의 영도』(김희영 옮김), 동문선, 2007]

Grenier, Jean, *Albert Camus, Souvenirs*, Paris, Gallimard, 1968. [장 그르니에, 『카뮈를 추억하며』(이규현 옮김), 민음사, 1997]

Quilliot, Roger, *La Mer et les prisons*, 2e édition revue et corrigée, Paris, Gallimard, 1970.

Rey, Pierre-Louis, *L'Étranger, Camus, Analyse critique*, Paris, Hatier, 1970.

Fitch, Brian T. *L'Étranger d'Albert Camus*, Paris, Larousse, 1972.

Lottman, Herbert R., *Albert Camus,* Paris, Seuil, 1978. [허버트 R. 로트먼, 『카뮈, 지상의 인간 1·2』(한기찬 옮김), 한길사, 2007]

Lebesque, Morvan, *Camus*, Paris, Seuil, 1981. [모르방 르베스크, 『알베르 카뮈를 찾아서』(김화영 옮김), 나남, 1997]

Grenier, Roger, *Albert Camus, soleil et ombre: une biographie intellectuelle*, 1987, rééd, Paris, Gallimard, 1991.

Pingaud, Bernard, *L'Étranger d'Albert Camus*, Paris, Gallimard, 1992.

Todd, Olivier, *Albert Camus, une vie*, Paris, Gallimard, 1996. [올리비에 토드, 『카뮈, 부조리와 반항의 정신 1·2』(김진식 옮김), 책세상, 2000]

Aronson, Ronald, *Camus and Sartre, The story of a friendship and the quarrel that ended it*, University of Chicago press, 2004. [로널드 애런슨, 『사르트르와 카뮈: 우정과 투쟁』(변광배·김용석 옮김), 연암서가, 2011]

유기환, 『알베르 카뮈』, 살림, 2004.

이기언, 『지성인 알베르 카뮈, 진실과 정의를 위한 투쟁』, 울력, 2015.

서정완, 『알베르 카뮈와 알제리』, 이지퍼블리싱, 2020.

판본 소개

　『이방인』의 초판은 1942년에 프랑스 파리의 갈리마르 출판사에서 나왔다. 카뮈 사후인 1962년에 로제 키요(Roger Quilliot)가 편집한 플레야드 총서『희곡, 소설, 단편소설(*Théâtres, Récits, Nouvelles*)』에서 로제 키요는 주석을 통해『이방인』의 초고와 인쇄본 사이의 교정 과정을 제시했다. 카뮈는 대부분의 글을 갈리마르에서 간행했고, 이들 단행본은 현재 갈리마르의 폴리오 총서로 나와 있다. 또한 작가가 생전에 출간을 염두에 두고 정리한『작가 수첩 1~3(*Carnets I-III*)』도 로제 키요의 편집으로 같은 출판사에서 나왔다. 작가와 작품 연구를 위해 연구자들이 기획하고 발굴한 미간행 초고들은『알베르 카뮈의 공책들(*Cahiers Albert Camus*)』로 출간되었는데, 특히 그 안에『행복한 죽음』과『최초의 인간』이 수록되어 있다. 카뮈의 글들을 장르별로 정리했던 로제 키요의 플레야드 선집은 오랫동안 카뮈 연구의 유일한 참고 자료로 활용되었다. 그러다가 카뮈의 글들을 시간 순으로 정리해 모은 플레야드 총서 『카뮈 전집 1~4(*Oeuvres complètes I–IV*)』가 2006년에 등장했다. 카뮈는 생전에 공연에 따라 수정을 가한 몇 편의 희곡을 제외하고 나머지 글들에 대해서는 따로 수정을 하지 않았기 때문에, 판본에서 눈에 띌 만한 차이는 없다고 볼 수 있다. 다만 로제 키요가 작성했던 연보와 정황 설명은 많은 오류를 지적받아 2006년에 새로 나온 전집에서 수정되었다. 그러나 『이방인』의 판본에는 차이가 없다. 본고는 로제 키요의 플레야드 총서를 기준으로 삼았다.

알베르 카뮈 연보

1909   11월 3일, 알제에서 부친 뤼시앵오귀스트 카뮈(Lucien-Auguste Camus)와 모친 카트린 생테스(Catherine Sintès)가 결혼. 뤼시앵오귀스트 카뮈는 프랑스 보르도 출신 가문, 카트린 생테스는 스페인 발레아레스 제도의 미노르카섬 이민자 가문 출신. 1960년대에 나온 카뮈 전집에서 약력을 정리한 로제 키요(Roger Quilliot)는 카뮈의 부계는 알자스 지역 출신이라고 적었고 카뮈 자신도 그렇게 알고 있었으나, 전기 작가 허버트 R. 로트먼(Herbert R. Lottman)은 알제리의 카뮈 집안이 보르도 출신임을 확인.

1910   알제에서 카뮈의 형인 뤼시앵 카뮈(Lucien Camus) 출생.

1913   11월 7일, 알제리 몽도비에서 알베르 카뮈 출생.

1914   아버지 뤼시앵오귀스트 카뮈가 1차 대전에 징집되자 어머니는 두 아들을 데리고 몽도비의 포도 농장에서 알제의 벨쿠르라는 빈민촌의 친정집으로 이사. 수도도 전기도 들어오지 않는 작은 아파트에서 1930년까지 생활. 아버지가 마른 전투에서 부상을 입고 10월에 사망. 생브리외에 매장. 어머니는 가정부 일을 함.

1918~1923   벨쿠르초등학교에서 수학. 교사 루이 제르맹(Louis Germain)의 각별한 가르침을 받음. 후에 노벨상 수상 연설집 『스웨덴 연설(*Discours de Suède*)』을 제르맹 선생에게 헌정.

1923 초등학교 교사 루이 제르맹이 외조모를 설득하여 중등학교 진학 준비.

1924 그랑리세(훗날 뷔조고등학교로 개명) 입학.

1925~1928 학교 다니는 동안 가난한 집안 형편 절감. 축구를 통해 골키 퍼로 활약.

1929 어머니의 집을 떠나 정육점을 운영하던 이모부 귀스타브 아코 (Gustave Acault) 댁으로 이사. 문학과 사상에 관심이 많은 이모부 덕에 여러 책을 빌려 읽다가 앙드레 지드(André Gide)의 『지상의 양식(*Les Nourritures terrestres*)』을 읽고 큰 감명을 받음.

1930 대학 진학 준비반에 진학. 철학 교수이자 에세이스트인 장 그르니 에(Jean Grenier) 선생을 만남. 두 사람은 평생 사제이자 친구의 관 계를 유지. 카뮈는 훗날 장 그르니에에게 『영혼 속의 죽음(*La Mort dans l'âme*)』, 『안과 겉(*L'Envers et l'Endroit*)』, 『반항하는 인간 (*L'Homme révolté*)』을 헌정. 장 그르니에의 권유로 많은 사상서와 문학서를 읽음. 시몬 이에(Simone Hié)라는 자유분방한 아가씨에 게 매혹됨. 폐결핵 발병.

1931 외조모 카트린 마리 생테스(Catherine Marie Sintès) 사망. 가난한 어린 시절 집안의 권위적인 가장 역할을 한 외조모에 대한 기억은 젊은 시절의 산문부터 『최초의 인간(*Le Premier Homme*)』까지 자 세히 나옴.

1932 장 그르니에의 권유로 앙드레 드 리쇼(André de Richaud)의 소설 『고통(*La Douleur*)』을 읽음. 앙드레 지드의 『일기(*Journal*)』를 읽음. 마르셀 프루스트(Marcel Proust)의 작품을 읽음.

1933 유럽의 파시즘이 준동하고 히틀러의 권력이 상승하는 상황에서 반 파시스트 운동에 가담. 장 그르니에의 철학 에세이집 『섬(*Les Îles*)』 을 읽고 큰 감명을 받음. 건강상의 이유로 고등 사범 학교 입시 준비 포기.

1934 시몬 이에와 결혼. 결혼에 반대한 이모부집에서 나옴.

1935 대학에서 철학 공부를 하면서 이런 저런 일로 생활비를 충당. 장 그르니에의 영향으로 공산당 가입. 정치 참여 활동과 더불어 연극 활동에 참여. '알제 문화의 집'의 책임을 맡고 '노동 극단'이라는 단체 주도.『작가 수첩(*Carnets*)』쓰기 시작.

1936 헬레니즘과 기독교주의의 관계를 다룬 철학 논문「기독교적 형이상학과 신플라톤 철학(Métaphysique chrétienne et Néo-platonisme)」제출하여 철학 고등 디플롬(DES) 취득. 지중해인의 문화적 정체성과 더불어 자신의 문화적 정체성에 질문을 던짐. 자신은 기독교 세계에 사는 그리스인이라고 느낌. 유럽 중부 여행 중 시몬 이에의 수상한 생활을 확인. 약물 중독에 심하게 빠져 있던 시몬 이에와 이혼.

1937 알제리 민중의 고통스러운 삶에 관심을 갖고 공산당의 노선 변경을 따르지 않음. 공산당에서 제명됨. 자전적인 내용을 많이 담고 있는 첫 산문집『안과 겉』출간.

1938 파스칼 피아(Pascal Pia)가 창간한「알제 레퓌블리켕(Alger républicain)」신문의 기자가 되어 다양한 기사를 씀. 장폴 사르트르(Jean-Paul Sartre)의 실존주의 소설『구토(*La Nausée*)』에 대한 서평을 씀.

1939 군대에 지원하지만 폐결핵 병력 때문에 거부당함. 에드몽 샤를로 출판사에서 에세이집『결혼(*Noces*)』출간. 희곡「칼리굴라(Caligula)」쓰고 부조리 개념에 대한 에세이 구상. 소설『행복한 죽음(*La Mort heureuse*)』작업 마친 뒤에『이방인(*L'Étranger*)』을 위한 노트 시작. 알제리의 언론인으로서 카빌리 지역 회교도들의 비참한 생활 조건에 대한 르포 작업.

1940 「알제 레퓌블리켕」의 후속 신문「수아르 레퓌블리켕(Le Soir républicain)」은 검열에 굽히지 않고 폐간됨. 파스칼 피아의 소개로 파리로 떠나「파리수아르(Paris-Soir)」편집부에 취직. 5월에『이방인』원고 완성. 파리가 점령됨에 따라 검열을 피해 클레르몽

페랑, 보르도, 리옹으로 옮긴 신문사를 따라 이동. 12월에 오랑 출신의 수학 교사인 프랑신 포르(Francine Faure)와 리옹에서 결혼.

1941 2월에 『시시포스 신화(Le Mythe de Sisyphe)』 탈고. 알제리의 오랑으로 돌아와서 잠시 교사 생활.

1942 오랑에서 작가 에마뉘엘 로블레스(Emmanuel Roblès)와 친교를 나눔. 프랑스로 돌아와서 시인 프랑시스 퐁주(Francis Ponge)와 만남. 남부 레지스탕스에 가담하여 북부 해방 운동에 참여. 정보원이자 비밀 언론 활동. 독일에 점령되어 있던 파리의 출판사 갈리마르에서 『이방인』 간행.

1943 『시시포스 신화』 출간. 연극 활동 계속. 사르트르의 희곡 「방청 금지(Huis clos)」 공연. 남부의 몇몇 레지스탕스 조직에 가담하여 활동하다가 파리로 옮긴 레지스탕스 신문 「콩바(Combat)」에서 편집부 활동. 갈리마르사의 원고 검토 위원이 됨. 앙드레 지드의 아파트에서 기거. 장폴 사르트르의 희곡 「파리 떼(Les Mouches)」 공연으로 사르트르와 만남. 「독일 친구에게 보내는 편지(Lettres à un ami allemand) 1 · 2」 발표. 희곡 「오해(Le Malentendu)」 탈고하고 「칼리굴라」는 개작.

1944 『페스트』 저술 진행. 「오해」 공연 한 달 만에 공연 금지.

1945 쌍둥이 자녀 장(Jean Camus)과 카트린(Catherine Camus) 출생. 독일 패망. 소설가 프랑수아 모리악(François Mauriac)과 논쟁. 『반항하는 인간』 구상. 희곡 「칼리굴라」 상연으로 큰 성공을 거둠. 『독일 친구에게 보내는 편지(Lettres à un ami allemand)』 출간.

1946 미국 뉴욕 초청 강연에 이어 캐나다의 몬트리올과 퀘벡까지 여행. 시인 르네 샤르(René Char)와 만남.

1947 정치 노선 갈등과 재정난으로 「콩바」에서 사직. 『페스트』 출간.

1948 연극 작업 계속. 배우 장루이 바로(Jean-Louis Barrault)와 「계엄령(L'État de siège)」 공연

1949 남아메리카 초청 강연. 폐결핵 재발. 세르주 레지아니(Serge

Reggiani), 마리아 카사레스(María Casares)와 「정의로운 사람들(Les Justes)」 공연. 스페인에서 망명한 정치가의 딸이자 연극배우인 마리아 카사레스와 사랑에 빠져 이후 공공연히 연인으로 지냄.

1950 건강 회복을 위해 고산 지대를 찾아 알프마리팀 지방에서 체류.『시사평론 1(*Actuelles I, Chroniques 1944-1948*)』출간. 오랑에 머물던 아내와 자녀들과 합류. 파리 6구에 아파트 구입.

1951 『반항하는 인간』출간. 지성계에 길게 이어진 큰 논쟁을 불러일으킴. 앙드레 지드 사망.

1952 『반항하는 인간』을 둘러싼 논쟁 계속. 프랑시스 장송(Francis Jeanson)이『반항하는 인간』에 대해 모욕적인 서평 발표. 사르트르와 논쟁 후 결별.

1953 『시사평론 2(*Actuelles II, Chroniques 1948-1953*)』출간. 앙제에서 연극 페스티벌 개최. 아내 프랑신 카뮈의 우울증이 심각해짐.

1954 산문집『여름(*L'Été*)』출간. 오랑으로 요양을 떠났던 아내 프랑신을 다시 파리로 데려온 후 생망데에 있는 요양원으로 보내 휴양 치료. 알제리 민족주의 세력의 폭력적 시위 발발.

1955 다시 언론계로 돌아와 「렉스프레스(L'Express)」기자로 일하며 알제리 사태에 대한 견해를 밝히는 글 발표. 폭력 사태가 심화된 알제리 여행. 어린 시절을 보낸 벨쿠르 거리를 둘러봄.

1956 『타락(*La Chute*)』출간. 헝가리 민중 봉기 지지.

1957 『유배지와 왕국(*L'Exil et le Royaume*)』출간.『사형에 대한 성찰(*Réflexions sur la peine capitale*)』출간. 10월 16일 노벨 문학상 수상자로 발표됨. 다시 알제리 문제에 대한 여러 물음에 직면.

1958 노벨 문학상 수상 기념 강연인『스웨덴 연설』간행. 6월에 출간한『시사평론 3(*Actuelles III, Chroniques algériennes, 1939-1958*)』에서 알제리 문제의 갈등에 대한 분석, 해결책 등을 제시했으나 언론의 관심을 받지 못함. 연극 작업 계속.『안과 겉』재출간. 덴마크 출신의 젊은 여대생 '미(Mi)'와 함께 있는 모습이 자주 목격

됨. 루르마랭에 시골집 구입. 드골 장군이 대통령에 선출됨.

1959 도스토예프스키(Fyodor Dostoevsky)의 소설『악령(*Бесы*)』을 희
곡으로 각색하여 연출. 소설『최초의 인간』원고 작업. 장 그르니에
의『섬』신판에 서문을 씀.

1960 1월 4일, 프랑스 남부에 마련한 집필실이 있는 루르마랭에서 출판
인이자 친구인 미셸 갈리마르(Michel Gallimard)의 자동차를 타고
파리로 돌아오던 도중에 욘 지방의 몽트로 근처에서 교통사고를 당
해 사망. 미셸 갈리마르는 5일 뒤에 사망. 차에 있던 가방에서『최초
의 인간』초고 발견. 9월 22일 알제에서 어머니 카트린 카뮈 사망.

1962 로제 키요의 책임 편집, 갈리마르의 플레야드 총서로『희곡, 소설,
단편소설(*Théâtres, Récits, Nouvelles*)』간행.『작가 수첩 1
(*Carnets I*)』출간.

1964 『작가 수첩 2(*Carnets II*)』출간.

1965 로제 키요의 책임 편집, 갈리마르의 플레야드 총서로『에세이
(*Essais*)』간행.

1971 카뮈의 자료집 총서 중 1호로『행복한 죽음』출간.

1979 카뮈의 부인 프랑신 사망.

1989 『작가 수첩 3(*Carnets III*)』출간.

1994 미완의 소설『최초의 인간』출간.

2006 갈리마르의 플레야드 총서로『카뮈 전집 1~4(*Œuvres complètes
I-IV*)』간행.

※ 이상의 연보는 카뮈 사후 그의 작품집과 원고의 주요 편집자였던 로제
키요가 플레야드 총서에 제시한 연보, 허버트 R. 로트먼의 전기와 올리비
에 토드(Olivier Todd)의 전기, 그리고 2006년에 나온 플레야드 총서『카
뮈 전집』에 제시된 연보를 참고하여 구성했다.

새롭게 을유세계문학전집을 펴내며

을유문화사는 이미 지난 1959년부터 국내 최초로 세계문학전집을 출간한 바 있습니다. 이번에 을유세계문학전집을 완전히 새롭게 마련하게 된 것은 우리가 직면한 문화적 상황에 적극적으로 대응하기 위해서입니다. 새로운 을유세계문학전집은 세계문학의 역할이 그 어느 때보다 중요해졌다는 인식에서 출발했습니다. 오늘날 세계에서 타자에 대한 이해는 우리의 안전과 행복에 직결되고 있습니다. 세계문학은 지구상의 다양한 문화들이 평등하게 소통하고, 이질적인 구성원들이 평화롭게 공존할 수 있는 문화적인 힘을 길러 줍니다.

을유세계문학전집은 세계문학을 통해 우리가 이런 힘을 길러 나가야 한다는 믿음으로 만들어졌습니다. 지난 5년간 이를 준비하기 위해 많은 노력을 기울였습니다. 세계 각국의 다양한 삶의 방식과 문화적 성취가 살아 있는 작품들, 새로운 번역이 필요한 고전들과 새롭게 소개해야 할 우리 시대의 작품들을 선정했습니다. 우리나라 최고의 역자들이 이들 작품 속 한 문장 한 문장의 숨결을 생생히 전하기 위해 심혈을 기울였습니다. 또한 역자들은 단순히 번역만 한 것이 아니라 다른 작품의 번역을 꼼꼼히 검토해 주었습니다. 을유세계문학전집은 번역된 작품 하나하나가 정본(定本)으로 인정받고 대우받을 수 있도록 최선을 다했습니다. 세계문학이 여러 경계를 넘어 우리 사회 안에서 주어진 소임을 하게 되기를 바라며 을유세계문학전집을 내놓습니다.

을유세계문학전집 편집위원단(가나다 순)
김월회(서울대 중문과 교수)
김헌(서울대 인문학연구원 교수)
박종소(서울대 노문과 교수)
손영주(서울대 영문과 교수)
신정환(한국외대 스페인어통번역학과 교수)
정지용(성균관대 프랑스어문학과 교수)
최윤영(서울대 독문과 교수)

을유세계문학전집

을유세계문학전집은 계속 출간됩니다.

을유세계문학전집 연표